LE SECRET DU COUVENT

GLASS AND STEELE SÉRIE 5

C.J. ARCHER

Traduction par
VALENTIN TRANSLATION

CJARCHER.COM

MENTIONS LÉGALE

CHAPITRE 1

LONDRES, PRINTEMPS 1890

Matt s'étant rendu à pied chez Lady Buckland, il n'y eut aucun fracas de roues d'attelage pour annoncer qu'il était de retour au numéro seize de la rue Park Street ; seulement le discret cliquetis du verrou de la porte d'entrée. Ce son mit en éveil mes nerfs à vif et résonna à travers le profond silence des dernières heures de la nuit.

Dieu merci, il était rentré.

Je remontai mon châle autour de mes épaules et me levai du sofa où, une heure plus tôt, j'avais renoncé à essayer de lire. J'avais à peine eu le temps de faire quelques pas lorsque sa silhouette apparut dans l'encadrement de la porte. La lumière de la lampe éclairait son visage d'une douce lueur qui soulignait les lignes de sa mâchoire puissante et ses pommettes tout en atténuant les signes de son épuisement. Il avait besoin de se reposer, pas de s'introduire chez des vieilles dames fortunées.

— J'ai vu la lumière, dit-il en se faufilant dans le petit salon.

Il semblait avoir conservé les réflexes nécessaires au caractère furtif de sa mission de cette nuit. Il s'approcha de moi sans faire un bruit ni même faire bouger un seul cheveu sur sa tête. Les puits sans fond de ses yeux menaçaient de m'engloutir tout entière. Je n'aurais su dire si son expédition avait été un succès ou non, mais je lisais le désir en lui. Ou je le sentais, peut-être.

À moins que je n'aie simplement souhaité l'y voir.

J'espérais qu'il y était, et en même temps, ce n'était pas ce que je voulais. *Je n'osais pas.*

J'étais subitement plus inquiète à l'idée d'être seule avec lui que je ne l'avais été en attendant qu'il revienne sain et sauf.

— Alors ? parvins-je tout juste à murmurer, sentant la panique me gagner.

J'aurais vraiment dû aller me coucher. C'était une erreur, de tenter ainsi le destin.

— Alors, dit-il de sa voix profonde qui me transperçait avec la même intensité que son regard. Vous êtes restée à m'attendre.

— Je m'inquiétais.

— Il n'y avait pas de quoi. Je me suis déjà introduit dans des dizaines de maisons pendant que leurs occupants dormaient. Et la plupart d'entre eux n'étaient pas des vieilles dames, mais des hors-la-loi armés jusqu'aux dents.

Il s'avança encore, jusqu'à ce qu'il ne soit plus qu'à un pas de moi à peine. Il se pencha légèrement en avant et un petit sourire en coin donna un air diabolique à son beau visage.

— Mais ça me plaît, de savoir que vous vous êtes fait du souci pour moi.

Je resserrai mon châle autour de moi et sentis mon cœur s'emballer. J'avais eu tort de rester seule à l'attendre, cela ne faisait plus aucun doute.

— Mais ses domestiques...

— Ils dormaient à poings fermés. Aucun ne s'est réveillé.

— Mais ils auraient pu. Ou son chien aurait pu vous entendre.

— Le chien est habitué aux allées et venues des domestiques. Et j'avais de quoi l'amadouer, ajouta-t-il en sortant un sachet en papier de la poche de sa veste. Je sentis l'odeur du bacon avant même qu'il me montre ce qu'il contenait.

Je ris et laissai s'envoler les dernières traces de l'angoisse qui avait pesé sur moi depuis qu'il m'avait annoncé son intention de s'introduire chez Lady Buckland.

— Les autres sont allés dormir ? demanda-t-il en allant au buffet pour nous servir deux brandys.

— Ils n'étaient pas aussi inquiets.

Duc et Cyclope étaient restés jusqu'à une heure du matin.

Une demi-heure plus tard, Willie était rentrée de ses aventures nocturnes et était rapidement montée se coucher.

— Ils me connaissent mieux, répondit-il en me tendant un verre avant de trinquer avec moi. Cette part de moi, du moins. Vous, vous ne connaissez que le gentleman respectable, pas le bandit.

— Je vous ai déjà vu vous départir par moments de votre distinction apparente.

Comme la fois où il avait mis en fuite les hommes qui s'en prenaient à moi, toutes les fois où il avait menacé Eddie Hardacre et Mr Abercrombie, et la fois où il avait délacé mon corset.

Il m'observa par-dessus le rebord de son verre comme s'il cherchait à déterminer à quels moments je faisais allusion.

— Et ces moments vous ont-ils plu ?

Je ne lui répondis pas : c'était m'engager sur une pente glissante. Je sirotai mon verre, assise sur le sofa. Le brandy apaisa suffisamment mes nerfs pour que je me sente à nouveau capable de le regarder sans me noyer dans l'immensité de ses yeux.

— Je vous connais assez pour voir que vous êtes de bonne humeur. C'est donc que vous avez réussi ?

Il s'assit à son tour, et la tension qui nous avait enveloppés depuis son arrivée retomba. Je poussai un soupir, mais j'ignorais si c'était sous l'effet du soulagement ou de la déception.

— Oui, dit-il avec une note de triomphe dans la voix. Bien à l'abri au fond d'un tiroir caché de son secrétaire, il y avait un document signé de Mère Alfreda, du Couvent des Sœurs du Sacré-Cœur, à Chelsea, qui attestait que Lady Buckland acceptait de confier son enfant aux bons soins du couvent jusqu'à ce qu'il puisse être remis à une bonne famille chrétienne qui l'élèverait.

Je fermai les yeux et inspirai profondément. Nous étions un peu plus près d'élucider le mystère de la montre magique de Matt. J'avais eu si peur que nos recherches ne mènent nulle part ! Ces derniers jours, nous avions rouvert de vieilles blessures et ravivé des souvenirs douloureux pour beaucoup de monde, mais je m'étais rassurée en me disant que nous progressions. Et c'était le cas. Chronos, mon grand-père, m'avait appris l'incantation à combiner avec celle d'un autre magicien pour prolonger sa magie, et nous avions aussi l'incantation du magicien médecin. Elle était consignée dans le journal du Dr Millroy, que nous avions à présent en notre possession après avoir découvert qui l'avait assassiné vingt-sept ans plus tôt. Mais il nous manquait toujours la dernière pièce du puzzle : un magicien médecin pour prononcer cette incantation. Nous n'avions connaissance que d'un candidat potentiel : le fils illégitime du Dr Millroy, que sa mère avait abandonné à l'époque.

Et maintenant, nous savions où démarrer nos recherches pour le retrouver. Nous étions si près du but que je sentais sur ma langue le goût de l'espoir qui faisait palpiter mes veines. Nous ne tarderions pas à le trouver, et nous pourrions combiner notre magie dans la montre de Matt pour la réparer.

Je n'osais penser à ce que nous ferions si nous le trouvions et qu'il s'avérait qu'il n'avait pas hérité des pouvoirs magiques de son père.

— Avez-vous découvert d'autres informations sur l'enfant ? demandai-je.

— Non.

Il vida son verre d'un trait. L'espace d'un instant, je craignis qu'il ne s'en serve un autre. Il buvait trop, plusieurs années auparavant, mais il avait mis un frein à ce vice, à l'exception d'une légère rechute la semaine passée, avec mon grand-père, justement dans cette pièce.

Matt resta assis, laissant pendre par-dessus l'accoudoir de son fauteuil la main qui tenait le verre. Il m'observait de ses yeux mi-clos.

— Irons-nous au couvent demain matin à la première heure ? lui demandai-je.

— Oui.

Au moins, il ne m'avait pas reprise quand j'avais dit *nous*. Bien qu'il ne soit pas nécessaire que je l'accompagne, nous avions pris l'habitude d'enquêter ensemble. Nous formions une bonne équipe, les qualités de chacun compensant les défauts de l'autre. En tout cas, c'était ce que je me disais. Peut-être appréciait-il simplement ma compagnie.

— Nous ferions mieux d'aller dormir, alors.

Je jetai un regard à l'horloge sur le dessus de la cheminée, mais il faisait trop sombre pour que je puisse distinguer les aiguilles. Je devinai qu'il devait être presque trois heures.

Alors que je passais devant lui, il me saisit par le bras. Ses doigts effleurèrent délicatement ma peau nue et son regard accrocha le mien.

— India, susurra-t-il. Restez. Parlez-moi. Dites-moi...

— Non, dis-je pour ne pas lui laisser le temps de me demander de lui expliquer pourquoi j'avais refusé sa demande en mariage. Avant-hier encore, il s'était déclaré prêt à tout pour en savoir la raison. Je n'étais pas prête à aborder ce sujet et à justifier ma décision.

— Pas maintenant.

— Quand tout sera terminé, alors. Quand ma montre sera réparée et que j'aurai toute la vie devant moi.

J'opinai.

— Sauf si j'arrive à vous tirer les vers du nez avant.

Il me refit son sourire en coin, celui que, malgré moi, j'avais envie de capturer et de garder pour moi seule.

Il me laissa partir et je montai dans ma chambre, le cœur battant la chamade.

* * *

— Je dois sortir avec Matt maintenant, annonçai-je à Miss Glass en milieu de matinée.

Elle était assise dans le salon, occupée à lire sa correspondance dans un rectangle de soleil. Elle semblait en forme, elle avait le regard lucide, mais ces derniers temps, je trouvais sa silhouette plus menue que jamais, plus frêle. Elle mangeait très peu et je m'étais aperçue qu'il me fallait l'encourager pour qu'elle finisse ses repas.

— Si je suis libre cet après-midi, voulez-vous que nous allions faire une promenade ? Il a l'air de faire beau.

— Peut-être, dit-elle. J'ai des lettres à écrire, et j'ai reçu ce matin le dernier numéro de mes deux revues, *World of Fashion* et *The Queen*. Je pense me faire confectionner une nouvelle toilette pour le mariage, s'il reste assez de temps.

Ou plutôt, si le mariage entre sa nièce, Patience Glass, et Lord

Cox avait bien lieu. Pour le moment, la liaison qu'avait eue autrefois Patience avec un scélérat n'avait pas été ébruitée, afin de lui préserver toute sa valeur en tant qu'épouse dans la haute société ; pour un gentleman tel que Lord Cox, la première qualité d'une femme était sa vertu. Toutefois, cette information était récemment arrivée entre les mains du Shérif Payne, l'homme qui était prêt à tout pour causer la ruine de Matt. Sa dernière attaque avait pris la forme d'un chantage visant à pousser Hope, la plus jeune des sœurs Glass, à dérober à Matt sa montre magique. Elle avait échoué, ce qui signifiait que le secret de Patience risquait d'être révélé à tout moment. Et alors, Lord Cox refuserait certainement de l'épouser.

— Ah, Matthew, te voilà.

Miss Glass tendit sa main à son neveu en le voyant entrer dans la pièce. Il la prit et l'embrassa sur la joue.

— Où allez-vous tous les deux, ce matin ?

— Dans un couvent, dit-il.

Miss Glass reposa son courrier sur ses genoux et dévisagea son neveu comme s'il avait perdu la raison.

— Qu'allez-vous faire dans un couvent ?

— J'ai à parler à la mère supérieure.

— Oh mon Dieu ! Tu n'es tout de même pas...

Elle s'éventa à l'aide de sa lettre.

— Ne me dis pas que tu es...

— Que je suis quoi, ma Tante ?

— *Catholique*, lâcha-t-elle soudain avec toute la violence d'un éternuement.

Matt sourit, amusé.

— Non, je ne suis pas catholique.

Son regard se porta alors sur moi.

— Moi non plus, ajoutai-je. Nous espérons y apprendre quelque chose sur la montre de Matt.

Elle savait que c'était la montre magique de Matt qui le maintenait en vie, mais elle ignorait à quelle vitesse son pouvoir s'amenuisait. Ne sachant pas combien de temps il lui restait, nous avions préféré lui cacher ce détail. L'ennui, c'est qu'elle était plus intelligente qu'elle n'en avait l'air, et qu'elle avait peut-être deviné.

— Voilà qui me rassure, dit-elle. Mais soyez prudents. Ces nonnes feront tout ce qui est en leur pouvoir pour chercher à vous convertir.

Matt semblait sur le point de la contredire, mais je lui saisis et serrai aussitôt le bras. Mieux valait ne pas donner à Miss Glass l'occasion de s'étendre sur ses préjugés. Mon geste nous rapprocha, ce qui me valut un regard soupçonneux de Miss Glass. Je lâchai son bras.

— Matthew, dit-elle, j'aimerais te parler de quelque chose à ton retour.

— Bien sûr, dit-il. Puis-je savoir de quoi il s'agit, au cas où j'aurais besoin de préparer ma défense ?

Son ton léger ne fit que faire plisser un peu plus les yeux à sa tante.

— De t'amener à t'intéresser à ton futur mariage avant les noces de ta cousine.

— Ma Tante, protesta-t-il en soupirant. Pas maintenant.

Elle leva un doigt.

— Le mariage n'est que dans quelques semaines, mais avant cette date, il nous faut pouvoir aligner au moins quelques options viables pour faire front face à ta tante Beatrice et à Hope.

— Vous parlez de mariage comme si c'était une guerre, ma Tante. N'est-ce pas révélateur de votre vision de la chose ?

— Trouver une épouse convenable a tout d'une bataille, en effet. Heureusement, tu as plus d'atouts que la plupart des hommes. Outre ta fortune, tu es aussi l'héritier d'un titre et de terres. Cela suffira à faire oublier que ta mère était américaine.

Son dos se raidit.

— Je suis tout aussi fier de ma mère américaine que de mon père anglais. Et maintenant, dit-il alors qu'elle s'apprêtait à répliquer, je ne veux plus entendre parler de mariage tant que ma montre ne sera pas réparée ; et c'est moi qui prendrai cette décision, parce que j'ai déjà choisi une épouse.

Elle entrouvrit les lèvres et laissa échapper un hoquet de surprise. Puis, réalisant peu à peu ce qu'il entendait par là, elle posa sur moi son regard glacial.

J'aurais voulu m'enfuir, mais je décidai de feindre plutôt l'ignorance.

— Je n'ai plus qu'à la convaincre de dire oui, conclut Matt. India ?

— Non ! me récriai-je.

Il m'indiqua sa main, tendue en direction de la porte. Ses yeux brillaient d'une lueur espiègle. Le fourbe !

— Je vous proposais seulement de partir avec moi, dit-il.

Je sortis d'un pas furieux, mais je m'arrêtai en haut des escaliers. Cyclope et Duc étaient tranquillement accoudés à la balustrade, mais Willie se tenait les bras croisés avec un air désapprobateur. Elle tourna vers Matt son regard courroucé.

— Tu as l'air fatigué.

Elle se campa les mains sur les hanches. Ce geste écarta un pan de sa veste déboutonnée, laissant voir le pistolet qu'elle avait passé dans la ceinture de son pantalon.

— Tu ferais mieux de rester te reposer.

— Tu comptes nous tirer dessus ? lui demanda Matt, toujours d'humeur rieuse malgré la discussion avec sa tante, puis ce retard.

— Ne dis pas de bêtises.

— Willie a raison, intervint Duc en se redressant. Tu t'es couché tard hier, ça ne te ferait pas de mal de dormir un peu plus. Reste ici et nous irons au couvent avec India.

— Pour laisser Willie livrée à elle-même dans une demeure où règnent la plus haute vertu et la méditation silencieuse ? railla Matt en la tapotant sous le menton, qu'elle avait fièrement levé. Autant demander à une tornade de cesser de tourbillonner.

— Je dirais plutôt : autant demander à un goret qu'on égorge de ne pas crier, ajouta Duc en gloussant, avant de se baisser aussitôt pour esquiver le coup de poing de Willie.

Matt passa près d'eux sans ralentir le pas.

— Je vais bien. Nous n'en avons pas pour longtemps, et j'ai ma montre en cas de besoin. Et puis, India sera là pour veiller sur moi.

— Je n'aime pas bien ça, dit Willie, mais je ne t'en empêcherai pas. J'espère juste que vous aurez des réponses. Les bonnes sœurs ne se confient pas facilement, et on ne peut pas les rudoyer pour les forcer à répondre comme avec les cowboys.

Je serrai les lèvres, mais pouffai de rire malgré moi. Matt en fit autant, ce qui lui valut un regard noir de Willie.

— Je vous y conduis, dit Duc en s'écartant pour nous laisser passer.

Cyclope lui posa une main sur l'épaule et secoua la tête.

— Laisse le nouveau cocher faire son travail, et laisse Matt aller au couvent. Il n'a pas besoin d'une nounou.

— Merci, Cyclope, dit Matt.

— Et d'ailleurs, nous devons continuer de chercher Payne.

— On n'a aucune chance de le trouver dans une ville aussi grande, marmonna Duc.

— Surtout qu'il est plus fuyant qu'une anguille, acheva Willie. Mais il faut quand même essayer. On ne sert à rien en restant ici à lire et faire de la couture.

— Tu viens avec nous ? demanda Duc, l'air surpris. Tu n'as pas quelqu'un à voir à l'hôpital ?

Willie s'en alla sans répondre, un vague sourire aux lèvres. Duc descendit l'escalier d'un pas lourd. Il était contrarié qu'elle refuse de lui dire ce qu'elle allait faire presque tous les soirs au London Hospital. Elle ne voulait même pas nous dire si c'était bien là qu'elle continuait d'aller, ou si la fois où nous l'y avions vue n'était qu'un événement isolé. À mon avis, elle avait une aventure avec un médecin ou un garde-malade, et elle ne voulait pas que Duc le sache. Au début, cela m'avait inquiétée, parce que Duc avait un faible pour elle, et je ne voulais pas qu'il ait le cœur brisé. Mais plus j'y réfléchissais et plus je me disais que si elle ne voulait pas lui en parler, c'était parce que cette liaison n'était pour elle qu'une amourette passagère sans conséquence. Si tel était le cas, il avait toujours une chance.

Mais lui ne voyait pas les choses de cet œil. Le pauvre bougre était dévoré de curiosité, et le silence obstiné de Willie n'arrangeait rien.

— Pensez-vous que la mère supérieure acceptera de nous recevoir sans rendez-vous ? demandai-je à Matt en m'installant dans la voiture.

— Je l'espère, dit-il. Cela dit, nous aurions plus de chances avec une lettre de recommandation du commissaire de police. Il est plus probable qu'elle nous donne des informations si elle sait que nous menons une enquête officielle.

Notre enquête n'avait rien d'officiel ; elle n'était même pas en lien avec un crime. Plus j'y pensais et plus il me semblait improbable que la mère supérieure nous apprenne quoi que ce soit. Nous allions lui demander de nous communiquer des informations strictement confidentielles ; elle refuserait, c'était évident. Même la police aurait du mal à l'y obliger. S'il y avait une institution qui se pensait au-dessus des lois, c'était bien l'Église, qu'elle soit catholique ou protestante, d'ailleurs.

— Je ne peux pas mentir, lui dis-je. Pas à une religieuse.

— Pourquoi mentiriez-vous ?

— N'est-ce pas votre plan ? Vous comptez peut-être lui raconter que le bébé du nom de Phineas Millroy est le dernier membre de votre famille qui soit encore en vie, et que vous avez besoin de le retrouver pour qu'elle soit réunie ?

C'était une histoire que nous avions utilisée par le passé pour obtenir les informations qui nous avaient conduits là où nous en étions. Matt était très doué pour jouer toutes sortes de rôles, et je commençais à m'améliorer. Mais cette fois, dans une enceinte sacrée, je sentais que ce serait mal.

— Si c'est la stratégie que vous voulez employer, je vous apporterai mon soutien silencieux.

— Je n'aurai pas recours à cette histoire, dit-il. Je lui dirai la vérité, mais sans mentionner la magie, ni ma montre, ni le fait que ce garçon soit un magicien.

S'il omettait tous ces éléments, je craignais qu'il ne lui reste plus grand-chose à raconter.

— Je proposerai aussi de faire un don très généreux au couvent, à utiliser comme elle le jugera nécessaire.

Puis, avec un clin d'œil, il ajouta :

— Je n'ai jamais vu une institution religieuse refuser de l'argent.

Cela me rassura quelque peu.

— Je suis sûre qu'elles nous en seront reconnaissantes. Il n'y a pas beaucoup de catholiques en Angleterre, alors les dons doivent être rares.

Il était logique que Lady Buckland ait emmené son fils à

Chelsea, un quartier essentiellement occupé par la classe moyenne. C'était assez loin de Mayfair, où elle habitait, pour qu'elle ne risque pas d'y croiser une connaissance, tout en restant assez respectable pour que son fils ait une chance d'être confié à une famille du quartier avec des moyens suffisants pour lui offrir un avenir correct.

Le couvent des Sœurs du Sacré-Cœur était en tous points conforme à ce que j'avais imaginé. Le bâtiment d'origine était une demeure parfaitement symétrique en briques rouges noircies de suie, avec d'étroites fenêtres en forme d'arches. Il avait trois étages, un toit à pignons et une porte qui semblait avoir été taillée dans du chêne ancien et porter les marques des assauts répétés des ennemis du couvent depuis l'époque de la Réforme. L'édifice proprement dit n'était pas très ancien, mais j'aimais à penser que cette porte noircie par les ans avait retrouvé sa place après des années d'exil dans un pays moins hostile.

Matt sonna la cloche devant la porte et, au bout d'un moment, le panneau glissa de côté et le visage d'une femme apparut. Elle nous regarda en clignant des yeux, mais sans rien dire. Nous ne nous étions pas renseignés pour savoir si les religieuses de cet ordre faisaient vœu de silence. Au moins, elles ne vivaient pas en recluses. Les choses seraient déjà bien assez difficiles si elles ne parlaient pas, alors accéder à un cloître, ce serait pratiquement impossible.

— Mon nom est Matthew Glass, dit Matt d'une voix engageante, et voici mon amie Miss Steele. Nous aimerions parler à la mère supérieure pour faire un don.

Les yeux noisette s'agrandirent avant de disparaître. Le panneau se referma et la porte s'ouvrit en grinçant sur ses gonds.

— Bienvenue à l'Ordre des Sœurs du Sacré-Cœur, dit la nonne.

Il était difficile d'estimer son âge avec le bandeau qui lui cachait le front et les cheveux, mais je lui donnais environ trente-cinq ans.

— Suivez-moi.

Elle nous conduisit vers l'arrière de la maison en passant devant une jeune religieuse qui portait un seau et une serpillière. Elle poussa un petit cri d'effroi en nous voyant et, quand Matt lui sourit, elle piqua un fard et retourna précipitamment à son travail, la tête baissée. Notre guide nous laissa dans un salon sobrement meublé, sous le regard du Pape, dont le portrait trônait au-dessus de la cheminée. Sur un mur était accrochée une grande croix en bois avec un Christ crucifié, et une tapisserie le représentant en train de prêcher devant une foule attentive occupait une place de choix sur le mur d'en face. Nous nous assîmes sur des chaises au dossier très droit, autour d'une table au centre de laquelle se trouvait une Bible reliée de cuir noir. Le sol était un simple plancher en bois, et les rideaux n'avaient pas l'air particulièrement épais. Il devait faire froid dans cette pièce, l'hiver.

Je m'agitai sur mon siège trop dur sans parvenir à trouver une position confortable.

— Croyez-vous qu'elles considèrent les coussins comme un péché ? soufflai-je à Matt.

Il n'y avait personne pour nous entendre, mais je me sentais tout de même tenue de parler tout bas.

— Peut-être, dit-il, concentré sur la vue qu'offrait la grande baie vitrée.

Un bâtiment rectangulaire tout simple avait été rattaché à l'arrière et à l'une des ailes du bâtiment principal du couvent. Il faisait face à une cour pavée des mêmes briques que la maison. Les racines noueuses d'un grand tilleul s'étaient frayé un chemin entre les pavés, ce qui leur donnait un air incongru au milieu de ce cadre empreint d'une discipline rigoureuse.

Une cloche sonna et, quelques secondes plus tard, les portes de l'annexe s'ouvrirent et des jeunes filles vêtues de robes grises toutes simples sortirent dans la cour. Elles riaient, bavardaient et sautillaient sous le soleil, jusqu'à ce que deux religieuses les rabrouent. Les jeunes filles baissèrent la voix mais continuèrent leurs conversations empressées, comme si elles avaient attendu ce moment une éternité.

— Nos élèves, dit une religieuse qui se tenait sur le seuil de la pièce.

Malgré l'absence de tapis, je ne l'avais pas entendue entrer. Elle marchait aussi silencieusement que Matt.

— Elles viennent toutes de familles pauvres, et elles ont

désespérément besoin d'un minimum d'instruction pour devenir des membres utiles de la société plutôt qu'un fardeau.

Nous nous levâmes tous deux et Matt fit les présentations. La religieuse se présenta comme Sœur Clare, l'adjointe de la mère supérieure. À en juger par son visage ridé et ses joues tombantes, je lui donnai une soixantaine d'années. Elle avait un regard bienveillant qui s'éclairait même quand sa bouche ne souriait pas.

— J'espère que nous ne vous dérangeons pas, dit Matt. Vous devez être très occupées.

Elle sortit des larges manches de son habit des mains usées par le travail et les croisa devant elle.

— Les prières de Sexte sont à midi, vous avez donc choisi le moment idéal. Les sœurs sont toutes au travail, occupées soit à leurs tâches à l'intérieur ou dans le jardin, soit à faire la classe à l'école.

Elle jeta un bref coup d'œil par la fenêtre.

— C'est l'heure pour nos élèves de faire une courte pause consacrée à l'exercice du matin.

Les jeunes filles s'étaient alignées sur plusieurs rangs et mises à balancer les bras d'avant en arrière, suivant les consignes des deux religieuses qui leur montraient l'exemple.

— Vos élèves sont-elles logées ici ? demandai-je.

— Non, nous ne sommes pas un pensionnat, répondit Sœur Clare. Notre école n'est ouverte que depuis cinq ans. Peut-être pourrons-nous accueillir un jour celles qui n'ont nulle part où aller, mais pour l'instant, nous manquons de place, tout simplement.

Elle nous montra le chemin, montant un escalier dont les marches craquaient et parcourant un couloir qui menait à une antichambre aux murs recouverts d'un lambris en bois sombre qui donnait à la pièce un air plus exigu. La porte donnant sur le bureau d'à côté était ouverte, et la religieuse assise à sa table de travail leva les yeux en entendant Sœur Clare toquer légèrement.

— Révérende Mère, voici Mr Glass et Miss Steele, annonça Sœur Clare, souriante, pour nous présenter.

La mère supérieure ne lui rendit pas son sourire. Elle nous fit signe de nous asseoir et croisa les mains devant elle sur son bureau. Elle avait le même âge que son adjointe, mais la ressemblance s'arrêtait là. Elle avait les traits émaciés, comme si son visage avait été creusé entre ses pommettes et sa mâchoire, et les yeux enfoncés dans leurs orbites. Ses joues étaient pour ainsi dire inexistantes et aucune lueur n'animait son regard aussi gris que le ciel de Londres en plein hiver.

Son bureau manquait tout autant de chaleur. Hormis un crucifix en bois aux sculptures élaborées fixé au-dessus d'une étagère, les murs étaient nus. L'étagère, où étaient rangés quelques vieux livres, une table de travail : c'était là tout ce que contenait le bureau de la mère supérieure. Les placards de rangement ainsi qu'un grand meuble avec des dizaines de petits tiroirs étaient tous dans l'antichambre.

Une croix toute simple que la mère supérieure portait autour du cou vint heurter le bureau lorsqu'elle se pencha en avant pour jauger Matt du regard.

— Vous souhaitez nous faire un don.

— Un don généreux, pour vous permettre de continuer à instruire les filles indigentes du quartier, précisa Matt.

— Pourquoi ?

Derrière moi, j'entendis Sœur Clare faire un petit bruit scandalisé.

— Je connais quelqu'un qui a eu besoin de votre aide, il y a plusieurs années, dit Matt. Quand j'ai appris ce qui lui était arrivé et l'assistance que vous lui avez offerte, j'ai décidé de venir voir si je pouvais faire quoi que ce soit pour vous témoigner ma reconnaissance.

— Ohhh, fit Sœur Clare d'une voix douce.

— Sœur Clare, vous avez du travail, lui lança sèchement la mère supérieure. Et fermez la porte en sortant.

Elle attendit que son adjointe ait quitté la pièce, puis dit à Matt :

— Et quel lien avez-vous avec cette femme ? Est-ce une parente ?

— C'est une de mes connaissances.

Matt ne se laissa pas désarçonner par la brusquerie de la mère supérieure, mais il ne faisait pas non plus usage de tout son charme. Il avait dû deviner qu'il serait sans effet sur elle.

— Mais le nourrisson qu'elle vous a confié est très important à mes yeux.

Les phalanges de la mère supérieure blanchirent.

— Je vois. Et vous voulez savoir ce qu'il est devenu en sortant d'ici, en échange de votre don.

— Vous êtes très perspicace, Révérende Mère. C'est exactement ce que je veux.

— Dans ce cas, je ne peux rien pour vous. Les informations relatives aux enfants qui passent par ce couvent sont confidentielles. Vous qui êtes un gentleman, Mr Glass, je suis sûre que vous pouvez le comprendre.

— Il faut que je retrouve ce jeune homme, dit Matt, c'est dans son intérêt. Et dans celui d'au moins une autre personne profondément pieuse.

— Alors le Seigneur le guidera jusqu'à cette personne.

Pour la première fois depuis notre arrivée, une lueur s'alluma au fond de ses yeux. Elle prenait plaisir à cette joute verbale.

— Le Seigneur a parfois besoin de l'aide de ses envoyés sur Terre.

— Il est contraire à nos règles de divulguer des informations personnelles, Mr Glass.

Elle ne détachait pas son regard de lui, et il ne détourna pas les yeux. Matt n'avait pas non plus l'air déçu. Il s'attendait à une telle résistance, il s'y était préparé.

— Le Couvent du Sacré-Cœur fournit un service confidentiel non seulement aux mères qui nous confient leurs enfants, mais également aux couples qui les veulent, reprit la mère supérieure. Nous ne saurions trahir leur confiance en enfreignant cette confidentialité.

— De quelle somme puis-je vous faire don pour vous convaincre qu'il est dans votre intérêt de me confier ces informations ? insista Matt.

La mère supérieure se contenta de secouer la tête.

— Cinq mille livres ? proposa-t-il.

Je retins mon souffle. C'était là une somme considérable.

Elle se leva.

— Non, Mr Glass.

— Vingt mille ?

Vingt mille livres !

La mère supérieure décroisa les mains et posa ses paumes à plat sur son bureau. Elle dévisagea Matt, mais son regard semblait le traverser. Peut-être faisait-elle le calcul de toutes les rénovations qu'un don de vingt-mille livres pourrait financer pour le couvent et l'école.

Au bout d'un moment, elle fit non de la tête.

— Je regrette, c'est impossible.

— Personne n'en saura rien, dis-je. Nous ne dirons ni à sa mère ni à lui que c'est vous qui nous aurez dit où le trouver.

— Dieu le saura, Miss Steele.

Je serrai plus fort mon réticule entre mes mains.

— Et si c'était vous qui le contactiez de notre part, Révérende Mère ? Il est adulte aujourd'hui, il devrait avoir la possibilité d'en décider lui-même.

Pour toute réponse, elle s'avança jusqu'à la porte et l'ouvrit. Elle avait marché si silencieusement qu'elle surprit Sœur Clare qui écoutait de l'autre côté. Sœur Clare retourna précipitamment à son bureau, où elle fit mine de lire un document.

— C'est une question de vie ou de mort ! m'exclamai-je.

Sœur Clare baissa le document qu'elle tenait et nous regarda, bouche bée.

— Bonne journée, Mr Glass, et à vous aussi, Miss Steele, dit la mère supérieure, avec toutefois une certaine bienveillance.

Elle semblait avoir de la peine pour nous et son expression avait perdu une partie de sa sévérité. Peut-être se laissait-elle un peu attendrir par mes supplications.

— Vous comprendrez, j'espère, que nous devons protéger ces pauvres mères, et leurs enfants aussi.

— Je vous en prie, l'implorai-je, hésitant à lui prendre la main : j'ignorais s'il était permis de toucher une religieuse.

— La mère n'était pas pauvre et, comme je vous l'ai dit, son enfant est adulte, à présent. Sa mère était d'ailleurs une aristocrate, et Phineas Millroy doit avoir vingt-sept ans, aujourd'hui.

Le cri de stupeur de Sœur Clare résonna entre les murs nus de l'antichambre. La mère supérieure blêmit.

— Il y a vingt-sept ans, murmura Sœur Clare. La même année que...

— Sœur Clare ! la coupa la mère supérieure.

L'adjointe se tut brusquement et se plaqua une main sur la bouche.

La mère supérieure prit une longue inspiration tremblante.

— Sœur Clare, raccompagnez nos visiteurs.

Elle se retira dans son bureau et ferma la porte.

Sœur Clare nous invita à passer devant elle. La main dont elle nous fit signe tremblait.

J'attendis d'avoir atteint le portail, puis je m'arrêtai et fis volte-face vers elle.

— Vous vous souvenez de lui, n'est-ce pas ? Vous vous souvenez de Phineas Millroy ?

Sœur Clare jeta un regard désespéré en direction de la porte.

— S'il vous plaît, Miss Steele. Je n'ai pas le droit de répondre à vos questions.

Pas le droit, c'était toujours mieux qu'un refus.

— Mais il le faut ! Nous devons le retrouver, la vie d'un ami très cher en dépend.

— Comment cela ? Je ne comprends pas ce que vous voulez dire.

— India, m'avertit Matt. Allons-nous-en.

— Mais, Matt...

— Nous n'obtiendrons pas de réponses ici aujourd'hui. Ce n'est pas grave.

C'était grave, au contraire. C'était très grave, même. Si nous n'avions pas pu obtenir de réponses en offrant aux religieuses de faire un don considérable ni en faisant appel à leur conscience, comment allions-nous faire ? À moins de nous introduire dans le couvent pendant la nuit pour fouiller leurs archives, je ne voyais pas d'autre moyen.

Matt était peut-être prêt, en désespoir de cause, à entrer par effraction, mais il s'en voudrait terriblement par la suite, j'en étais sûre.

— Je vous en prie, Sœur Clare, dis-je. Un bébé appelé Phineas Millroy, qui est arrivé ici il y a vingt-sept ans. Dites-nous où le trouver.

— C'est justement le problème, murmura Sœur Clare d'un air de confidence. Je ne sais pas où il est. Écoutez. Il y a vingt-sept ans, il s'est passé ici quelque chose qui me hante encore à ce jour. Mais c'est peut-être sans rapport avec cet enfant.

— Dites-nous-en plus, dit Matt.

Elle lança un regard par-dessus son épaule avant de s'approcher un peu plus.

— Nous sommes une communauté très discrète. Notre ordre ne vit pas cloîtré, mais nous restons entre nous. Nous nous mêlons rarement au monde extérieur. Nous n'en avons tout simplement pas besoin, puisque nous disposons de notre propre potager qui suffit presque entièrement à nous nourrir, et d'une grande cuisine où nous faisons notre propre pain. Nous avons un petit magasin attenant à l'école, où nous vendons des objets que nous fabriquons pour gagner de quoi acheter ce que nous ne produisons pas nous-mêmes. Alors quand il arrive un événement singulier, nous avons tendance à nous refermer sur nous-mêmes au lieu de demander l'aide du dehors.

Elle regarda à nouveau autour d'elle, et je craignis qu'elle change d'avis et garde le silence.

— Sœur Clare, êtes-vous en train de dire que vous avez besoin de *notre* aide ? demandai-je. Nous avons un talent pour élucider les mystères, si c'est de cela qu'il s'agit. Et nous sommes discrets.

— Extrêmement discrets, renchérit Matt pour la rassurer. Allégez votre conscience, Sœur Clare, et laissez-nous vous aider si nous le pouvons. Que s'est-il passé il y a vingt-sept ans, pour que vous soyez si bouleversée ?

Une sœur passa chargée d'un panier couvert d'un linge. Sœur Clare la salua d'un signe de tête, puis elle nous poussa vers le porche, faisant mine de nous faire sortir.

— La police est venue, mais leur enquête n'a rien donné.

Voilà qui m'intriguait.

— Y a-t-il eu un crime commis ici ? lui demandai-je.

— Je ne sais pas exactement. Cela me taraude depuis toutes ces années, et je sais que nous sommes censées garder pour nous ce qui se passe dans ce couvent, mais... là, c'est différent. Il pourrait bien s'agir non pas d'une question spirituelle, mais d'une affaire séculière.

Elle inspira profondément et hocha fermement la tête, comme

si elle s'était enfin décidée à s'élancer du haut d'une muraille élevée.

— Il y a vingt-sept ans, la précédente mère supérieure, Mère Alfreda, a disparu. Elle s'est volatilisée du jour au lendemain, sans dire à personne où elle allait.

— A-t-elle emporté ses effets personnels ? s'enquit Matt.

— Nous n'en avons pas, Mr Glass. Nous abandonnons toutes nos possessions terrestres en prononçant nos vœux éternels. Elle est partie avec seulement l'habit qu'elle portait.

— S'est-il produit autre chose d'inhabituel à la même époque ? demandai-je. Un intrus s'est-il introduit dans le couvent ? Avait-elle eu un différend avec quelqu'un ?

Elle descendit lentement les marches pour nous raccompagner jusqu'à notre voiture, en regardant à droite et à gauche.

— Il y a bien eu quelque chose qui s'est passé à la même période, mais je n'ai fait un lien entre les deux événements que plus tard. Et maintenant, voilà que vous venez nous parler de ce bébé, après tant d'années. Je me souviens parfaitement de son nom parce que c'était l'un des enfants qui ont disparu à peu près en même temps que Mère Alfreda.

CHAPITRE 2

— *D*isparu ! m'exclamai-je.

Sœur Clare m'enjoignit de baisser la voix et se retourna pour surveiller la porte du couvent, restée ouverte.

— Deux bébés qui disparaissent, et la mère supérieure qui s'en va sans rien dire à personne, c'est une drôle de coïncidence. Vous ne trouvez pas ?

— Et vous vous rappelez que l'un de ces bébés se nommait Phineas Millroy ? demanda Matt. C'était il y a longtemps.

— J'ai une excellente mémoire. Je consigne les noms de tous les enfants abandonnés, et l'endroit où ils vont lorsqu'ils nous quittent. C'est moi qui ai établi les fiches de ces deux bébés à leur arrivée, et ensuite, après leur disparition, j'ai voulu les mettre à jour, mais impossible de les trouver.

— Leurs fiches ont disparu aussi ? demandai-je.

Elle confirma d'un signe de tête.

— J'ai posé la question à Mère Alfreda – c'était notre mère supérieure à l'époque, celle qui a disparu – et elle m'a dit que l'un des deux était mort pendant la nuit, mais... cela paraissait peu probable. C'était un bébé en parfaite santé, et ses réponses étaient, disons... évasives.

— Et selon vous, c'est elle qui aurait enlevé les enfants ?

— Je l'ignore. Seulement, peu après la disparition du second bébé, elle a disparu à son tour, et Sœur Frances est devenue notre nouvelle mère supérieure.

Deux religieuses tournèrent l'angle à l'autre bout du bâtiment, conversant à mi-voix et marchant sans se presser. Sœur Clare les regarda approcher en se mordant la lèvre inférieure.

— Je m'inquiète sans doute pour rien. Je suis sûre qu'il n'est rien arrivé de fâcheux. C'est juste qu'en entendant le nom de l'un des enfants qui ont disparu, cela m'est soudain revenu à l'esprit, et je me suis posé beaucoup de questions pendant toutes ces années. Je me suis dit que, peut-être...

Elle secoua la tête, puis enfonça ses mains dans ses manches.

— C'est sans importance. C'était il y a longtemps, vous l'avez dit vous-mêmes. Bonne journée.

Elle tourna les talons et rentra précipitamment.

Les deux religieuses qui approchaient levèrent les yeux et, nous apercevant, elles s'arrêtèrent. Elles semblaient assez âgées pour avoir été là vingt-sept ans plus tôt. Matt dut avoir la même idée, car il ne se dirigea pas vers notre voiture.

Ces nonnes avaient toutes deux un air sympathique et un sourire chaleureux. L'une portait une caisse en bois qu'elle tenait par la poignée, et l'autre un panier rempli d'aiguilles à coudre, d'épingles, de tissu et de bobines de fil de coton.

— Bonjour, leur lançai-je joyeusement. Belle journée pour prendre l'air.

— C'est vrai, répondit celle qui portait la caisse en bois, avec un fort accent irlandais. Êtes-vous venus voir la mère supérieure ? Voulez-vous que nous allions la chercher ?

— Nous en revenons, justement, dit Matt en s'inclinant légèrement pour la saluer. Mon nom est Mr Glass, et voici Miss Steele. Nous avons proposé à la mère supérieure de faire un don.

— Oh, c'est merveilleux, dit celle qui portait le panier. Les fonds pour l'école sont toujours les bienvenus. Nous manquons cruellement de matériel pour permettre à nos élèves de s'entraîner aux arts ménagers.

Levant légèrement son panier, elle ajouta :

— Il est difficile de leur apprendre à coudre quand nous n'avons pas assez de coton.

— Sans compter que cette vieille bâtisse aurait bien besoin

d'être remise en état, dit la religieuse irlandaise avec la caisse. Les châssis des fenêtres des étages sont pourris et le toit fuit. Je suis trop vieille pour me hisser jusque là-haut, maintenant, mais nous n'avons pas de quoi payer quelqu'un pour s'en occuper.

— Notre petite boutique ne rapporte pas suffisamment pour couvrir de telles dépenses, dit la nonne au panier.

— Je veux bien jeter un œil à votre toit, gratuitement, dit Matt. C'est peut-être seulement une tuile descellée.

— Vous feriez ça ?

Le visage de la religieuse irlandaise qui portait la caisse s'éclaira.

— Je suis Sœur Bernadette, et voici Sœur Margaret. C'est moi qui suis chargée de la maintenance du couvent et de l'école, mais avec un budget limité, c'est difficile.

— Sans compter que vous n'êtes plus toute jeune, la taquina Sœur Margaret.

— Vous avez le même âge que moi ! protesta Sœur Bernadette. Disons que cela nous rapproche chaque jour un peu plus du Seigneur.

Elle nous fit un clin d'œil, et je ne pus m'empêcher de sourire.

— Votre don sera grandement apprécié, dit Sœur Margaret à Matt.

— Il a été refusé, leur dit-il. Votre mère supérieure n'a pas accepté la condition que j'y mettais.

Je retins mon souffle en voyant le sourire des deux nonnes s'effacer.

Sœur Bernadette laissa sa caisse se balancer devant elle en tenant la poignée à deux mains. C'était une caisse à outils mais, le couvercle étant fermé, je ne voyais pas ce qu'elle contenait.

— Et pourquoi cela ?

— Nous avons posé des questions indiscrètes sur un bébé qui a disparu il y a vingt-sept ans, et ça ne lui a pas plu, dit Matt.

Les religieuses échangèrent un regard.

— Étiez-vous là il y a vingt-sept ans, toutes les deux ? poursuivit-il.

— Oui, dit Sœur Margaret en évitant le regard de Matt.

— Mais nous ne sommes pas au courant de ces histoires de bébés disparus, dit Sœur Bernadette avec un accent encore plus prononcé. Si vous voulez bien nous excuser, nous avons du travail.

Elle se balançait d'un pied sur l'autre comme si elle avait hâte de s'en aller.

Matt regarda Sœur Margaret, plein d'espoir.

— L'enfant que nous cherchons a disparu du couvent, en même temps qu'un autre, à peu près à l'époque où la mère supérieure est partie sans avertir personne. Vous vous en souvenez, n'est-ce pas, ma Sœur ?

— Bien sûr que je m'en souviens. La vie que nous menons ici est très monotone. Ces quelques semaines ont été... un drôle de chamboulement.

Elle souleva son panier entre ses bras et le serra sur sa poitrine.

— C'était une période déroutante, si on ajoute à cela le départ de Sœur Francesca. Elle n'a pas disparu ; elle a seulement décidé que la vie au couvent ne lui convenait pas. Elle a renoncé à ses vœux et elle est allée vivre dans le monde.

Elle secoua la tête comme si cet événement était nettement plus grave que les disparitions.

— Elle n'était pas très futée, mais elle avait été une bonne amie pour moi du temps où nous étions postulantes et novices ensemble.

— Sœur Margaret ! la tança la religieuse irlandaise. Son départ ne regarde personne d'autre.

Sœur Margaret baissa la tête et se hâta de suivre sa consœur.

— Voulez-vous que je revienne cet après-midi pour monter voir la fuite sur le toit ? leur lança Matt alors qu'elles s'éloignaient.

— Ce sera à la mère supérieure d'en décider, dit Sœur Bernadette.

Après les avoir regardées disparaître en direction de l'école, nous remontâmes en voiture.

— Je suis navrée que nous n'ayons pas obtenu de réponses, dis-je tandis que les chevaux se mettaient en marche. Nous rentrons bredouilles, une fois de plus.

— Mais pas du tout. Où est donc passé votre optimisme, India ? Nous en avons appris plus que je ne prévoyais, et mieux encore : nous avons découvert que les archives concernant Phineas Millroy ne sont pas là où elles devraient.

— Je ne vois pas en quoi c'est une bonne nouvelle. Nous ignorons toujours où est sa fiche et, pire encore, où il est, lui.

À la seconde où je prononçai ces mots, je regrettai aussitôt de lui avoir fait remarquer notre échec. Matt n'avait pas l'air déçu ; au contraire, il paraissait exalté, et j'aimais mieux le voir ainsi.

— Je ne m'attendais pas à ce qu'on nous indique dès aujourd'hui où il se trouve, dit-il. Au moins, maintenant, je sais qu'il ne servirait à rien d'entrer en cachette pour fouiller leurs archives.

Il en avait donc bien eu l'intention, en fin de compte. Je réprimai mon hoquet de surprise.

— Vous semblez choquée, dit-il sans chercher à cacher son sourire malicieux.

— Mes pensées sont-elles donc si faciles à lire ?

— Pour moi, oui.

Son sourire disparut.

— Je n'aurais fait de mal à personne.

— Je le sais bien.

— Et si cela peut vous rassurer, j'aurais éprouvé des remords.

— Ça aussi, je le sais. Dommage que vous ne soyez pas catholique : vous auriez pu vous confesser et, après quelques *Je vous salue, Marie*, vous vous seriez senti moins coupable.

Il eut un petit rire, mais il fut de courte durée. Tout à coup, il se jeta en avant, me poussant sur le côté pour regarder par la fenêtre de derrière.

— Stop ! cria-t-il en donnant quelques coups de poing contre le plafond. Arrêtez la voiture !

Le cocher obliqua vers le bord du trottoir et Matt sortit d'un bond sans même attendre l'arrêt complet. Il se précipita là d'où nous étions venus, évitant de peu les piétons et la circulation, tourna à un coin de rue et disparut. J'attendis trois minutes avant de sortir à mon tour : mes nerfs n'auraient pas tenu une seconde de plus. Toutefois, il réapparut à l'angle avant que je puisse me lancer à sa recherche et revint en courant à petites foulées.

— Que s'est-il passé ? lui demandai-je en reprenant place dans la cabine.

— Il m'a semblé qu'un fiacre nous suivait, mais je n'en suis pas certain.

Il remonta également et, d'un petit coup au plafond, ordonna au cocher de se remettre en route.

— Et maintenant, qu'allons-nous faire ?

Les yeux toujours rivés sur la fenêtre à l'arrière, Matt répondit :

— Voyons ce que nous arrivons à découvrir sur cette mère supérieure qui a disparu il y a vingt-sept ans. Je pense que sa disparition a un lien avec celle de Phineas Millroy. Les deux sont trop proches pour que ce ne soit qu'une coïncidence.

— Croyez-vous qu'elle soit partie pour les élever, lui et cet autre enfant ?

Il haussa les épaules pour toute réponse.

— Et l'autre nonne, celle qui a renoncé à ses vœux ? demandai-je. Sœur Francesca. Je me demande si elle sait quelque chose.

— Cela vaut la peine de l'interroger. À mon avis, si elle a renoncé à la vie au couvent et à toutes ses règles, elle sera plus disposée à nous parler.

— C'est vrai, dis-je. La sinistre Mère Frances ne sera pas là pour la transpercer de son regard sévère. Mais comment la retrouver ? Nous ne connaissons même pas son nom.

Matt sourit.

— Chaque chose en son temps.

— Que voulez-vous dire ?

— Je veux dire que je vais commencer par réparer la fuite de leur toit.

* * *

Duc fut le premier à revenir pour le déjeuner, suivi de Cyclope et Willie. Je devinai à leurs visages déconfits qu'ils rentraient bredouilles. Matt ne leur demanda même pas ce qu'avait donné leur recherche de Payne ; il préféra se mettre aussitôt à leur raconter notre visite au couvent, qu'il estimait *fructueuse*, ainsi que son plan consistant à réparer leur toit.

— Allez-y tous les deux, dit-il à Cyclope et Duc. La pente du toit est raide, il faudra que l'un de vous retienne la corde à laquelle l'autre sera attaché.

Je m'attendais à ce que Willie se plaigne de ne pas être impliquée, mais elle ne dit rien.

— Dites aux religieuses que c'est moi qui vous envoie, poursuivit Matt en tendant ses longues jambes sous son bureau. Elles se méfieront de toute façon parce que vous avez un accent américain, et parce qu'il n'y a qu'à moi que Sœur Bernadette a parlé du toit. Inutile de prétendre que nous ne nous connaissons pas, ça ne servirait à rien.

— Je n'avais pas l'intention de mentir, dit Cyclope en croisant les bras.

— Interrogez-les de façon subtile, leur conseillai-je. Pas de questions trop directes.

— Ces deux-là ? Subtils ? gloussa Willie.

Duc leva les yeux au ciel, agacé par sa remarque.

— Et toi, Willie, où seras-tu pendant qu'on travaillera ? Encore en vadrouille du côté de l'hôpital ?

— Ça dépend si Matt a besoin de moi ou pas.

— Non, dit Matt en se levant. India et moi, nous allons faire des emplettes.

— Ah bon ? m'étonnai-je en me levant à mon tour. Et qu'allons-nous acheter ?

— Une nouvelle montre.

Eddie Hardacre, alias Jack Sweet, avait réduit en miettes la montre de Matt quelques jours plus tôt. Dieu merci, ce n'était pas sa montre magique mais une autre, tout à fait ordinaire. Mes entrailles frémirent de dégoût, comme chaque fois que je repensais à mon ex-fiancé, à la façon dont il avait réussi à nous duper pendant si longtemps, mon père et moi, et au jour où il avait tenté de tuer Matt.

— D'accord, nous irons chez les Mason, dis-je. Mais pas avant que vous ne vous soyez reposé.

— Naturellement.

Duc, Willie et Cyclope me suivirent dans le couloir.

— Tu ne demandes pas à India de transmettre un message à Miss Mason ? demanda Duc à Cyclope avec un sourire narquois.

— Tu tiens vraiment à ce que je t'en colle une ? rétorqua Cyclope.

Duc répondit par un ricanement qui lui valut une bourrade de Cyclope dans l'épaule droite. Willie, qui était à gauche de Duc, lui donna un coup de poing dans l'autre épaule.

— Aïe !

— Fiche la paix à Cyclope, dit-elle.

— Tu es sûre de vouloir me demander ça ? Si je lui fiche la paix, je risque de te poser des questions embarrassantes sur tes amours, à la place. C'est vraiment ce que tu veux, Willemina Johnson ?

Willie mit les mains sur les hanches.

— Tu cherches les ennuis, Duc.

— Je confirme, dit Cyclope en esquissant un sourire. Qui commence, Willie ? Toi ou moi ? demanda-t-il en faisant craquer ses doigts.

Duc dévala l'escalier en courant et le bruit de ses pas lourds résonnait encore à travers la maison alors qu'il avait déjà disparu.

Cyclope partit d'un gros rire tonitruant. Willie sourit et passa son bras autour de la taille du colosse.

— Il faut qu'on lui trouve une femme, lui aussi, ou il va nous rendre dingues avec toutes ses questions, dit-elle.

* * *

Quand Mrs Mason nous vit acheter une nouvelle montre de gousset dans la boutique de sa famille, elle insista pour nous inviter à prendre le thé. J'acceptai volontiers, ravie d'avoir l'occasion de renouer avec des amis de longue date de ma famille. Notre relation avait connu quelques tensions depuis qu'ils avaient appris que j'étais magicienne. Je ne leur en voulais pas d'avoir cherché à prendre leurs distances avec moi, ni d'avoir tenté d'empêcher Catherine de me fréquenter. Ils avaient peur que la guilde des Horlogers, qui ne voyait pas cette amitié d'un bon œil, ne trouve un moyen de punir Mr Mason. Mais maintenant que la guilde et son maître, Mr Abercrombie, avaient admis être au courant de mes pouvoirs magiques, cette menace avait moins d'effets. Et bien sûr, le fait que j'aie déclaré que je ne comptais pas ouvrir ma propre boutique jouait en ma faveur.

Du moins, c'était ce que je croyais.

— Que deviendra la boutique, maintenant qu'il a été prouvé que Hardacre était un imposteur ? demanda Mr Mason après quelques échanges de banalités et une fois le thé servi.

— Papa ! le réprimanda Catherine. Laisse donc India et Matt boire leur thé !

Mon amie s'était jointe à nous avec ses parents, laissant ses frères tenir la boutique.

— Mais non, c'est normal, dis-je. Ces questions ne me dérangent pas. Je sais que vous êtes inquiet, Mr Mason, alors permettez-moi de vous rassurer : je n'ai aucune intention de réparer ni de vendre des montres et des horloges, même si la boutique revient entre les mains de ma famille.

— India n'est pas encore propriétaire des lieux, de toute façon, ajouta Matt. Il faudra passer devant les tribunaux pour déterminer à qui elle appartient.

— Ce serait injuste qu'Eddie la garde, s'emporta Catherine. Je ne sais même plus quel est son vrai nom. Je n'en reviens toujours pas qu'il se soit donné tant de mal pour se venger de Chronos, ni que nous nous soyons tous laissés prendre à ses mensonges.

— Moi non plus, marmonnai-je.

— Il était très habile, concéda Matt, indulgent. Tout le monde y a cru.

— Mais ce qui joue en ta faveur, ce n'est pas seulement sa duplicité, n'est-ce pas ? dit Mr Mason. C'est le fait que le testament de ton père soit invalide, puisqu'il est mort avant ton grand-père, qui est toujours en vie, lui.

Il me regarda comme si c'était ma faute, alors que je n'avais moi-même découvert la vérité sur Chronos que tout récemment.

— Papa !

Catherine reposa sa tasse qui tinta sur la soucoupe et elle fit les gros yeux à son père. J'étais heureuse de constater qu'elle s'était mise à tenir tête à ses parents, mais cela n'aurait pas dû me surprendre : elle était venue me rendre visite plusieurs fois à leur insu. Ces dernières semaines, elle était devenue plus courageuse et plus intelligente.

— Mr Mason, l'invectiva sèchement sa femme, faut-il vraiment parler de sujets si macabres ? India et Mr Glass sont nos invités.

— C'est un autre élément supplémentaire en ma faveur, répondis-je à Mr Mason. Lorsqu'il était ici, Chronos a rédigé un nouveau testament dans lequel il me lègue la boutique à sa mort, ce qui vient s'ajouter au reste. L'affaire est entre les mains des avocats, maintenant ; il ne nous reste plus qu'à attendre le verdict du juge.

— Mais ton grand-père n'est pas mort, objecta Mr Mason. Il en est donc toujours le propriétaire légitime, ce qui veut dire que c'est à *toi* de la gérer, India.

— Il m'a dit que je pouvais en faire ce que je voulais. Je mettrai sans doute la boutique en location, dis-je pour bien insister sur le fait que je n'étais pas une menace pour les affaires de sa famille. Après tout, j'étais la seule magicienne horlogère de la ville à notre connaissance ; il était donc normal qu'il me demande une confirmation.

— Mon locataire ne sera même pas nécessairement un horloger. Si tel est le cas, je tiens à vous donner la priorité si vous souhaitez racheter une partie du stock, à prix d'ami, bien sûr.

— Je... je...

Mr Mason me dévisagea en clignant plusieurs fois des yeux, puis il se tourna vers Matt.

— Ce n'est pas moi qu'il faut regarder, Monsieur, dit Matt. C'est India qui se charge de toutes les transactions commerciales concernant sa propriété. Naturellement, elle pourra avoir recours à mon avocat si elle le souhaite.

— Très bien, déclara Mrs Mason. Voilà qui est réglé. India, peux-tu venir m'aider un instant dans la cuisine ? Reste ici, Catherine, ajouta-t-elle en voyant sa fille se lever.

Je suivis Mrs Mason à la cuisine, où sa bonne était occupée à couper des carottes pour le repas du soir. Mrs Mason lui demanda d'aller dans la cour de derrière vérifier où en était la lessive dans la cuve. Lorsqu'elle fut sortie, Mrs Mason se tourna vers moi.

— Je sais que Catherine et toi, vous vous êtes vues au cours des dernières semaines, dit-elle, bien que nous lui ayons clairement ordonné de t'éviter.

J'ouvris la bouche pour protester mais, ne trouvant aucun mensonge à lui répondre, je la refermai aussitôt.

— C'est sans importance, reprit-elle. C'était peut-être une exigence injuste de notre part. Quoi qu'il en soit, ce n'est pas de cela que je voulais te parler.

Elle jeta un coup d'œil vers la porte et le couloir sur lequel elle donnait.

— Catherine a-t-elle un soupirant ?

Sa question était si inattendue qu'il me fallut quelques instants pour retrouver mes esprits.

— Non, répondis-je avec assurance. Non, elle n'en a pas.

Ce n'était pas un mensonge. Malgré l'attirance mutuelle entre lui et Catherine, Cyclope refusait d'explorer leurs sentiments et de voir s'ils pouvaient déboucher sur quelque chose de plus profond. Ce qui l'inquiétait, ce n'était pas tant sa couleur de peau – qui devait pourtant peser dans la balance, non pas pour Catherine, mais pour lui – mais bien plutôt son passé en Amérique. Un riche et influent exploitant minier réclamait la tête de Cyclope depuis qu'il avait signalé aux autorités que son employeur, en utilisant des matériaux de mauvaise qualité, était responsable d'un éboulement qui avait causé la mort de plusieurs mineurs. Cette chasse à l'homme avait condamné Cyclope à une vie rude passée à fuir et à se cacher sans cesse. Matt et les autres l'avaient aidé dans une certaine mesure, mais ce n'était tout de même pas une vie à offrir à une femme. Toutefois, Cyclope restait inflexible : il comptait bien rentrer dans son pays avec Willie, Duc et Matt.

Je sentis une boule dans ma gorge en pensant au jour où ils partiraient. Ils allaient tous me manquer, pas seulement Matt. Ils s'étaient petit à petit fait une place dans mon cœur, une place que j'aurais du mal à combler quand ils ne seraient plus là. Et c'était Matt qui y occupait le plus d'espace.

— Mais alors pourquoi est-elle si troublée, ces temps-ci ? demanda Mrs Mason. Elle n'a plus goût à rien depuis qu'elle a mis fin à sa relation avec Mr Wilcox. Quel dommage qu'elle l'ait éconduit !

— Ils étaient mal assortis, lui dis-je. Il était beaucoup trop casanier pour elle. Catherine est aventureuse et pleine d'énergie, il lui faut un mari qui l'emmènera en voyage, au lieu de l'enfermer dans une cuisine, comme enchaînée à ses fourneaux.

Mrs Mason s'étrangla et plaqua un pan de son tablier sur ses lèvres. Je regrettai aussitôt d'avoir manqué de tact. Mrs Mason était une épouse et une mère exemplaire. Son foyer était son sanctuaire, et sa famille était toute sa vie. Elle ne comprenait pas que Catherine puisse aspirer à autre chose.

Je lui serrai le bras.

— Vous avez élevé une jeune femme à l'esprit vif qui est douce, compétente et pleine d'énergie. Vous pouvez en être très fière, Mrs Mason. Catherine est une personne merveilleuse, et c'est parce que vous et Mr Mason avez été pour elle d'excellents modèles.

Elle se tamponna le coin des yeux à l'aide de son tablier.

— Et pourtant, elle finira par me quitter. J'en suis certaine. Peut-être pas tout de suite, mais cela arrivera un jour.

— Tout le monde quitte ses parents un jour ou l'autre.

— Non, pas toi. Tu n'as jamais abandonné Elliot. Tu étais une bonne fille, India, et tu es toujours quelqu'un de bien, d'ailleurs. Si seulement Catherine pouvait prendre davantage exemple sur toi et se satisfaire du sort qui est le sien, au lieu d'en vouloir toujours plus !

J'aurais voulu lui dire qu'il n'y avait pas de mal à en vouloir plus, et que tout un chacun devrait faire de son mieux pour s'améliorer d'une manière ou d'une autre. Mais je devinais qu'elle ne voulait pas entendre d'autres vérités difficiles à accepter. Et après tout, Catherine ne risquait pas de s'en aller de sitôt. Elle avait beau avoir soif d'aventure, elle n'avait ni les moyens ni les compétences pour s'élancer seule dans l'inconnu. Il lui faudrait mettre sa vie entre parenthèses jusqu'au jour où quelqu'un ayant ces moyens et ces compétences pourrait lui faire découvrir le monde.

J'éprouvai soudain pour elle une tristesse infinie. C'était injuste, qu'elle ne puisse pas faire ce qu'elle voulait tant qu'elle n'aurait pas trouvé à se marier. Je réalisai combien il était vital pour nous, les femmes, de trouver un époux avec des sensibilités, des rêves et des valeurs conformes aux nôtres. Faute de quoi, la vie n'était qu'un interminable calvaire.

Je m'efforçai de sourire à Catherine lorsqu'elle nous raccompagna à notre voiture avec ses parents, mais elle ne fut pas dupe.

— Que te voulait ma mère ? me souffla-t-elle en lançant des coups d'œil furtifs vers Mrs Mason, qui nous tournait le dos.

— Elle m'a demandé de lui promettre de ne pas t'entraîner sur la voie pernicieuse de la magie.

Elle leva les yeux au ciel.

— J'aimerais bien avoir des pouvoirs magiques. Ce serait exaltant !

— Et devoir les cacher au reste du monde sans pouvoir être toi-même ? Je ne crois pas que ça te plairait.

— Ce n'est pas si différent de ce que je fais déjà, tu ne crois pas ? soupira-t-elle. Chaque jour, j'ai un peu plus de mal à cacher mes sentiments pour Nate. Je n'arrête pas de penser à lui.

— Alors il faut que tu trouves autre chose pour t'occuper l'esprit. Et si tu allais visiter des musées, ou apprendre tout ce que tu pourras sur un sujet qui t'intrigue ?

Elle éclata de rire.

— Tu es parfois un drôle de phénomène, India. Il n'y a que toi pour trouver les musées intéressants. Et maintenant, ajouta-t-elle, dis-moi tout : comment va Nate ?

— Il va bien. Est-ce que tu viendras lui rendre visite ?

— Peut-être.

Puis, avec un geste du menton en direction de Matt, qui nous avait précédées pour m'ouvrir la porte de la voiture elle demanda :

— Est-ce que Matt va bien ? Il a l'air souffrant.

— Il l'est, répondis-je simplement.

Pendant le trajet du retour, j'étudiai Matt d'un regard nouveau. Comme je passais toutes mes journées avec lui, je ne voyais pas toujours les changements subtils sur son visage. Mais maintenant que Catherine m'en avait fait la remarque, je prenais conscience des rides plus nombreuses et plus marquées autour de ses yeux, des cernes sombres qu'il avait dessous, et de la teinte grisâtre de sa peau. Il s'était écoulé à peine deux heures depuis qu'il avait utilisé sa montre et pris du repos. La durée de la magie raccourcissait, et je n'aimais pas ça. Je n'aimais pas ça du tout.

— Pourquoi me regardez-vous comme ça ?

Ses bras croisés et son regard soupçonneux m'indiquèrent qu'il connaissait déjà la réponse, et qu'il n'appréciait pas mon inquiétude.

— Comment est-ce que je vous regarde ? demandai-je en tâchant de prendre un air innocent.

— Comme si vous aviez pitié de moi. N'ayez pas pitié de moi, India.

— Ce n'est pas de la pitié, c'est de la compassion.

— Je n'en veux pas non plus.

Je croisai les bras et haussai les sourcils.

— Que voulez-vous donc que je fasse, Matt ? Que je cesse de vous regarder ? Que je cesse de penser à vous ? Je ne peux pas, voilà.

L'un des coins de sa bouche se releva légèrement.

— Je suis heureux que vous l'ayez enfin avoué, mais j'aurais préféré que ce soit sans votre pitié.

— Ma compassion, pas ma pitié. Et avoué quoi ?

— Que vous pensez à moi.

L'autre côté de sa bouche se releva à son tour, et il sourit pour de bon.

— Je peux même faire abstraction de vos regards compatissants, du moment que je vous entends dire que j'occupe bel et bien vos pensées, en fin de compte. Je commençais à en douter, vu votre refus catégorique de m'épouser. Mais maintenant, je suis un peu rassuré : vous finirez par dire oui.

Mon visage s'embrasa malgré tous mes efforts pour ne pas rougir.

Son sourire s'élargit.

— Vous êtes encore plus jolie quand vous rougissez.

— Matthew Glass, c'en est assez, merci.

Je me retournai vers la vitre, mais cela ne servait à rien. Il nous était impossible de nous éviter dans cet habitacle exigu.

— Pourquoi ? Avez-vous peur de me révéler encore autre chose ? Peut-être même pourriez-vous m'expliquer la raison saugrenue qui vous empêche d'accepter ma demande, puisque vous prétendez que ma santé n'y est pour rien.

— Comment me suis-je laissée entraîner dans cette conversation ? marmonnai-je à l'intention de mon reflet.

— Vous avez avoué que vous ne pouviez pas vous empêcher de me regarder et de penser à moi.

— Je suis certaine que vous déformez les faits.

— Dites-moi la vérité, India.

Il se pencha en avant et appuya ses coudes sur ses genoux.

— Dites-moi ce qui vous déplaît tant chez moi, pour ne pas vouloir de moi comme époux.

— Rien. Tout. C'est... compliqué. Je ne veux pas en parler maintenant.

— Craignez-vous que je vous fasse changer d'avis ?

Sous le ton facétieux de sa voix se cachait une question tout à fait sérieuse. Il tâtait le terrain, testant ma résistance pour ne pas se montrer trop insistant.

Il avait peur d'être rejeté. Matt était tout aussi vulnérable que... eh bien, que moi.

Cette révélation ahurissante me frappa de plein fouet. Je n'aurais jamais cru voir cet homme si plein d'assurance, si désirable, vaciller sur sa base, et encore moins à cause de moi. J'aurais dû en éprouver un sentiment de puissance, mais il n'en était rien. J'étais terriblement malheureuse.

Après quelques instants passés à me fixer du regard, il se recula contre le dossier de son siège. Nous passâmes le reste du trajet sans dire un mot.

Lorsqu'il me parla à nouveau, une fois chez nous, ce fut pour me rappeler alors que je commençais à monter les marches. Il s'était attardé dans le vestibule pour lire le courrier que lui tendait Bristow.

— Il y a une lettre de mon avocat, dit Matt en me rattrapant dans l'escalier. C'est à propos de votre maison.

Il me tendit la lettre et je la lus attentivement.

— Elle est louée, dis-je. C'était rapide.

— Il n'y avait pas de raison d'attendre. On dirait bien que vous êtes coincée ici, alors. J'espère que vous pourrez supporter de loger sous le même toit que moi.

— Jusqu'à présent, cela ne m'a pas posé de problème.

Il me prit la main. Étant une marche plus haut, j'étais presque de la même taille que lui, et le regarder dans les yeux mettait mes nerfs à rude épreuve. J'en avais presque le souffle coupé.

— Pourquoi vous montrez-vous si cruelle ? murmura-t-il en scrutant mon visage.

Je ne trouvai pas de réponse, ni aucun moyen de m'extraire de cette situation sans lui en donner une. D'ailleurs, je n'avais aucune envie de lui en donner une.

C'est Miss Glass qui fut ma planche de salut.

— India ! appela-t-elle d'une voix stridente depuis l'étage. India, j'ai besoin de vous. Venez tout de suite.

Matt me lâcha la main, mais non sans effleurer délicatement mes doigts avec les siens. J'aurais pu me dégager sans mal, mais je n'en fis rien.

— Quand je serai guéri, je veux connaître votre réponse, dit-il. C'est d'accord ?

J'opinai.

— Guérissez, Matt, et nous parlerons de tout ce que vous voudrez. Mais guérissez, je vous en conjure.

CHAPITRE 3

ous restâmes juste assez longtemps pour permettre à Matt d'utiliser sa montre et de reprendre un peu de repos. Je restai lire dans ma chambre pour éviter que Miss Glass ne me fasse la morale. Lorsque j'arrivai avec Matt à Scotland Yard, l'après-midi était déjà bien avancé et les ombres que projetait l'imposant édifice orange et blanc s'étiraient sur toute la largeur de Victoria Embankment et jusqu'à la Tamise.

Habituellement, au quartier général de la police, nous allions voir le commissaire Munro, mais pas cette fois. Matt voulait parler à l'inspecteur-chef Brockwell, un policier flegmatique mais scrupuleux que Matt avait en estime. Pour ma part, je réservais encore mon jugement. Même si j'appréciais sa détermination implacable à découvrir la vérité, je craignais qu'il ne considère Matt comme un hors-la-loi et finisse par l'arrêter un jour. La police l'avait déjà arrêté par le passé et, n'ayant pas accès à sa montre dans sa cellule, il avait failli y perdre la vie. Je n'avais aucune garantie que cela ne se reproduirait pas. Avec le shérif Payne qui ne cessait de raconter au commissaire les méfaits que Matt avait commis en Amérique, mes inquiétudes étaient justifiées. Jusqu'à présent, le commissaire avait choisi de nous croire quand nous lui avions dit de ne pas faire confiance à Payne, mais pour combien de temps ? Combien de fois ferme-rait-il les yeux sur notre fâcheuse tendance à nous attirer des ennuis, surtout dans la mesure où, pour préserver le secret de la montre magique de Matt, nous ne pouvions lui donner aucune explication ?

— Que puis-je faire pour vous ? nous demanda l'inspecteur-chef Brockwell. Nous étions dans son petit bureau sans fenêtre situé à l'arrière du bâtiment. La pièce était bien différente du bureau du commissaire Munro, qui était au dernier étage, avec vue sur le fleuve. Outre la vue inexistante et l'espace exigu, l'endroit était en désordre. Tout comme Brockwell lui-même, son bureau avait un aspect brouillon. Des feuilles de papier étaient éparpillées sur le bureau et la chaise, et certaines étaient même tombées par terre. Un portrait de la reine était accroché de travers sur le mur avec, en dessous, une carte de Londres. L'étagère était pratiquement vide, mais le coin de la pièce était occupé par des piles de livres.

Matt ramassa les feuilles sur l'une des chaises et m'invita à m'asseoir. Je pris place et, ne trouvant pas d'autre endroit pour les ranger, il déposa la pile près de mes pieds et resta debout à côté de moi.

— India et moi enquêtons sur la disparition d'une religieuse du couvent du Sacré-Cœur, à Chelsea, commença Matt.

À chacun de ses mots, les sourcils de l'inspecteur étaient remontés un peu plus haut, jusqu'à rejoindre presque la naissance de ses cheveux quand Matt mentionna le couvent.

— Vous enquêtez sur un crime ? Pourquoi ?

— L'une des religieuses nous a demandé de nous pencher sur cette affaire. Cette histoire la travaille et elle voudrait bien savoir ce qu'il s'est passé, après toutes ces années.

— Combien d'années ?

— Vingt-sept ans.

— Vingt-sept ans, répéta Brockwell, impassible. Comme c'est curieux.

— Que voulez-vous dire ? demandai-je.

— C'est un chiffre qui revient fréquemment, ces temps-ci. Le Dr Millroy a été assassiné il y a vingt-sept ans, après avoir lui-même été impliqué dans une mort suspecte à la même époque.

Il gratta ses épais favoris avec circonspection et, j'en étais convaincue, une lenteur étudiée dont le but était de m'irriter.

Ce geste ne parut pas déranger Matt.

— Je doute que les respectables sœurs de l'Ordre du Sacré-Cœur aient quoi que ce soit à voir avec ces crimes, dit-il.

Je serrai les lèvres pour réprimer un sourire.

Brockwell cessa de se gratter.

— Je ne crois pas aux coïncidences.

Si Brockwell connaissait les circonstances de la mort du Dr Millroy, il en ignorait le contexte plus large, à savoir les pouvoirs magiques du médecin et le fait que son fils illégitime ait pu en hériter, ce qui faisait peut-être de lui la seule personne au monde à pouvoir sauver Matt. Brockwell nous avait clairement fait comprendre qu'il ne croyait pas à la magie. Un sceptique comme lui ne comprendrait pas pourquoi nous avions si désespérément besoin de Phineas Millroy. Il se pourrait même qu'il nous empêche de le retrouver, s'il croyait Matt coupable des crimes dont l'accusait le shérif Payne. Mieux valait cacher le plus de détails possible à Brockwell.

— Vous êtes un idiot, alors, dit Matt.

Je fermai les yeux. Ce n'était pas une bonne idée, de traiter l'inspecteur d'idiot alors que venions demander son aide.

— Pourquoi cela ? demanda l'inspecteur.

— Pour comprendre les coïncidences, il suffit d'étudier la théorie des probabilités. D'un point de vue mathématique, il est tout à fait plausible que deux événements sans rapport se produisent la même année, si l'on prend en compte l'âge des religieuses, de Millroy et de toutes les autres personnes impliquées dans ces deux affaires.

Brockwell leva les mains comme pour se défendre.

— Venez-en au fait, Glass. Qu'attendez-vous de moi ?

— Je veux que vous consultiez les archives de la police pour trouver tous les documents relatifs à la disparition de la mère supérieure du couvent, il y a vingt-sept ans. D'après Sœur Clare, ça ne lui ressemblait pas, et elle n'a dit à personne où elle est allée. Elle n'a plus jamais été revue ni donné de nouvelles depuis.

— Et cette Sœur Clare est venue vous trouver pour vous demander d'enquêter ?

— Oui.

— Pourquoi ?

— J'étais là-bas pour leur faire un don, et j'ai mentionné par hasard que j'étais enquêteur privé, répondit Matt sans la moindre hésitation. C'était peut-être la première fois qu'elle avait l'occasion d'en parler à un enquêteur, depuis tout ce temps.

Brockwell se remit à gratter ses favoris.

— Ou peut-être un détail a-t-il ravivé ses souvenirs au moment précis où vous étiez au couvent pour leur faire votre don. Une somme conséquente, j'imagine ?

— Je n'apprécie guère votre ton, fit Matt d'un air sombre.

— Acceptez-vous de nous aider, Inspecteur ? demandai-je, voyant qu'il se rapprochait dangereusement de la vérité. Ce ne serait pas un trop gros dérangement, il vous suffirait de consulter brièvement vos archives. Il est peu probable que cette affaire intéresse la police.

— Pensez-vous que la mère supérieure soit partie de son propre chef ?

— C'est l'explication la plus vraisemblable.

— Si vous soupçonnez quoi que ce soit d'illégal, vous me tiendrez informé.

Comme Matt ne répondait pas, Brockwell ajouta :

— Miss Steele ?

— Naturellement, lui dis-je. Vos archives sont-elles conservées dans ce bâtiment ?

— Certaines, oui, mais cette affaire relève peut-être de l'antenne locale de Chelsea.

Voyant qu'il ne se levait pas, Matt dit :

— Nous pouvons attendre ici pendant que vous allez voir.

— Je vous contacterai quand j'aurai trouvé un compte-rendu de l'enquête, s'il en existe un.

— Avant la fin de la journée ?

Brockwell regarda l'heure à sa montre.

— Il est presque cinq heures, Mr Glass. Je devrais avoir une réponse à vous donner d'ici demain.

— Demain midi.

Brockwell grommela une réponse évasive, puis il nous reconduisit à la porte de son bureau.

— Le procès de Jack Sweet se tiendra bientôt, dit-il. S'il plaide non coupable, vous serez tous les deux appelés à témoigner. Je suis désolé de vous faire subir ces tourments et tracas, Miss Steele.

— Je suis toute disposée à témoigner s'il le faut, lui dis-je. Je n'ai pas peur d'être convoquée pour m'exprimer devant un jury.

— Vous êtes très courageuse.

Soudain, il me saisit la main et la tapota. Ce geste intime me prit au dépourvu, et son sourire aussi. C'était un homme sérieux, qui ne souriait presque jamais.

— Je n'ai jamais rencontré une femme de votre trempe ou, si vous me permettez cette boutade, de votre style.

Je lui rendis son sourire.

— Merci, Inspecteur. Il doit vous paraître étrange que nous nous attirions toujours toutes sortes d'ennuis, mais cela me rassure de savoir que vous ne nous croyez pas coupables de quelque méfait. Le shérif Payne voudrait vous convaincre du contraire, mais il ne faut pas lui faire confiance.

— Si vous le dites.

— Bonne journée, Inspecteur, dit Matt avec brusquerie.

Il m'offrit son bras et m'escorta à travers le bâtiment jusqu'à la sortie.

— Quel culot !

Je fronçai les sourcils.

— Brockwell ?

— Je n'ai pas aimé sa façon de vous sourire.

— Ce n'était qu'un sourire, dis-je en montant dans la voiture.

— Il vous a tapoté la main. C'était donc plus qu'un simple sourire.

— On appelle cela flirter, Matt. Vous devriez le savoir ; après tout, vous êtes un expert dans ce domaine.

Il s'installa sur la banquette en face de moi.

— Pas du tout.

— Bien sûr que si, et vous le savez.

Il tira sur ses manchettes et se mit à regarder par la vitre arrière. Je croyais la discussion close, mais alors que nous approchions de Mayfair, il dit :

— La prochaine fois que nous devrons aller à Scotland Yard, vous resterez à la maison.

* * *

Duc et Cyclope, qui étaient rentrés un peu avant le dîner, nous relatèrent leur succès au salon, où Matt et moi étions assis avec Miss Glass. Lasse de feuilleter ses magazines, elle avait insisté pour que nous lui racontions notre journée.

— Nous avons réparé le toit, dit Duc en se massant l'épaule. Il y avait quelques tuiles cassées, mais nous en avons trouvé des neuves dans les dépendances. Ça n'a pas été trop difficile, et Sœur Bernadette était très reconnaissante. Elle n'avait aucune envie d'y grimper elle-même.

— Je suis surprise qu'elle ne s'en remette pas à Dieu pour l'empêcher de tomber, commenta Miss Glass avec un petit reniflement de dédain.

— Reconnaissante à quel point ? demanda Matt. Avez-vous réussi à lui soutirer d'autres informations ?

— On ne voulait pas se montrer trop curieux, comme tu nous l'as conseillé, dit Cyclope. Mais nous avons appris quelque chose qui pourrait être utile. Le prêtre qui reçoit leurs confessions est le même qu'il y a vingt-sept ans. Si l'une des bonnes sœurs savait quelque chose ou a fait quelque chose, elle en a peut-être parlé au Père Antonio dans le secret du confessionnal.

— Il y a peu de chances qu'il nous répète quoi que ce soit, fis-je remarquer. Le secret de la confession est sacré.

— Oui, mais Matt est doué pour lire les réactions des gens. Il suffira peut-être de lui poser les bonnes questions pour apprendre quelque chose.

Je poussai un soupir.

— C'est mieux que rien.

— On peut le trouver à l'église Sainte Marie, dans la même rue que le couvent, dit Duc.

Matt baissa la tête jusqu'à sa main, qu'il se passa dans les cheveux. Lorsqu'il se redressa, il ne prit pas la peine de les remettre en ordre. Je m'assis sur mes mains pour me retenir de le faire à sa place.

— Tu as l'air fatigué, Matthew, observa Miss Glass. Et si tu allais te reposer avant le dîner ?

— Je n'en ai pas besoin.

Elle pencha la tête sur le côté.

— India, dites-le-lui, vous.

— Donnez-moi votre montre, dis-je en tendant la main. Laissez-moi prononcer l'incantation de Chronos pour voir si j'arrive à prolonger encore la magie.

Il poussa un lourd soupir, mais s'exécuta. Je passai mes doigts sur l'arrière du boîtier, caressant du pouce la surface lisse en argent tout en prononçant l'incantation servant à prolonger l'effet des autres. Le métal chauffa légèrement sous mes doigts et une faible lueur violette apparut avant de s'éteindre presque aussitôt. Je rendis la montre à Matt.

— Utilisez-la dans votre chambre et restez allongé un petit moment, lui dis-je. Et ne discutez pas, ajoutai-je en le voyant ouvrir la bouche. Nous n'avons pas besoin de vous.

— Quelle femme despotique, marmonna-t-il en me souriant d'un air fatigué.

Je le regardai s'en aller avant de me laisser tomber dans un fauteuil.

— Son état empire, dit Cyclope.

Miss Glass porta la main à sa poitrine, les yeux humides.

— Le pauvre petit.

Je me levai et vins m'accroupir à côté d'elle.

— Nous allons bientôt trouver quelqu'un qui pourra l'aider. Nous sommes tout près du but.

Je m'abstins de préciser que Phineas Millroy n'avait peut-être pas hérité des pouvoirs magiques de son père, ni qu'il était tout à fait possible qu'il soit mort ou qu'il ait quitté le pays. Il m'était insupportable d'évoquer l'une de ces éventualités ; elles risquaient de briser irrémédiablement l'esprit fragile de Miss Glass.

Elle hocha timidement la tête et se replongea dans le magazine ouvert sur ses genoux.

Cyclope et Duc partirent se changer avant le dîner. Je me précipitai à leur suite et rattrapai Cyclope dans l'escalier.

— J'ai vu Catherine Mason aujourd'hui, déclarai-je. Elle m'a demandé de vos nouvelles.

Il ralentit le pas mais poursuivit son chemin sans me regarder.

— Ça ne me regarde pas.

— Je vois bien que ça vous fait plaisir, n'essayez pas de vous en cacher. Elle est malheureuse. Elle suffoque chez ses parents, et elle voit se dérouler devant elle un avenir fait d'une succession sans fin de tâches ménagères monotones.

Je lui tapotai le bras. Comme il ne répondait pas, je lui donnai une bourrade plus forte.

— Vous avez la possibilité de faire son bonheur, et le vôtre par la même occasion.

— Je vous ai dit pourquoi c'était impossible, s'agaça-t-il.

Cyclope n'était pas du genre à perdre patience. J'avais touché un point sensible.

— Je n'aime pas votre raison, je trouve que vous avez tort. Si vous craignez qu'elle ne soit pas en sécurité en Amérique, il vous suffit de ne pas y retourner.

— C'est plus facile à dire qu'à faire.

— Je ne suis pas de votre avis. Vous avez le choix, Cyclope. Vous pouvez choisir ce qui est facile, ou ce qui est difficile, mais pas impossible. Ne reculez pas devant la difficulté alors qu'elle peut vous rendre plus heureux tous les deux.

Il s'arrêta et fit volte-face. Je croisai les bras et soutins son regard farouche.

— J'ai l'impression que vous aussi, vous choisissez la solution de facilité, India.

Je laissai retomber mes bras le long de mon corps et regardai son dos qui s'éloignait dans l'escalier. Le temps que je trouve une répartie cinglante, il avait déjà disparu.

J'entendis la porte d'entrée s'ouvrir et la voix de Bristow qui saluait Willie. Je décidai de descendre à sa rencontre au lieu de ruminer les paroles de Cyclope.

— India, dit-elle en souriant. As-tu passé un bon après-midi ?

— Oui, merci. Tu es de bonne humeur ; j'en déduis que le tien s'est bien passé aussi.

Elle tendit son chapeau de cowboy tout râpé à Bristow, qui le saisit entre le pouce et l'index.

— Pas trop mal, et je ne t'en dirai pas plus. N'essaye pas de me faire parler, ça ne marchera pas.

Je la rejoignis en levant les mains comme pour m'en défendre, puis je m'approchai.

— Je n'ai pas besoin de te poser la question, puisque je suis déjà au courant pour ta liaison, murmurai-je.

Son sourire s'évanouit.

— Qu'est-ce que tu sais ?

— Je sais que tu es toujours joyeuse, ces temps-ci, et là, je vois que tu rougis.

Elle porta brusquement les mains à ses joues.

— Mais non !

— Et tu as les cheveux détachés, alors que tout à l'heure, tu es partie avec un chignon.

Elle tâta ses cheveux sur son épaule. Ils lui tombèrent en cascade dans le dos en une épaisse masse de nœuds.

— Tu m'as tout l'air d'une femme qui vient de batifoler dans la paille avec un homme. Ou dans un débarras à l'hôpital, peut-être ?

La rougeur de ses joues s'atténua un peu et ses épaules se détendirent.

—Qu'est-ce que tu en sais, toi ? Ça m'étonnerait que tu aies déjà vu l'intérieur d'un débarras avec qui que ce soit.

— Je n'ai jamais eu d'homme dans ma vie, rétorquai-je sans me soucier le moins du monde de ce qu'elle pouvait penser de moi. Eddie ne compte pas.

— Ça, tu peux le dire. Cette petite raclure n'est pas digne de toi. Ni d'aucune autre femme, d'ailleurs. Je parie que s'il se retrouvait dans un débarras avec une femme, il ne saurait même pas quoi en faire.

— Il lui demanderait probablement d'aller chercher un balai pour remettre un peu d'ordre dans sa vie misérable.

Nous partîmes d'un même éclat de rire. Elle passa alors un bras autour de moi et m'entraîna dans la bibliothèque.

— J'ai besoin de boire quelque chose. Viens prendre un verre avec moi et ferme la porte, India. Mais si tu recommences à me parler d'amants ou de l'hôpital, j'appelle Bristow et je lui dis que tu as encore bu avant le dîner.

— Oh non, je ne veux pas qu'il me fasse la morale !

* * *

LE LENDEMAIN MATIN, Matt ne tenait pas en place : il attendait des nouvelles de Brockwell. Il faisait les cent pas d'une pièce à l'autre, se postait à la fenêtre qui donnait sur la rue, et avait toutes les peines du monde à suivre une conversation. Comme cette agitation inquiétait sa tante, je lui proposai de sortir nous promener toutes les deux à Hyde Park pour lui changer les idées. J'espérais qu'à notre retour, Brockwell lui aurait fait part de ses informations ou de leur absence.

Mais ce n'est pas Brockwell que nous vîmes en regagnant notre demeure de Park Street. C'étaient Lord et Lady Rycroft qui descendaient de leur carrosse. S'il arrivait parfois à la tante de Matt de lui rendre visite, flanquée de ses filles, il était rare que son oncle les accompagne. Sa présence n'annonçait rien de bon.

— Continuons de marcher, dit Miss Glass. Si je ne suis pas là, ils s'en iront peut-être.

— À moins qu'ils ne soient venus voir Matt, dis-je. Si c'est le cas, nous devrions lui apporter notre soutien. J'imagine qu'ils veulent lui parler de la situation de Patience.

— Il est vrai que j'aimerais bien savoir si Lord Cox a été informé de son inconduite.

Après une brève hésitation, elle pressa le pas.

— Vous avez raison. Nous ne pouvons pas laisser Matthew les affronter seul. Venez, India.

Nous les trouvâmes dans le vestibule, où Bristow était en train de débarrasser Lord Rycroft de son chapeau et de sa canne. Ils saluèrent Miss Glass dans les règles, me gratifiant même d'un bref *bonjour*, sans toutefois croiser mon regard.

— Matthew est-il ici ? demanda Lady Rycroft. Nous avons à lui parler de toute urgence.

— Entrez donc au petit salon, leur dis-je, voyant que Miss Glass ne les invitait pas à rester. Bristow, faites-leur apporter du thé. Je vais chercher Matt.

Je n'eus pas à aller bien loin. Je le croisai en montant l'escalier.

— Votre tante et votre oncle sont là.

J'avançai la main pour rajuster sa cravate, avant de me reculer prestement.

— Avez-vous reçu une réponse de Brockwell ?

— Non. J'envisageai d'aller le voir moi-même.

— Après leur avoir parlé, alors.

— Vous allez m'accompagner, India, n'est-ce pas ?

— Si vous le souhaitez.

— C'est exactement ce que je souhaite.

Il me sourit d'un air ironique.

— Si vous êtes là, ils feront peut-être preuve de retenue.

— Croyez-vous qu'ils soient venus vous parler de Patience et de Lord Cox ?

— Ça ne fait aucun doute.

Lorsque nous entrâmes dans le petit salon, Miss Glass avait la tête baissée et les mains sagement repliées sur ses genoux. Lord Rycroft se dressait devant elle de toute sa hauteur, la graisse de son double-menton pliée en couches épaisses par sa posture furibonde. Ils étaient aussi différents que le jour et la nuit. Elle était aussi menue qu'il était corpulent ; elle avait les cheveux gris tandis que ceux de son frère étaient restés presque totalement noirs ; elle était docile, et lui dominant. On oubliait aisément qu'ils étaient frère et sœur.

— Ai-je été assez clair, Letitia ? tempêta Lord Rycroft.

Elle hocha timidement la tête.

— Dis-le. Dis-moi que tu as compris, pour que je sois sûr que tu m'as entendu.

— Rycroft, intervint Matt en foudroyant son oncle du regard. Tante Letitia ne me paraît pas en état de répondre à vos questions. Puis-je vous être utile ?

Lord Rycroft toisa Matt avec dédain. Matt étant plus grand que lui, il était donc obligé de renverser la tête en arrière à cet effet.

— Cela ne vous regarde pas.

— Vous êtes chez moi et ma tante a l'air apeurée, alors cela me regarde, au contraire.

Lord Rycroft continua de lancer à son neveu un regard noir, que Matt lui rendit. Cet affrontement silencieux ne fut interrompu qu'à la faveur de l'arrivée de Bristow, qui entra avec tout ce qu'il fallait pour servir le thé. Je remplis et distribuai les tasses, osant à peine respirer, jusqu'à ce que Lord Rycroft finisse par s'asseoir.

— Richard m'a ordonné d'accompagner Beatrice et mes nièces sur leurs terres à l'approche du mariage, annonça Miss Glass, qui avait levé les yeux de ses genoux.

Les belles couleurs que lui avait données notre promenade avaient totalement disparu de son visage, et ses yeux avaient perdu tout leur éclat.

— Voulez-vous partir avec elles ou les rejoindre avec moi plus tard ? lui demanda Matt.

— Elle n'a pas le choix, dit Lord Rycroft en reposant sa tasse de thé, à laquelle il n'avait pas touché. Elle partira avec Beatrice. C'est la meilleure solution.

— Pour qui ?

— Pour tout le monde ! Patience est sa nièce, elle aura besoin d'elle.

Son épouse leva les yeux au ciel.

— C'est ce qu'il y a de mieux pour *elle*, dit-elle. Ici, vous ne pouvez pas la surveiller, Matthew. Vous êtes trop occupé. Elle a besoin qu'on lui tienne compagnie et qu'on veille sur elle, autrement elle risque de s'en aller Dieu sait où, comme l'autre jour.

— La dernière fois qu'elle s'est sauvée, elle était avec vous, rétorqua Matt. Et elle est rentrée ici, si je ne m'abuse.

Lady Rycroft eut un petit reniflement agacé. — Eh bien, ma foi, cela ne fait que confirmer qu'elle a besoin d'une surveillance constante.

— Elle ne cherche pas à s'en aller quand elle est seule ici, et India est souvent là pour lui tenir compagnie.

Heureusement, Miss Glass n'invalida pas son argument en précisant que j'étais souvent absente ces derniers temps.

— Cela ne me dérange pas, ajoutai-je.

Lord et Lady Rycroft m'ignorèrent.

— Très bien, restez ici, alors, marmonna Lady Rycroft dans sa tasse.

Son époux tourna vers elle son regard glacial.

— Beatrice, siffla-t-il. Nous étions pourtant d'accord.

— J'aimerais bien vous y voir, Richard : vous ne venez que plus tard. Cela vous arrange bien, de me confier la responsabilité de m'occuper d'elle en attendant. Et si elle se perdait encore ? Elle pourrait partir vers la forêt ou vers le lac. Imaginez si elle se montrait au village et tenait des propos délirants. Je ne survivrais pas à une telle humiliation.

— Si vous me forcez à quitter Londres avec vous, c'est exactement ce que je ferai, dit Miss Glass en gratifiant sa belle-sœur d'un sourire pincé.

En la voyant oser s'affirmer, j'eus envie de l'applaudir. Hélas, son courage fut de courte durée. Elle baissa de nouveau la tête quand son frère lui dit sèchement :

— C'en est assez, Letitia.

— Voilà qui est réglé, alors, dit Matt. Tante Letitia fera le voyage avec moi. Nous arriverons la veille du mariage.

— Oh non, se récria Lady Rycroft. Il faudra venir au moins trois jours à l'avance. Mes filles seront inconsolables si vous les privez de votre compagnie, Matthew.

Il sembla vaguement paniqué à cette idée. Je ne savais pas si je devais en sourire ou m'alarmer aussi.

— En espérant que ce mariage ait bien lieu, ajouta-t-elle en lançant à son mari un regard lourd de sens.

— Ce qui nous amène à la principale raison de notre visite, dit-il en bombant son large torse. Mais je ne vais pas en parler devant une dame de compagnie.

Comme il ne me regardait pas, je n'éprouvai pas le besoin de quitter la pièce.

— India n'ira nulle part, dit Matt. Si vous avez quelque chose à me dire, dites-le devant elle.

Les lèvres de Lord Rycroft se serrèrent et se tordirent en une grimace indignée. Voyant que Matt ne cédait pas, il fit entendre un claquement de langue réprobateur.

— Hope nous a parlé de l'une de vos connaissances, ce shérif qui cherche à faire chanter ma famille. C'est inacceptable, vous m'entendez ? Inacceptable. Mettez de l'ordre dans vos affaires avant que cette histoire n'arrive aux oreilles de Lord Cox.

— Je ne peux pas contrôler les actions ni les paroles du shérif Payne, dit Matt.

— Bien sûr que si, et c'est ce que vous allez faire ! Faites ce qu'il exige de vous, bon sang !

— Il ne m'a fait parvenir aucune exigence. Si je savais où le trouver, je tenterais de le convaincre de vous laisser tranquilles, mais j'ignore où il est.

— Tâchez de le découvrir, alors.

Une veine ressortait sur le cou de Lord Rycroft. Son col semblait soudain beaucoup trop serré.

— La situation est critique. À son âge, Patience est loin d'avoir une foule de prétendants, mais pour une raison que j'ignore, Cox veut l'épouser. J'imagine que c'est parce que ses enfants ont besoin d'une mère, bien qu'une bonne gouvernante puisse suffire à régler ce problème.

— Peut-être qu'il l'aime, et qu'il est prêt à oublier ses erreurs passées, suggéra Matt.

Les narines de Lady Rycroft se dilatèrent.

— Ne soyez pas ridicule, maugréa son époux.

Je m'étais souvent estimée moins fortunée que les Patience Glass de ce monde, avec leurs privilèges, mais en entendant la façon dont ses propres parents parlaient d'elle, j'étais bien contente de ne pas être née dans ce milieu. Elle n'était pour eux qu'une marchandise à laquelle ils ne tenaient pas plus qu'à un cheval impropre à la course.

— Vous devez remédier à cette situation avant qu'il ne soit trop tard, Matthew, dit Lady Rycroft. Notre famille compte sur vous.

— Je ferai de mon mieux, mais je ne peux rien contre Payne si je ne sais pas où le trouver.

— Faites plus d'efforts ! Si le mariage est annulé, toutes nos filles en pâtiront. Si un scandale éclate, même Hope aura des difficultés à trouver un mari. Elles seront toutes les trois désho-norées. Mes filles n'oseront plus se montrer à Londres pendant au moins deux saisons, et d'ici là, il sera trop tard !

Elle reposa sa tasse de thé et appuya le bord de son turban contre ses tempes.

— Cette situation est intenable, et c'est *votre* faute, Matthew.

— Mais non, s'indigna Miss Glass. C'était à Patience de faire plus attention. La réputation d'une jeune femme est ce qu'elle possède de plus précieux. La perdre, c'est dire adieu à ses chances de vivre à l'abri du besoin. Patience a été assez naïve pour croire que ce misérable avait de l'affection pour elle, mais elle était jeune. C'était à *vous*, Beatrice, de la mettre en garde contre ce genre d'hommes, puisque vous êtes sa mère. Si elle se trouve aujourd'hui dans cette situation délicate, ce n'est pas la faute de Matthew, mais la vôtre.

Le visage de Lady Rycroft se contracta si fort que ses lèvres disparurent presque entièrement.

— Comment osez-vous accuser Patience d'avoir mis en péril sa réputation, après ce que vous avez fait de la vôtre ? Allez-vous la laisser parler ainsi de votre fille, Richard, elle qui ne vaut guère mieux ?

Miss Glass avait écarté ses doigts sur ses genoux. Elle détourna le regard.

— La situation de Patience est différente de la mienne.

— Vraiment ?

Lady Rycroft serra les mains sur les accoudoirs de son siège et se pencha en avant.

— Vous avez toutes les deux eu une liaison avec un homme que vous ne pouviez pas épouser. Au moins, dans votre cas, Penelope a sauvé votre réputation avant que vous ne commettiez une sottise irréparable.

Penelope. C'était l'amie chez qui Miss Glass s'était rendue avec Lady Rycroft la semaine passée, le jour où, en proie à une vive émotion, elle était partie sans rien dire à personne. Ainsi donc, Miss Glass, qui n'acceptait pas qu'il puisse y avoir quelque chose entre Matt et moi, avait eu une aventure avec un homme qui n'était pas de sa condition. *Voyez-vous cela...*

— Assez ! rugit Lord Rycroft. Tenez-vous vraiment à déballer votre linge sale devant notre neveu, Letitia ?

Miss Glass cligna plusieurs fois des yeux, puis elle reprit sa tasse de thé et sa soucoupe et se mit à boire, les mains tremblantes.

Lady Rycroft regarda sa belle-sœur d'un air de triomphe qui

la fit cligner des yeux encore plus vite. La pauvre ! Si seulement j'avais été assise à côté d'elle, j'aurais pu la réconforter et montrer à Lady Rycroft que Miss Glass avait des amis qui la soutenaient.

— Je vais devoir vous demander de sortir tous les deux, dit Matt. Je ne vous autorise pas à venir chez moi insulter Tante Letitia...

— C'est elle qui m'a insultée la première ! se défendit Lady Rycroft.

— Écoutez, dit Matt d'une voix tendue, Je suis navré de ce qui arrive à Patience, mais je ne peux pas empêcher Payne de parler à Lord Cox. S'il l'aime, il lui pardonnera peut-être.

Lady Rycroft laissa échapper un petit rire moqueur.

— Comment pourrait-il l'épouser si tout le monde sait qu'elle a fauté ?

— Très juste, renchérit son époux. Si le mariage est maintenu, il sera la risée de Londres. Personne ne lui en voudra de rompre ses fiançailles avec elle, pas même moi.

— Une petite erreur de jugement dans le passé d'une femme ne devrait pas gâcher son avenir, s'emporta Matt.

— Je veux bien croire qu'en Amérique, vous voyez les choses différemment, dit Lord Rycroft avec une véhémence qui fit trembloter tous ses mentons. Mais nous, les Anglais, nous avons des principes. Et Patience n'est pas n'importe quelle femme, c'est une *lady*. C'est différent.

Matt se pinça l'arête du nez. Il était las et à bout de nerfs, et je voyais bien qu'il voulait que son oncle et sa tante s'en aillent. J'aurais aimé connaître un moyen de le débarrasser d'eux, mais je ne pouvais rien faire. Ils ne m'auraient pas écoutée.

— Si Payne révèle à Lord Cox le passé de ma fille, dit Lord Rycroft, ce sera à vous de rectifier la situation. Me suis-je bien fait comprendre ? Si son avenir est ruiné parce que cet homme en a après *vous*, vous devrez assumer vos responsabilités vis-à-vis d'elle, Matthew. Est-ce clair ?

Il soupira.

— Oui. Je suis d'accord.

— Richard, dit Miss Glass d'un ton hésitant, de quelle façon espères-tu que Matthew rectifiera la situation ?

— Le cas échéant, nous discuterons de la nature du dédommagement le moment venu.

Lord Rycroft se leva et boutonna sa veste.

— Venez, Beatrice.

Il faillit sortir sans attendre sa femme, mais s'arrêta devant la porte pour la laisser passer la première.

Aucun de nous trois ne les suivit. La porte d'entrée se referma, puis Bristow et Peter, le valet de pied, débarrassèrent promptement le service à thé. Personne ne parla tant qu'ils ne furent pas partis.

— Selon vous, Payne est-il assez cruel pour détruire la vie de Patience dans le but de vous nuire ? demandai-je à Matt.

Il hocha la tête.

— C'est un acte lâche et méprisable, alors je l'en crois capable, oui. Je pense qu'il contactera bientôt Lord Cox, à moins que...

— À moins que... ? demanda Miss Glass en même temps que moi.

Matt se contenta de hausser les épaules.

— Si tu pouvais l'en empêcher, tu l'aurais déjà fait, dit Miss Glass. Mon butor de frère devrait le comprendre. La vraie question, c'est : que fera Richard quand Lord Cox rompra les fiançailles ?

— Si tant est qu'il les rompe, objectai-je. Il l'aime peut-être trop pour renoncer à elle.

— Ma chère India, votre idéalisme est tout à votre honneur, mais la vérité, c'est que Lord Cox n'épouse pas Patience par amour. Les mariages d'amour existent peut-être dans votre monde, mais pas dans le nôtre. C'est comme ça, c'est tout.

Il pourrait en être autrement, aurais-je voulu lui rétorquer, mais je gardai le silence.

— S'il le faut, je veillerai à ce que Patience et ses sœurs ne manquent de rien, dit Matt en se levant. Je leur laisserai même l'usage du domaine si j'en hérite un jour.

— Il n'en est pas question, dit Miss Glass en se levant à son tour. Ce domaine doit revenir à Lord Rycroft, et c'est toi qui seras Lord Rycroft un jour.

— Peut-être.

— Ne dis pas cela. Tu recouvreras la santé, je le sais.

Elle sortit du salon comme une furie, laissant derrière elle un sentiment de désespoir. Elle avait beau dire le contraire, elle s'inquiétait.

L'arrivée de Cyclope avec une lettre me tira fort à propos de mes pensées funestes.

— Tu viens de recevoir ça, dit-il en la tendant à Matt.

— C'est de Brockwell. Enfin !

Matt poursuivit sa lecture, puis il ajouta :

— Il a trouvé un compte-rendu sur la disparition de la mère supérieure.

— Tant mieux, dis-je. C'est un bon début. Et qu'a fait la police ?

— Rien. Le témoin est revenu sur ses déclarations et il n'y a jamais eu d'enquête.

— Un témoin ? Qui donc ?

— Le Père Antonio, le prêtre de la paroisse à l'époque, et encore aujourd'hui.

Il me montra la lettre.

— Il a signalé la disparition de Mère Alfreda le lendemain de son départ.

— Sœur Clare est venue le trouver, dis-je en continuant ma lecture. C'est l'adjointe de la mère supérieure. Elle a dit s'inquiéter du fait que personne n'ait revu Mère Alfreda depuis neuf heures du soir. Le lendemain, elle n'est pas réapparue, et elle n'était pas dans sa cellule. Ils ont fouillé le couvent et tout le terrain, mais il n'y avait aucune trace d'elle, et personne ne savait où elle était allée.

— Ensuite, le lendemain du jour où il avait signalé sa disparition, reprit Matt, il a déclaré à la police que les sœurs avaient eu de ses nouvelles. Elle leur aurait écrit pour leur expliquer qu'elle avait dû quitter le couvent pour des raisons personnelles, et qu'elle ne reviendrait pas.

— Elle a renoncé à ses vœux, dit Cyclope en secouant lentement la tête. Elle devait avoir de sacrément bonnes raisons.

— Vous pensez qu'il disait vrai ? lui demandai-je. Vous croyez réellement qu'elle est partie de son plein gré, tout simplement ?

— C'est un prêtre, il ne va tout de même pas mentir à la police.

Matt me reprit la lettre des mains pour l'examiner de nouveau.

— Dans ce cas, pourquoi Sœur Clare ignorait-elle que Mère Alfreda avait été retrouvée ? Pourquoi nous avoir parlé de sa disparition sans préciser que Mère Alfreda leur avait fait savoir par la suite qu'elle était partie de son plein gré ?

Je me laissai tomber lourdement sur le sofa. Cyclope s'assit à côté de moi, les yeux obstinément fixés sur le tapis.

— Le prêtre a menti, murmura-t-il. Je n'en reviens pas.

Je lui serrai le bras.

— Je suis sûre qu'il avait ses raisons.

— Mais c'est un prêtre.

— C'est aussi un être humain, dit Matt. Personne n'est parfait.

Je tâchai de croiser son regard pour déterminer s'il était contrarié par autre chose que le mensonge du prêtre, mais il garda les yeux détournés. Il s'enfonça dans un fauteuil avec un lourd soupir et se massa le front.

— Nous irons voir le Père Antonio après le déjeuner, dis-je. Avec un peu de chance, nous réussirons à obtenir des réponses.

— Je ne vois pas pourquoi un prêtre menteur nous dirait soudain la vérité, marmonna Cyclope. Je ne suis pas catholique, mais j'ai toujours cru que les prêtres étaient des gens irréprochables, qui ne mentaient et ne trichaient jamais.

De toute évidence, il connaissait bien mal l'histoire de l'Europe.

— Tu as raison, lui dit Matt. Si le Père Antonio a menti il y a vingt-sept ans, il ne nous dira rien maintenant. Mais qu'en est-il de cette religieuse qui a quitté le couvent à peu près à la même époque ? Si elle est partie parce qu'elle n'était pas heureuse ou suite à un conflit avec les autres nonnes, il y a peut-être plus de chances qu'elle accepte de nous parler.

— Excellente idée, dis-je, me laissant convaincre. Son nom de religieuse était Sœur Francesca. Elle a sans doute repris son nom de naissance depuis. Comment la retrouver si nous ne connaissons même pas son nom ?

— Demandons au couvent, suggéra Cyclope. Nous n'avons qu'à dire que nous sommes de sa famille et que nous voulons la retrouver pour lui annoncer qu'elle a fait un héritage, ou quelque chose comme ça. Il faudra envoyer Willie, puisque les sœurs nous connaissent déjà tous à part elle.

— Tu mentirais à des nonnes ? le taquina Matt. Toi qui es si pieux ?

— Si leur prêtre s'autorise à mentir dans une déposition à la police, je peux bien le faire aussi.

Il croisa les bras et souffla avec force.

— Willie n'est pas là, et de plus, elle a un accent américain, objectai-je. Elles se douteront qu'elle a un lien avec nous.

— Alors j'irai, moi, dit Miss Glass, qui venait d'entrer tranquillement dans la pièce et ne montrait plus la moindre trace de la véhémence dont elle avait fait preuve un peu plus tôt.

— Elles ne me connaissent pas, et je ne suis pas catholique, alors je peux bien dire un mensonge pour te sauver la vie, Matthew.

— Je ne sais pas, lui répondit Matt, réticent. C'est une mission qui exige d'avoir des nerfs d'acier.

— Je m'en sortirai très bien, merci. Et maintenant, monte dans ta chambre. Tu as une mine épouvantable.

Il l'embrassa sur la joue au passage.

— Merci, ma Tante. Je suis heureux de pouvoir compter sur vous pour cette mission.

— Tu peux toujours compter sur moi, quoi qu'il arrive.

Son regard tomba un instant sur moi et, étirant ses lèvres en une ligne mince, il sortit d'un pas décidé. Miss Glass semblait sur le point de me réprimander, comme si c'était à cause de moi que Matt refusait qu'on lui parle d'épouser une femme de sa condition. Mais d'une certaine façon, c'était un peu le cas.

Je m'excusai aussitôt et quittai la pièce avant qu'elle ne se décide à prendre la parole.

* * *

Miss Glass accomplit sa mission avec brio et, en retournant à la voiture, nous fournit le nom et l'adresse de l'ancienne religieuse connue sous le nom de Sœur Francesca. Nous la reconduisîmes à Park Street avant de nous rendre à Bermondsey, sur l'autre rive du fleuve. Je sentis l'odeur des tanneries et des mégisseries avant de les apercevoir. Des cheminées des usines s'élevait une épaisse fumée noire qui rendait le ciel plus sombre et plus âcre que celui de Mayfair. Les visages que nous vîmes sur notre passage étaient à l'image de l'air du quartier, tout noircis de crasse et de suie. Il devait être impossible d'empêcher les vêtements, les maisons et la peau de se salir, et je fus prise de compassion pour les ménagères, qui croulaient sans doute sous des lessives à n'en plus finir. Quelle vie, à devoir travailler toute la journée dans une de ces usines pour rentrer ensuite chez elles et faire le ménage ! Je comprenais qu'elles finissent par y renoncer.

Bermondsey n'avait pas l'air d'être un endroit très accueillant pour une ancienne religieuse se trouvant obligée, du jour au lendemain, de s'en sortir seule dans la vie sans connaître personne. Au moins, elle était habituée à travailler dur et mener une existence frugale, mais il avait dû lui être difficile de s'accoutumer aux émanations putrides qui emplissaient les rues.

Si l'on en croyait les informations du couvent, Miss Abigail Pilcher louait une chambre dans une maison jumelée située sur Spa Road. Comme toutes les autres de la rangée qui bordait la rue, c'était une maison toute simple, fonctionnelle, et passablement délabrée. Deux enfants étaient assis sur le perron. Leurs cheveux ressemblaient à des nids à l'abandon, et ils étaient pieds nus. Ils s'arrêtèrent de dessiner dans la boue avec leurs doigts pour observer notre arrivée d'un œil méfiant.

— Miss Abigail Pilcher vit-elle encore ici ? leur demanda Matt.

Le jeune garçon secoua la tête.

— Merde, maugréa Matt.

Son juron ne fit pas même ciller les deux enfants.

— Votre mère est-elle là ? demandai-je.

Ils firent non de la tête.

— Y a-t-il des adultes à la maison ?

Derrière eux, la porte s'ouvrit et une femme au dos voûté et au menton couvert de poils follets sortit la tête.

— Laissez mes petits-enfants tranquilles, fit-elle sèchement.

— Vos petits-enfants ne nous intéressent pas, dit Matt en tirant une pièce de sa poche. Mon nom est Matthew Glass, et voici Miss Steele. Pouvons-nous vous parler ?

Elle prit la pièce dans sa main, mais sans nous inviter à entrer ni nous donner son nom.

— Vous êtes perdus ?

— Nous sommes à la recherche de Miss Abigail Pilcher. Elle vivait dans ce bâtiment il y a vingt-sept ans.

La femme plissa les yeux et s'avança pour observer Matt de plus près.

— C'est vous, le prêtre ?

— Quel prêtre ?

— Celui qui venait la voir.

— Je ne suis pas un prêtre ; je suis de sa famille et je la cherche, c'est tout. Mes parents ont perdu de vue ma cousine Abigail lorsqu'elle est entrée au couvent. Ils n'approuvaient pas sa décision parce qu'ils étaient anglicans, vous comprenez.

— Ils avaient bien raison. Ils m'ont jamais inspiré confiance, les catholiques, et encore moins quand j'ai su qu'elle avait été bonne sœur. Voilà ce qui arrive quand on choisit le mauvais camp.

Matt leva les mains pour lui faire signe de ralentir.

— Voilà ce qui arrive ? Que voulez-vous dire ? Est-il arrivé malheur à Abigail ? Est-ce qu'elle est morte ?

— Peut-être bien, depuis le temps. Elle est partie il y a une dizaine d'années, quand son fils s'est fait nommer chef dans une usine.

— Elle a un fils adulte ? demandai-je, soudain pleine d'espoir.

Pourquoi n'y avions-nous pas pensé ? Et si elle avait enlevé Phineas, et l'avait fait passer pour son enfant ?

— Quel âge a-t-il, maintenant ?

La femme tordit la bouche quelques instants.

— Vingt-sept ans, puisque vous dites qu'elle a emménagé ici il y a vingt-sept ans. Elle était proche de son terme quand elle est arrivée.

Je sentis mon cœur se serrer.

— Elle était enceinte ? Le bébé n'avait pas déjà quelques semaines ?

— Elle a accouché deux ou trois mois plus tard.

Elle eut un petit rire moqueur, révélant le peu de dents qu'il lui restait.

— À se demander comment ça se fait qu'une bonne sœur se retrouve enceinte.

CHAPITRE 4

— La grossesse d'Abigail était déjà bien avancée quand les autres bonnes sœurs l'ont mise à la porte, dit la vieille voisine avec une lueur cruelle dans les yeux.

Elle semblait ravie de nous révéler un commérage aussi croustillant.

— C'est ce que j'essaye de vous dire. Quand on choisit le mauvais camp, on finit par le regretter. Si elle avait été plus maline, elle serait pas devenue une nonne chez les catholiques, elle aurait préféré l'Église anglicane. Ces cathos, c'est rien que de la racaille, je l'ai toujours dit. Regardez ce qui lui est arrivé là-bas.

En effet, comment se faisait-il qu'elle ait pu tomber enceinte dans un couvent ? Mais cela importait peu. Les déboires d'Abigail paraissaient sans lien avec la disparition de Phineas. La seule chose qui nous intéressait, c'était de savoir où nous pouvions la trouver maintenant. Nous avions tout de même besoin de lui parler.

Matt posa la question à la vieille femme, mais elle se contenta de hausser les épaules.

— Qu'est-ce que j'en sais, moi ? Elle est partie il y a à peu près dix ans de ça, quand son fils a trouvé un bon travail.

— Dans une usine, répéta Matt.

— Oui, une fabrique de chapeaux. Abigail travaillait aux finitions dans son gourbi pour payer son loyer et acheter assez à manger pour tous les deux. C'était une bonne ouvrière, elle trimait nuit et jour à coudre des doublures et des rubans de soie sur des chapeaux haut-de-forme de luxe. C'était mal payé, mais elle s'en sortait. Elle était drôlement rapide, et on lui donnait beaucoup d'ouvrage. Plus qu'à ma fille et moi, et pourtant, on était deux. Avec tout le travail qu'elle abattait, je me demande comment elle trouvait le temps de dormir. À l'usine, le patron était tellement content d'elle qu'il a embauché son fils comme machiniste quand il n'était encore qu'un gamin. Quelques années plus tard, il est passé chef d'atelier, et lui et Abigail ont déménagé, les veinards. Ils sont partis comme ça, sans dire au revoir. Bon débarras, personne n'a jamais voulu d'eux ici.

Elle cracha dans la boue.

— Abigail se croyait mieux que nous, alors qu'on est des bons Chrétiens, nous aussi.

Plissant les yeux, elle se remit à jauger Matt de la tête aux pieds.

— Vous êtes son cousin, c'est ça ? Voyez-vous ça !

Matt sortit une autre pièce.

— Comment s'appelle l'usine où travaille son fils ?

Elle passa sa langue sur ses lèvres gercées sans quitter l'argent des yeux.

— Les Chapeaux Christy, sur Bermondsey Street.

Matt lui donna la pièce et la remercia. Je relevai mes jupes pour en faire tomber la boue qui s'y était collée avant de remonter dans la voiture. Matt donna l'adresse au cocher et me rejoignit.

Quelques minutes plus tard, nous passions sous la voûte de l'entrée au pied des entrepôts de l'usine de chapeaux Christy, sur Bermondsey Street. C'était comme si nous étions entrés dans un village bruyant et animé. Au bout d'une longue avenue sifflait et vrombissait une gigantesque turbine dont la cheminée crachait une fumée qui encrassait encore davantage les miasmes qui étouffaient déjà cette partie de la ville. Des ouvriers poussaient d'un bâtiment à l'autre des charriots remplis de caisses et de boîtes, et un homme lançait des ordres par-dessus le claquement régulier des machines. J'aurais cru que les relents des tanneries et des mégisseries seraient masqués par des odeurs plus agréables, mais au contraire, l'odeur ici était encore plus forte, et je demandai à Matt quelle pouvait en être la cause.

— Pour faire les chapeaux, il faut débarrasser les carcasses de leur fourrure, m'expliqua-t-il. Ils le font sûrement sur place.

Puis, avec un regard inquiet :

— Préférez-vous retourner à la voiture ?

— Ça ne changera rien. J'ai déjà les vêtements et les cheveux tout imprégnés de l'odeur.

Il me posa une main au creux des reins.

— Nous n'en avons pas pour longtemps.

Avisant un homme qui tenait un bloc-notes, il lui demanda s'il connaissait un contremaître du nom de Pilcher. Ce nom ne lui disait rien, mais il nous indiqua où se trouvait le bureau du commis. À l'intérieur, le bruit des machines était plus fort, et Matt dut élever la voix pour parler à l'homme à lunettes qui était assis derrière le bureau.

— Je cherche un dénommé Pilcher. C'est son ancienne voisine qui m'envoie, elle m'a dit qu'il était contremaître dans votre usine. Le connaissez-vous ?

Le commis réfléchit un instant, puis son visage s'éclaira.

— Je me souviens de lui. Il est parti il y a déjà plusieurs années.

Mon cœur se serra, bien que je me sois préparée à une telle éventualité. Au moins, s'il était parti de lui-même, c'était toujours mieux que s'il était mort.

— Il n'est pas resté longtemps après sa promotion, ajouta l'employé. Il travaillait comme machiniste à l'atelier des chapeaux en soie, puis il est passé chef. Comme c'était un excellent employé, on l'a transféré au service des chapeaux vernis, dans l'idée de le former à tous les aspects du métier, pour lui permettre de gravir les échelons. Mais ça ne lui a pas réussi, pas plus que les chapeaux en poil de castor. Nous avons essayé de le placer à d'autres postes : le laquage, le cardage de la laine, la mise en forme, entre autres... mais il n'a jamais eu ce coup de main dont il avait fait preuve avec les chapeaux en soie.

— Pourquoi ne pas l'avoir réaffecté à ce poste, alors ? demandai-je.

— Nous n'avons pas eu le temps : il a démissionné.

— Savez-vous où il travaille à présent ? demanda Matt.

L'employé haussa les épaules.

— Je ne sais plus.

— Et sa mère, Abigail Pilcher ? Elle travaillait pour Christy à la pièce depuis chez elle.

— Je ne me souviens pas de toutes les ouvrières à la pièce. C'est un défilé constant.

— On nous a dit qu'elle était très douée, et que c'était elle qui avait fait embaucher son fils.

— C'est Mr Danver qui supervise les ouvrières à la pièce.

Le commis héla l'un des autres employés qui passait par là et lui demanda s'il connaissait Abigail Pilcher.

— Cela fait plusieurs années qu'elle ne travaille plus pour nous, répondit Mr Danver. Et c'est dommage. Elle travaillait vite, et elle faisait du bon ouvrage bien propre.

Après avoir remercié les deux employés, nous regagnâmes notre voiture. Matt ordonna au cocher de nous conduire à l'église Sainte Marie, à Chelsea. Il s'assit en face de moi et renversa la tête en arrière avant de fermer les yeux en inspirant profondément.

— Nous finirons par les trouver, lui dis-je.

— Et sinon, est-ce vraiment si grave ? Il se peut qu'elle ne sache rien de ces disparitions. Son départ du couvent à la même époque n'est peut-être qu'une coïncidence.

— Vous ne croyez pas aux coïncidences.

Il entrouvrit les paupières avec un sourire amusé.

— Ai-je vraiment dit ça ?

Il croisa les bras et referma les yeux.

— Il faut bien admettre que ce serait un peu gros, comme coïncidence, et assez peu probable.

— Nous la retrouverons, répétai-je. Au moins, nous savons où trouver le prêtre.

Il ne répondit pas, et je gardai le silence pour le laisser se reposer tandis que la voiture nous ramenait sur l'autre rive du fleuve. Toutefois, le trajet ne fut pas long et nous arrivâmes bientôt à l'église. Elle était près du couvent, mais assez éloignée pour qu'aucune des religieuses ne risque de nous apercevoir si elle mettait le nez à la fenêtre à ce moment-là.

Le Père Antonio n'était pas dans l'église. Il n'était pas non plus chez lui ni au presbytère, et son intendante ignorait quand il serait de retour. Nous lui laissâmes un message pour lui dire que nous souhaitions lui parler, mais je doutais qu'il se donne la peine de nous contacter. Les nonnes lui avaient sans doute déjà rapporté nos questions indiscrètes.

Aucun de nous deux ne mentionna ce contretemps, mais je voyais bien qu'il pesait sur l'esprit de Matt tout autant que sur le mien. Une fois de retour chez nous, il n'était pas aussi enjoué qu'à l'accoutumée et monta immédiatement se reposer dans ses appartements. J'étais soulagée de ne pas avoir à lui ordonner de se reposer ni à faire les frais de sa frustration.

Je trouvai Miss Glass et Willie au salon, occupées à bavarder tranquillement et, à mon grand étonnement, à tricoter. Ou plutôt, Miss Glass tricotait tandis que Willie s'évertuait à démêler une pelote de laine blanche.

— Si elle était là, elle vous mettrait en garde, elle aussi, dit Miss Glass.

Elles levèrent toutes deux les yeux en m'entendant entrer.

— India, dites-le-lui, vous, ajouta Miss Glass. Dites à Willie que sa propre mère lui conseillerait de se méfier des hommes qu'elle ne connaît pas.

— Ma mère n'en aurait rien à faire, répliqua Willie en me faisant un sourire triste. On était en train de parler de nos amours, India, et du fait qu'on est parfois déçue par le vrai visage des gens.

— Voilà un sujet sur lequel j'aurais beaucoup à dire, répondis-je d'un ton sarcastique. Sur ce point, je suis même un cas d'école.

— Tu n'as eu qu'Eddie Hardacre, dit Willie. Moi, des déceptions, j'en ai eu tellement que j'ai arrêté de compter.

Elle jeta un coup d'œil vers la porte comme si elle s'attendait à y voir Duc prêt à lui lancer une pique.

Je la regardai, compatissante.

— Ton amoureux t'a-t-il déçu, en fin de compte ?

— Je n'ai jamais dit que j'avais un amoureux.

— Nous ne sommes pas aveugles, Willie.

— Tu en es sûre ? Enfin, bref. À propos d'amoureux, Letty allait justement me parler du sien.

— Absolument pas, se défendit Miss Glass, qui venait de manquer un point, avec un claquement de langue désapprobateur.

— Vous ne tenez pas la laine comme il faut, Willemina.

— Allez, Letty. Parlez-nous de lui.

Willie se pencha un peu vers elle et murmura :

— Ce sera un secret entre filles, pas vrai, India ? On ne le répétera à personne, croix de bois, croix de fer.

Et elle fit un signe de croix qui lui valut un regard noir de Miss Glass parce qu'elle avait trop tiré sur la laine.

— Oui, racontez-nous, la pressai-je, incapable de résister.

Je pressentais qu'il suffirait d'insister un peu pour qu'elle nous confie son histoire.

— Allez, crachez le morceau, dit Willie. Faites-nous profiter de votre sagesse, Letty. Sinon, jeunes et innocentes comme nous sommes, nous serons des proies faciles pour toutes sortes de gredins. Regardez ce qui est arrivé à India !

Miss Glass posa ses aiguilles sur ses genoux et prit la laine des mains de Willie.

— C'est plutôt l'histoire de Penelope, mon ancienne amie, qui...

Elle baissa la tête, mais en gardant son dos raide comme un piquet.

— C'est une femme absolument détestable. La lie de l'humanité.

Willie la dévisagea en clignant des yeux, soudain sérieuse.

— Elle vous a fait du mal, pas vrai ?

— Elle me fait penser à Lady Buckland, poursuivit Miss Glass.

Lady Buckland avait été la maîtresse du Dr Millroy et la mère de son fils, Phineas. Même à un âge avancé, elle semblait avoir un comportement plus qu'indécent avec son jeune valet.

— Une maîtresse ? demandai-je.

— Une voleuse de maris.

J'échangeai un regard perplexe avec Willie. Miss Glass n'avait jamais été mariée, mais peut-être avait-elle failli l'être jusqu'à ce que Penelope lui souffle son prétendant. S'il était du genre à se laisser séduire par une autre, elle était bien mieux sans lui.

Elle reposa son ouvrage dans le panier à ses pieds.

— Je vais me changer pour le dîner. Vous feriez bien d'y aller aussi.

— Pourquoi ? demanda Willie. Est-ce qu'on a des invités ?

— Non, mais que nous en ayons ou pas, vous ne devriez pas garder le soir vos habits de la journée. Honnêtement, Willemina, vous avez des manières de cowboy. India va changer de tenue, n'est-ce pas, India ?

— Oui, si vous y tenez, dis-je.

— C'est bien.

Elle me tapota l'épaule au passage.

— Oui, si vous y tenez, me singea Willie d'une voix aiguë dès que Miss Glass fut trop loin pour l'entendre.

— Qu'as-tu donc, aujourd'hui ? lui demandai-je. Je te trouve bien maussade.

— Je n'ai rien.

Elle se leva d'un bond et se rendit brusquement à la fenêtre pour écarter les rideaux et scruter la rue où la nuit commençait à tomber.

— Rien du tout, ajouta-t-elle un peu plus bas.

— Balivernes. Je suis capable de lire certains signes, je ne suis pas aussi aveugle que certains le croient. Ton amant a-t-il dit ou fait quelque chose qui t'a blessée ?

Elle pouffa tout en tirant l'autre rideau.

— Ce n'est pas ce que tu crois, India. Je suis sur les nerfs, c'est tout. Je n'ai pas autant de patience que certains.

Je soupirai.

— Je comprends parfaitement. Cela me frustre tout autant que toi de ne pas progresser, et Matt aussi, même s'il prétend que ça ne l'affecte pas. Je sais qu'il est quand même inquiet, surtout depuis que sa montre ralentit de plus en plus.

Elle se laissa tomber sur le sofa et enfouit sa tête dans ses mains.

— Mon Dieu, je ne suis qu'une égoïste. Ces temps-ci, j'avais la tête ailleurs et je ne pensais même pas à Matt.

— De quoi parlais-tu, alors ?

Duc et Cyclope entrèrent, l'air désœuvrés.

— Ah, voilà où vous étiez cachées, toutes les deux, dit Duc. Je te croyais sortie, Willie.

— Ça fait un moment que je suis rentrée. Où étiez-vous ?

— À la bibliothèque, dit Cyclope.

— Vous deux ? Vous étiez en train de lire ? C'est à se demander où va le monde !

— Ne change pas de sujet, dit Duc. Pourquoi es-tu rentrée si tôt ? Et pourquoi faites-vous cette tête-là ?

Elle croisa les bras.

— Ça ne te regarde pas.

— Ta conquête t'a laissée tomber, c'est ça ? dit-il en ricanant. Tu as fini par l'ennuyer, avec ton baratin ?

Elle se leva brusquement et se rua sur lui en montrant les dents. Heureusement, elle ne fit pas de bruit, ce qui aurait pu inquiéter les domestiques. Duc l'empoigna et, avec l'aide de Cyclope, il la maintint à une distance prudente.

— Du calme ! se fâcha Duc. C'était juste une blague.

D'une main sur son torse, elle repoussa Duc et les deux hommes la lâchèrent. Elle regagna le sofa, furieuse, et s'y rassit avec une force exagérée et une moue boudeuse.

— Arrêtez, tous les trois, intervins-je. Vous devriez avoir honte. Vous êtes censés être amis.

Duc alla se poster près de la cheminée, mais tout en gardant prudemment les yeux fixés sur Willie. Il craignait peut-être qu'elle se jette à nouveau sur lui.

— Vous avez raison. Pardon, Willie.

Elle leva les yeux, surprise.

— Tu es pardonné. Moi aussi, je m'excuse, mais tu n'as pas le droit, Duc. J'en ai assez, que tu te payes ma tête.

Quand je croisai le regard de Cyclope, il haussa le sourcil de son œil valide d'un air interrogateur.

Je poussai un soupir.

— Tout le monde est un peu à cran, ce soir, lui dis-je. C'est parce que nous n'avançons pas. Je préfère vous avertir : Matt a les nerfs à fleur de peau, lui aussi. Notre enquête ne cesse de rencontrer des obstacles. Plus nous creusons, plus nos chances de trouver Phineas Millroy s'amenuisent. En tout cas, c'est l'impression que j'ai.

— Il faut que tu restes forte pour lui, India, m'encouragea Willie. Que tu sois son roc.

Tout ça, c'était bien joli, mais qui allait me servir de roc, à moi ? Je me sentais comme à la dérive, emportée peu à peu vers le large.

— Il faut qu'on le soit tous, lui dit Cyclope. C'est injuste de laisser India porter seule ce fardeau, étant donné qu'elle et Matt ne sont pas...

Il toussa et détourna les yeux.

— Fiancés, suggérai-je. Non, nous n'allons pas nous marier. Je le lui ai clairement fait comprendre, et je tiens à mettre fin immédiatement aux conjectures et aux rumeurs. Matt et moi, nous ne sommes pas un couple, et nous ne le serons jamais.

— Tant mieux, dit Willie. Parce que quand tout sera fini, il faudra qu'il rentre en Amérique. Mais lui, est-ce qu'il est au courant ? Parce que par moments, on ne dirait pas.

— Je le lui ai dit.

Elle partit d'un bref éclat de rire.

— Ce n'est pas parce que tu lui as dit qu'il a compris.

— C'est vrai, répondis-je à mi-voix. Tu as raison.

LE DÎNER se déroula dans une atmosphère pesante, et je ne fus pas fâchée de le voir se terminer, bien que la plupart d'entre nous se soient retirés au salon. Miss Glass alla se coucher tôt, ce qui fit baisser quelque peu la tension. Bien qu'elle connaisse tous nos secrets relatifs à la magie, il était tout de même plus facile d'en parler quand elle n'était pas là. Personne ne voulait l'inquiéter plus qu'elle ne l'était déjà.

Matt servit des verres de brandy et Willie sortit un cigare de la poche de son gilet. Elle le passa sous son nez en inspirant profondément.

— Il n'est pas question que tu fumes ça ici, dis-je. Miss Glass sentira l'odeur demain matin. Va au fumoir.

Elle prit le verre que lui tendait Matt et tourna les talons sans un mot.

— Est-ce que je me fais des idées, ou est-ce qu'il y a quelque chose qui la contrarie ? demanda Matt en la regardant s'éloigner.

— Sa conquête a fini par se lasser de ses manières horripilantes, dit Duc.

— Vous êtes le seul à la trouver horripilante, lui rétorquai-je.

Tout le monde me regarda.

— Bon, d'accord, ce n'est pas vrai. Mais je reste convaincue que Duc a partiellement raison, et qu'il y a un problème avec cet homme qui lui donne des rendez-vous à l'hôpital.

Duc répondit par un grognement et vida son verre d'une seule traite.

— Un autre, dit-il à Matt.

Après une brève hésitation, Matt s'exécuta.

— India vous a-t-elle raconté comment s'était passé notre après-midi ?

— Oui, dit Cyclope. Vous n'avez pas beaucoup avancé.

— Nous n'avons pas encore parlé au prêtre, cela dit, fit remarquer Matt. Je pense qu'il nous fournira beaucoup d'informations.

— Je ne vois pas comment, objecta Duc en prenant son second verre. Il ne va pas te répéter ce qu'il a entendu au confessionnal.

— Nous arriverons peut-être à le convaincre.

— Mais comment ?

Willie refit irruption, tenant dans une main son verre et son cigare qu'elle n'avait pas encore allumé, et dans l'autre un journal, qu'elle lança sur la poitrine de Matt.

— Bristow vient de recevoir le journal du soir. Lisez un peu ça, dit-elle en coulant un regard dans ma direction.

Il ne m'en fallut pas plus pour me presser avec Duc et Cyclope autour de Matt pour mieux voir. Je sentis mes entrailles se nouer en lisant le nom de la publication : *The City Review*. Un de leurs journalistes avait fait cause commune avec Abercrombie, le maître de la Guilde des Horlogers, et menacé de publier un article montrant les magiciens sous un mauvais jour. Je n'avais certes pas oublié leur menace, mais je l'avais repoussée dans un coin de mon esprit le temps de chercher un magicien médecin.

Le journal était ouvert à la page de l'article en question. La lecture rapide des trois premiers paragraphes me confirma qu'ils n'avaient pas l'intention de mâcher leurs mots. Ils y qualifiaient les magiciens de *malfaisants*, *dénaturés* et *contraires aux valeurs de l'Angleterre*, faisant appel à la ferveur religieuse et patriotique de leurs lecteurs pour attiser la haine et la peur.

— C'est des mensonges, cracha Duc. Rien qu'un tissu de mensonges.

— Ils veulent susciter un élan de sympathie pour les artisans et les commerçants, dit Matt à mi-voix.

— *Ils ôtent le pain de la bouche des honnêtes travailleurs*, lut Cyclope, et *condamnent ainsi leurs enfants à mourir de faim*.

Et pour couronner le tout, l'article prenait un tour encore plus sérieux en mentionnant la mort de Wilson Sweet, causée par deux magiciens : le Dr Millroy et Gideon Steele, qui n'était autre que mon grand-père. Je me plaquai une main sur la bouche pour étouffer un cri d'horreur, mais je m'obligeai à lire jusqu'au bout. Mr Force, le journaliste, parlait d'un pacte conclu entre les deux hommes pour réaliser sur ce *pauvre* Mr Sweet une expérience *visant à se prendre pour Dieu dans le but de prolonger sa vie, mais qui n'avait eu pour effet que d'y mettre un terme*.

Bien que l'article précise que le Dr Millroy était un magicien médecin et Chronos un magicien horloger, il ne disait pas explicitement que les effets de la magie sont temporaires, à moins que ledit magicien horloger ne récite une incantation bien précise. Certains parmi leurs lecteurs – à savoir, les magiciens – liraient néanmoins entre les lignes et comprendraient que c'était là le rôle qu'avait joué mon grand-père dans cette expérience.

Je m'assis en geignant.

— Tous ceux qui ne me soupçonnaient pas d'être une magicienne feront le lien avec moi, en lisant le nom de Gideon Steele. Tout le monde connaîtra mon secret.

Matt me toucha l'épaule.

— Beaucoup de gens n'y croiront pas.

— Mais certains y croiront, c'est déjà trop. Sans compter ceux chez qui cela sèmera le doute. Matt, je suis désolée. Tout cela, c'est ma faute ; cet article est une réponse à celui d'Oscar Barratt, et il ne l'aurait pas écrit si je n'étais pas allée le trouver l'autre jour. Et voilà qu'à présent, j'ai attiré les soupçons jusque chez vous, simplement parce que je vis sous votre toit.

— Si vous pensez que c'est pour vous une raison de partir, vous avez tort.

Il me serra l'épaule comme si la force de son étreinte pouvait me faire rester.

— Ce n'est pas ce que je pense, le rassurai-je.

Je m'abstins d'ajouter que je n'avais nulle part où aller, maintenant que ma maison était louée.

— Ne vous en faites pas pour nous, me dit Cyclope. Nous sommes assez grands pour nous défendre. Mais vous, India, restez prudente. Votre magie pourrait rendre certains horlogers jaloux.

— Mais elle n'a même pas de boutique d'horlogerie ! protesta Willie. Et d'ailleurs, le vrai danger ne vient pas d'eux. Il viendra des magiciens qui penseront qu'elle peut prolonger leur magie. Ceux-là vont venir à sa recherche, je vous le garantis.

— Ce qui me mettra à dos toutes sortes d'artisans profanes, ainsi que les guildes, ajoutai-je en soupirant. Et pas seulement les horlogers.

Matt serra mon épaule plus fort.

— Ça suffit, dit-il à ses amis. Vous allez lui faire peur.

— Il vaut mieux qu'elle ait conscience de la situation, quitte à avoir peur, plutôt que de rester dans l'ignorance et d'être exposée au danger, dit Duc.

— La vraie question, c'est : qu'allons-nous faire, maintenant ? demandai-je.

— Rien, répondit Matt avec insistance. Si nous publions un démenti, cela poussera le *City Review* à répondre, ce qui ne fera qu'alimenter les rumeurs. Plus vite la presse cessera d'en parler, mieux ça vaudra.

J'étais du même avis, du moins en partie, mais je n'étais pas sûre qu'Oscar Barratt soit disposé à en rester là.

Et j'avais raison. Moins d'une demi-heure plus tard, il se

présenta en personne à notre porte. Il fit irruption dans le salon, son chapeau encore à la main et Bristow sur ses talons.

— L'avez-vous lu ? demanda-t-il sans même prendre la peine de nous saluer.

— Oui, dit Matt d'un ton impassible sous lequel je devinais une pointe d'hostilité. Confiez votre chapeau à Bristow, ou il se sentira inutile.

Oscar hésita, puis s'exécuta, et Bristow quitta la pièce avec le chapeau en refermant la porte derrière lui.

— Un verre de quelque chose ? proposa Matt à notre visiteur.

Oscar acquiesça et s'assit sur le siège que je lui indiquai. Il lissa sa courte barbiche et posa sur l'accoudoir le bras où il avait été blessé, et qu'il portait encore en écharpe. Mr Pitt, l'homme qui avait tué le Dr Hale, lui avait tiré une balle dans l'épaule, mais cela ne l'avait guère freiné dans son activité. Au contraire, depuis la publication dans la *Gazette Hebdomadaire* de son article révélant l'existence de la magie, il était plus prolifique que jamais. La dernière fois que je l'avais vu, il m'avait parlé de toutes les lettres que lui avaient envoyées ses lecteurs. J'avais été furieuse qu'Oscar ait révélé l'existence des magiciens, mais il était parvenu à nuancer quelque peu ma position par son raisonnement solide et son désir de nous offrir, à nous les magiciens, une vie normale où nous serions libres de pratiquer notre magie. Au moins, cela partait d'un bon sentiment, et je ne pouvais pas lui en vouloir, surtout dans la mesure où, sur le principe, je partageais son avis. Même si je n'osais pas l'avouer à Matt. Il était farouchement opposé à l'idée de révéler l'existence de la magie au grand public.

Matt tendit à Oscar un verre de brandy avant de lui jeter le journal sur les genoux, ouvert à la page de l'article de Force.

Oscar tressaillit.

— Alors, qu'en pensez-vous ? demanda-t-il.

— Ce qu'on en pense ? répéta Willie en se levant de sa chaise pour dominer Oscar de toute sa hauteur.

Il se recula sur sa chaise en ouvrant de grands yeux terrifiés.

— Que tout ça, c'est votre faute, Barratt, voilà ce qu'on en pense.

Oscar prit le journal et le posa sur la table à côté de lui, près de la lampe.

— Je n'ai pas mentionné India dans mon article. Ni cité le nom d'aucun autre magicien. Je n'ai pas non plus mentionné que les effets de la magie étaient de courte durée. Cet article, dit-il en frappant le journal du bout du doigt, n'est pas de mon fait. C'est la faute d'Abercrombie et de ce journaliste, Force. Si vous cherchez des coupables, c'est à eux qu'il faut vous en prendre.

— Rassurez-vous, siffla Matt, ils n'échapperont pas à ma colère, eux non plus.

Oscar déglutit bruyamment.

— Mais c'est vous qui êtes à l'origine de tout ça, Barratt, dit Willie avec une moue renfrognée.

Elle recula vers sa chaise d'un pas lourd et s'y laissa retomber.

— Vous devriez assumer votre part de responsabilité. C'est ce que ferait un homme, un vrai. Ah, nom de Dieu, les hommes...

Duc et Cyclope échangèrent une grimace.

— Je vais tout arranger, dit Oscar. Je vais écrire un autre...

— Non ! le coupa Matt en abattant brutalement sa lourde coupe sur la table à côté d'Oscar.

Heureusement, elle était vide ; autrement, il l'aurait aspergé de tout son contenu.

— Vous n'écrirez plus rien qui parle de magie. Est-ce clair ?

La mâchoire d'Oscar se contracta.

— J'écrirai ce que je jugerai bon d'écrire, Glass. Tant que mon éditeur souhaitera publier mes articles sur la magie, je continuerai de les écrire. Ce n'est pas à vous d'en décider.

Matt lui rendit son regard, la mâchoire serrée par la même détermination. C'était comme regarder deux gladiateurs qui se tournent autour dans une arène, chacun jaugeant l'autre à la recherche d'un point faible. Physiquement, Matt était le plus fort des deux, surtout avec le bras en écharpe d'Oscar, mais l'expérience m'avait appris qu'Oscar n'était pas homme à céder facilement. Lorsqu'il avait une idée en tête, non seulement il s'y accrochait obstinément, mais il refusait même d'envisager toute alternative.

— À partir du moment où vos articles attirent le danger

jusque chez moi et jusqu'aux gens auxquels je tiens, ça me regarde, dit Matt. Et si vous croyez que je ne peux pas vous empêcher d'écrire un nouvel article, détrompez-vous.

Oscar tira nerveusement sur l'écharpe qui retenait son bras.

— Est-ce une menace ?

Matt prit son verre à la main, mais il ne le remplit pas. Il s'assit à côté de moi sur le sofa et sourit à Oscar. C'était un sourire franc et chaleureux qui parut décontenancer le journaliste. J'étais la seule à pouvoir sentir la colère qui faisait vibrer Matt.

— Avez-vous parlé à Mr Force ? demandai-je à Oscar dans l'espoir de désamorcer la situation.

— J'ai essayé, mais il a refusé de me recevoir. Je lui ai laissé un message écrit à la réception du *City Review* pour lui dire combien il était irresponsable d'avoir cité des noms et parlé du meurtre de Wilson Sweet.

— Un message écrit, hein ? railla Duc en levant les yeux au ciel. Voilà qui devrait tout arranger.

— Les mots ont un grand pouvoir, Monsieur.

— Je m'appelle Duc, pas Monsieur. Et les mots n'ont un grand pouvoir que lorsqu'ils disent des choses que le lecteur accepte d'entendre. Je ne connais pas Mr Force, mais Abercrombie, lui, je le connais, et ça lui est bien égal, si les magiciens deviennent la cible de menaces grâce à cet article, surtout India. Il s'en moque complètement.

— Si quelqu'un vous importune, India, prévenez-moi immédiatement, dit Oscar. Je pourrai peut-être vous aider.

Je laissai passer une seconde de silence, attendant que Matt ricane ou fasse une remarque, mais il ne dit rien.

— Merci, Oscar, répondis-je, mais je ne vois pas comment.

— Vous pouvez l'aider en arrêtant d'écrire là-dessus, dit Matt. Laissez ce sujet tomber dans l'oubli.

Oscar secoua la tête.

— Je ne peux pas faire ça. Vous le savez bien.

— Vous avez fait assez de dégâts comme ça.

— Je ne peux pas laisser ce torchon avoir le dernier mot au sujet de la magie.

Il but une petite gorgée, puis reposa son verre sur le journal.

— Aucun magicien ne peut l'accepter, ajouta-t-il en haussant les sourcils à mon intention.

Je baissai les yeux sur mes genoux, mais je sentais leurs regards à tous fixés sur moi, à commencer par celui de Matt, le plus intense.

— Je suis de l'avis d'Oscar, dis-je enfin.

Matt se leva d'un bond et se dirigea vers le buffet. Il se servit un grand verre de brandy dont il but la moitié d'une seule traite.

— Nous étions pourtant d'accord, India : mieux vaut ne pas réagir.

— Non, nous n'avons rien convenu de tel. Oscar a raison. Nous ne pouvons pas laisser Force dire de telles horreurs sans le contredire. Il accuse les magiciens de toutes sortes de choses abjectes, et les gens vont le croire. Il faut absolument publier un démenti qui présente les magiciens sous un jour positif.

Il me tourna le dos et s'appuya du poing sur le buffet. Si nous avions été seuls, je lui aurais touché l'épaule et j'aurais tenté de le raisonner en douceur, mais je ne pouvais pas faire cela devant les autres.

Aussi m'adressai-je à Oscar.

— N'oubliez pas de préciser que tous les magiciens que vous connaissez vont régulièrement à l'église, qu'ils ont une famille, et que tout ce qu'ils veulent, c'est vivre en paix comme les profanes. Mais n'utilisez pas le mot *profanes*. Il a une connotation méprisante. Employez des mots innocents et bienveillants, rien de trop sophistiqué.

Le visage d'Oscar s'éclaira d'un sourire.

— Je sais très bien écrire des textes persuasifs, India

— Mais oui, c'est vrai. Je suis désolée, mais c'est un article important, il faut qu'il soit absolument parfait.

— Dites-leur bien que la magie n'apporte rien à personne, intervint Cyclope. Rappelez aux gens que ses effets ne durent pas.

— Cyclope ! s'étrangla Willie. Tu es dans quel camp ?

— Je ne suis dans le camp de personne, mais il écrira cet article quoi qu'il arrive. Je me dis que comme ça, on a notre mot à dire sur ce qu'il y mettra. Si on reste là à pester, ça ne nous mènera à rien.

Tous les regards se posèrent sur le dos vigoureux de Matt, qui était penché, légèrement voûté, au-dessus du buffet. Il se retourna lentement vers nous.

— Ne citez pas le nom d'India, dit-il d'une voix aussi sombre que ses yeux.

Oscar se tourna alors vers moi.

— J'aimerais vous mentionner. Votre grand-père a déjà été nommé, alors...

— Non, rugit Matt.

Oscar garda les yeux fixés sur moi. Si la fureur de Matt l'intimidait, il n'en montrait rien.

— Ne citez pas mon nom, dis-je. Seuls les gens qui me connaissent bien savent comment s'appelait mon grand-père. Les simples connaissances l'ignorent et, avec un peu de chance, elles n'ont pas encore fait ce rapprochement.

— Donnez-nous votre parole, Barratt, dit Matt.

— Si c'est ce que veut India, alors j'accepte.

— Vous pourriez peut-être écrire que c'est le Dr Millroy qui a forcé Chronos à faire son expérience sur Wilson Sweet, ajouta Willie.

— Je ne peux pas dire ça parce que ce n'est pas vrai, et ce serait faire injure à la mémoire de Millroy. En revanche, je soulignerai que les deux magiciens impliqués dans ce malheureux incident ont regretté ce qu'ils avaient fait, et qu'ils n'ont plus jamais réessayé.

Le bruit que je fis en déglutissant me parut résonner au milieu du silence. Nous détournâmes tous le regard. Heureusement, Oscar n'eut pas l'air de le remarquer. Le passé de Matt et les propriétés de guérison de sa montre étaient les seuls détails que je lui avais cachés sur la magie, et je tenais à ce qu'il continue de les ignorer.

— J'écrirai que l'un est mort et qu'on suppose que l'autre a quitté l'Angleterre, reprit Oscar. Cela suffira-t-il ?

— Oui, répondis-je aussitôt. Je crois.

— Du moment que vous ne citez pas le nom d'India, insista Matt.

— Ni d'aucun autre magicien, ajoutai-je.

— À part le mien.

Oscar sourit par-dessus le bord de son verre tout en buvant à petites gorgées.

— Ne prenez pas cet air choqué, India. Il est temps pour moi de déclarer que je suis un magicien. C'est le meilleur moyen pour que mes articles soient pris au sérieux ; autrement, on ne cessera de remettre en question leur véracité.

— Mais vous vous exposerez à toutes sortes de jugements ! me récriai-je. Êtes-vous prêt pour cela ?

— Oui.

— Et votre famille ?

Il avait un frère qui dirigeait l'entreprise familiale de fabrication d'encre et qui était magicien, comme Oscar.

— Laissez-moi me préoccuper de ma famille. Par ailleurs, si je rappelle que la magie n'a que des effets temporaires, cela devrait apaiser un peu la colère des concurrents de mon frère. Je prendrai la production d'encre comme exemple de ce que la magie peut faire ou non. Lorsque j'aurai décrit cette magie qui me permet de faire de jolies formes avec de l'encre, mais qui ne sert strictement à rien, plus personne ne la verra comme une menace. Mon frère sera furieux au début, mais il se calmera quand il verra que rien ne change.

— Vous pensez que rien ne changera ?

Matt voulut boire une autre gorgée, mais il s'aperçut que son verre était vide. S'il essayait de se resservir, je me verrais peut-être obligée de lui prendre son verre. Mais il ne le fit pas.

— Si vous croyez ça, c'est que vous êtes un idiot, Barratt. Un bougre d'idiot.

Oscar finit son verre et nous souhaita bonne nuit. Je ne pouvais pas lui reprocher son départ précipité quand Matt se montrait si hostile. Peut-être aurait-il mieux valu que je m'en aille aussi, mais je restai au salon avec les autres. J'avais une dernière chose à leur dire avant d'aller me coucher.

— Un nouvel article positif d'Oscar est peut-être exactement ce qu'il nous faut, dis-je à Matt après le départ d'Oscar. Il pourrait pousser Phineas Millroy à se manifester.

Matt se radossa dans son fauteuil et étendit ses jambes. Il ferma les yeux et expira longuement.

— Ce qui est fait est fait. Cet article verra le jour. N'en parlons plus pour l'instant.

Il ouvrit ses yeux fatigués et me regarda.

— Je n'aime pas me quereller avec vous.

Je lui rendis son sourire plein de douceur.

— Je n'aime pas me quereller avec vous non plus.

— Mais elle a raison, dit Willie. Si le bâtard de Millroy pense être un magicien, il contactera peut-être Barratt dans l'espoir d'en apprendre plus sur lui-même.

Elle posa une main sur son cœur.

— Je veux te dire comme je suis désolée, India. Je n'y avais pas pensé avant. C'est une bonne idée. Tu as raison de le pousser à publier un autre article, et j'avais tort.

— Vous devriez lui demander de vous écrire ça noir sur blanc, India, dit Duc.

— Il faudra l'encadrer, ajouta Cyclope.

Willie lança un coussin à Cyclope, mais il l'attrapa et le lui renvoya.

— Je vais me coucher, dit-elle en reposant le coussin sur le sofa. Bonne nuit.

— Tu ne sors pas, ce soir ? lui demanda Duc en lui emboîtant le pas.

— Non.

— Pourquoi ?

— Parce que je n'ai pas envie.

— Il s'est passé quelque chose entre toi et ta conquête, pas vrai ?

Elle alla droit vers la porte sans répondre ni ralentir le pas. Duc la prit par le bras et elle fit volte-face. Ses yeux lançaient des éclairs.

— Qu'est-ce que tu veux, Duc ?

— Je veux que tu saches que tu peux me parler, lui dit-il à mi-voix. On a vécu beaucoup de choses ensemble, et je serai toujours là si tu as besoin d'une épaule pour pleurer. Je ne te jugerai pas, je ne te donnerai pas de conseils si tu n'en veux pas. C'est juste pour parler.

Son expression se radoucit et, l'espace d'un instant, je crus qu'elle allait se décomposer et fondre en larmes. Mais elle retrouva sa contenance et réussit même à lui faire un sourire bancal.

— Merci, Duc. Ça me touche. Mais je n'ai pas envie de parler. Tout ce que je veux...

Elle haussa les épaules.

— Je ne sais même pas ce que je veux.

Ils partirent ensemble et Cyclope leur emboîta le pas en lançant à Matt un regard lourd de sens. Je me trouvai soudain seule avec lui, alors que c'était précisément ce que j'avais voulu éviter. Je rassemblai mes jupes et me dirigeai en hâte vers la porte.

— Je tiens à ce que vous sachiez que je ne blâme pas entièrement à Barratt, me dit Matt sans se lever de son fauteuil.

Il ne chercha pas à m'empêcher de partir et ne me demanda pas non plus de rester, mais je restai tout de même – à une distance prudente, et à un endroit où Bristow, qui attendait dans le couloir, pouvait me voir.

— Ce n'est pas l'impression que j'ai eue, répliquai-je.

— Barratt a contribué à aggraver la situation, mais je vois qu'il est bien intentionné.

— C'est à lui que vous devriez dire cela, pas à moi.

— Votre pardon m'importe plus que le sien.

— Matt...

Je fis un pas vers lui, mais je m'arrêtai de nouveau. Je nouai mes mains derrière mon dos.

— Il n'y a rien à pardonner.

À moitié allongé dans la lumière tamisée des lampes, il n'avait jamais eu l'air aussi jeune. La pénombre masquait les signes de son épuisement, et il avait une façon de me regarder sans vraiment me regarder, en feignant de concentrer son attention ailleurs. Mon cœur répondit en cognant plus fort dans ma poitrine.

— Quelle est votre date de naissance ? lui demandai-je.

Sa bouche eut un tressaillement.

— Le neuf juillet. Pourquoi ?

— J'ai parfois du mal à croire que vous n'avez pas encore trente ans.

Il éclata de rire.

— J'ai du mal à le croire, moi aussi. Il y a des jours où j'ai l'impression d'être un vieillard. D'une certaine façon, j'ai de la chance. J'ai eu une vie bien remplie. Si elle se termine...

— Ne dites pas ça.

Ma voix se brisa.

— Elle ne va pas se terminer. Pas question, Matt, alors arrêtez de parler comme si ça allait arriver, bon sang !

Il se mit à rire. À rire !

— Je ne vois pas ce que cette conversation a de si amusant, dis-je d'un ton acide.

— C'est juste que vous parlez chaque jour un peu plus comme Willie. Vous n'allez pas commencer à vous promener avec un revolver, j'espère ?

Je tournai les talons dans un claquement de jupe.

— Seulement si vous dites quelque chose qui m'offense. Bonne nuit.

— India ! Revenez, parlez avec moi. Je veux que vous me teniez compagnie.

— Bonne nuit, Matt, dis-je par-dessus mon épaule.

Ma colère était déjà à moitié envolée, mais ma détermination à partir n'en était que plus forte. Je me hâtai de sortir avant qu'elle ne disparaisse à son tour.

* * *

Au petit déjeuner, quelle ne fut pas notre surprise de constater que Matt était déjà sorti. Il était parti seul. Même Bristow ignorait où il était allé.

— Il ne m'en a pas informé, nous dit le majordome en remplaçant la théière vide par une pleine. Il a pris la voiture.

— Flûte, maugréa Willie en s'asseyant lourdement sur sa chaise. S'il est sorti sans rien dire à personne, ça ne me dit rien qui vaille.

— Oui, grommela Duc. Vous êtes sûre qu'il n'a pas laissé de mot sous votre porte, India ?

— Sûre et certaine.

S'il n'avait soufflé mot de son projet à qui que ce soit, je ne pouvais que donner raison à Willie : cela n'augurait rien de bon. Il avait dû savoir que nous n'approuverions pas sa destination.

Je me repassai la conversation de la veille dans mon esprit et, pendant un moment, je le soupçonnai d'être allé voir Oscar Barratt pour lui interdire d'écrire son article, malgré tout. Mais Matt devait savoir que c'était peine perdue. Mais alors, s'il n'était pas parti voir Barratt, où avait-il bien pu aller ? Au siège du *City Review* ? Il était trop tôt, leurs bureaux n'étaient pas encore ouverts. Il ne pouvait pas non plus être chez Mr Force, puisqu'il ne connaissait pas son adresse.

En revanche, il savait où habitait Abercrombie, et Matt avait dit à Oscar qu'Abercrombie et Force n'échapperaient pas à son courroux.

Je me levai d'un bond.

— Je sais où il est !

Duc, Cyclope et Willie se levèrent eux aussi.

— Où ? demandèrent-ils en chœur.

— Il est allé demander des comptes à Abercrombie.

J'attrapai vivement une tartine et sortis en hâte, mes jupes claquant sur mes talons.

— Bristow ! Bristow, j'ai besoin d'un fiacre !

— Un qui puisse tous nous accueillir, ajouta Cyclope, derrière moi.

Je fis volte-face et le vis qui sortait de la salle à manger en tenant un morceau de bacon entre deux tranches de pain. Il se fourra le tout dans la bouche et fit signe aux autres de se dépêcher.

— Qu'est-ce qu'on fera si Matt est là-bas ? me demanda Willie.

— Nous l'empêcherons de dire ou de faire des choses qui lui causeraient des ennuis.

CHAPITRE 5

D'après le valet qui vint ouvrir lorsque nous frappâmes à la porte, Mr Abercrombie n'était pas chez lui. Il avait des affaires à régler au siège de la Guilde des Horlogers avant d'ouvrir sa boutique. Ce n'était pas loin et nous arrivâmes au bâtiment sur Warwick Lane vers huit heures trente. Il n'y avait aucun signe de Matt ni de sa voiture.

Je renversai la tête en arrière pour regarder le blason de la guilde, tout là-haut, au-dessus de la porte. Le vieillard, allégorie du Temps, avait l'air un peu ridicule vêtu d'un simple pagne, et l'empereur me rappelait les hommes arrogants et dominateurs que j'avais rencontrés dans cette guilde, à commencer par Abercrombie et Eddie. *Tempvs Rervm Imperator : le Temps est maître de toutes choses.* C'était peut-être vrai, mais l'Honorable Confrérie des Horlogers n'avait plus sur moi l'emprise qu'elle avait eue autrefois. Je ne me sentais plus liée à elle, ni indignée qu'on ne m'ait pas proposé d'en devenir membre. Je l'étais, autrefois. Quand j'avais cru que la guilde refusait ma candidature à cause de mon sexe, j'en avais éprouvé de la colère. Mais à cette époque, j'avais aussi un ardent désir de voir mon talent reconnu, et la guilde détenait le monopole des prix et autres moyens de se distinguer. À présent, je savais que ce refus était motivé par une tout autre raison et que mon talent était sans commune mesure avec celui des membres de la guilde. Il était libérateur de ne plus ressentir ce besoin.

Le portier à l'épaisse barbe blanche ouvrit la porte. Il poussa un soupir en me reconnaissant.

— Que voulez-vous cette fois-ci, Miss Steele ?

— Mr Abercrombie est-il là ?

— Il est indisposé.

— Balivernes.

— Mr Matthew Glass est-il là ? demanda Duc.

Les yeux perçants du portier se rétrécirent.

— Non. Pourquoi ?

Duc le bouscula pour passer en lui heurtant l'épaule.

— Vous en êtes bien sûr ?

— Excusez-moi ! s'indigna le portier. Je regrette, mais vous ne pouvez pas entrer comme ça, sans permission.

Willie et Cyclope suivirent Duc, et je finis par faire de même.

— Nous n'en avons que pour un instant, lui dis-je.

— C'est un scandale ! Venant d'Américains, cela ne m'étonne pas, mais vous, Miss Steele, vous êtes une honnête jeune femme anglaise de bonne famille. J'ai connu votre père...

— Taisez-vous, ou je serai forcée de vous dire des choses fort peu anglaises que je pourrais regretter plus tard.

Et sans plus penser à lui, je traversai la salle derrière les trois autres.

Nous les cherchâmes dans le salon, dans une salle de réunion, la salle à manger, et même à l'arrière de la maison. Hormis les locaux d'intendance, toutes les pièces étaient désertes. En dépit de nos recherches, ce fut Mr Abercrombie qui nous trouva. Il descendit l'escalier au moment où nous nous apprêtions à le monter.

— J'aurais dû me douter que c'était vous qui causiez tout ce tumulte, Miss Steele, dit-il en me toisant avec sa longue face chevaline. Il s'était arrêté à la moitié des marches sans descendre plus loin. Je devinai que sa réticence tenait à la présence des trois Américains irascibles au pied de l'escalier.

— Matt est-il ici ? lui demandai-je.

— Non.

— L'avez-vous vu ce matin ?

— Tiens donc, il vous a faussé compagnie ? Ma foi, cela devait bien arriver un jour ou l'autre : un homme comme lui et une femme comme vous...

Je compris parfaitement son sous-entendu, d'autant plus que son ton grinçant s'accompagnait d'une mimique dédaigneuse.

Willie se mit à gravir les marches.

— Vous avez intérêt à dire vrai.

Mr Abercrombie recula d'un pas hésitant, remontant d'une marche.

— C'est la vérité.

Willie mit les mains sur les hanches, dévoilant le revolver qu'elle avait passé dans la ceinture de son pantalon.

— Miss Steele, retenez votre... retenez cette personne, qui qu'elle soit... ou j'envoie chercher les agents.

— Viens, Willie, dit Duc. Matt n'est pas là.

Mr Abercrombie tendit le cou et tira sur les revers de sa veste. Il ne quittait toujours pas Willie des yeux.

— Que serait-il venu faire ici ?

— Vous parler de l'article du *City Review*, dis-je en montant les marches. C'était irresponsable de votre part, à Mr Force et à vous, de présenter les magiciens sous un jour aussi négatif. Vous devriez avoir honte de traiter des innocents avec une telle cruauté.

— Des innocents ! Vous n'avez rien d'innocent, Miss Steele, comme tous ceux de votre espèce. Vous êtes un loup qui prétend être un agneau, et je ne laisserai pas entrer les loups dans la bergerie. Ils sont dangereux. Les magiciens sont dangereux. Regardez ce qui est arrivé à Wilson Sweet !

— C'était une tragédie qui ne se reproduira pas. Chronos regrettait ses actes, comme le confirmera Mr Barratt dans son prochain article.

Il fronça le nez avec un air de répugnance.

— Vous êtes bien naïve, de lui faire confiance. Mais vous n'êtes pas très douée pour choisir les hommes à qui accorder votre confiance, je me trompe ?

— Si mes souvenirs sont exacts, vous avez cru aux mensonges d'Eddie, vous aussi, rétorquai-je.

— Je ne faisais pas allusion qu'à lui.

Son regard se posa d'abord sur Duc, puis sur Cyclope. Sa bouche se tordit en une grimace de dégoût.

Son attention étant concentrée sur eux, il ne vit pas le poing de Willie lui percuter la joue avec un effroyable bruit sourd. Il chancela en arrière mais trébucha sur les marches et tomba lourdement. Il resta étendu de tout son long dans l'escalier en gémissant, le visage entre les mains.

— Mr Abercrombie !

Le portier passa devant nous en courant pour s'approcher de son maître.

Abercrombie le repoussa.

— Allez-vous-en ! cracha-t-il. Allez-vous-en, *sorcière* !

Je sortis la première, soulagée de m'éloigner. Malgré ma détermination à ne pas me laisser affecter par cet homme, j'étais toute tremblante d'émotion. Je pris la main que me tendait Cyclope et le laissai me guider jusqu'au fiacre.

— Mais alors, si Matt n'est pas là, où est-il ? demanda Willie tout en examinant ses phalanges.

Elles étaient rouges, mais sans aucune égratignure ni contusion.

— Voulez-vous rentrer à la maison, India ? demanda Duc.

J'acquiesçai et il donna ses instructions au cocher avant de monter dans la cabine et de refermer la portière.

— Vous avez l'air bouleversée, me dit Cyclope d'une voix douce. Il était assis à côté de moi, le bras collé contre mon épaule. Il prenait beaucoup de place et semblait mal installé dans cet habitacle exigu. Ses genoux se cognaient contre ceux de Willie, assise en face de lui.

— J'ai déjà rêvé un millier de fois de donner un coup de poing à Mr Abercrombie, mais je n'oserais jamais vraiment le faire.

Je regardai Willie.

— Comment peux-tu faire ça avec un tel calme ?

— J'ai l'habitude, dit-elle.

— Il l'a bien mérité, ajouta Duc en haussant les épaules. Chez nous, les gens comme lui prennent constamment des coups de poing. On appelle ça la justice de l'Ouest.

Willie leva les yeux au ciel.

— Il vient de l'inventer.

— C'est vrai, mais ça sonne bien, admit Duc avec un sourire. Bravo, Willie, tu ne l'as pas raté. À l'avenir, tu pourrais laisser tomber ton Colt et te servir uniquement de tes poings.

— Tu peux toujours rêver, Duc.

Nous étions revenus depuis à peine cinq minutes quand Matt réapparut. Lorsqu'il entra, nous le reçûmes en présentant un front uni. Naturellement, dès qu'il eut franchi la porte, il hésita face à cette rangée de bras croisés qui l'attendaient en faisant les gros yeux.

— Je vois que l'Inquisition est arrivée.

Il donna son chapeau et ses gants à Bristow et nous fit signe de passer devant lui pour entrer dans la bibliothèque.

Quand il eut fermé la porte, Willie prit la parole la première.

— Où étais-tu passé ?

— Ça ne te regarde pas.

Comme elle allait protester, il leva un doigt pour l'interrompre.

— Tu es bien mal placée pour te mêler de mes affaires.

Cette réplique lui riva son clou avant même qu'elle ait entamé ses reproches. Brutalement mouchée, elle s'assit en maugréant, l'air renfrognée.

Pour ma part, je ne comptais pas me laisser désarçonner si facilement.

— Êtes-vous allé chez Mr Force ?

— Non.

— Chez Mr Barratt, alors ?

Il plissa les yeux.

— Cessez vos questions, India. Je ne vous répondrai pas. J'avais des choses à faire. Je n'en dirai pas plus.

Je m'assis à mon tour en soufflant, agacée.

Duc prit le relais.

— Nous savons déjà que tu n'es pas allé parler à Abercrombie.

Matt fronça les sourcils.

— Comment le savez-vous ?

— Ça ne vous regarde pas, dis-je pour ne pas laisser aux autres le temps de lui raconter notre matinée.

Si je refusais de lui répondre, ce n'était pas pour me venger – pas uniquement, du moins – mais pour nous éviter un sermon.

Ses lèvres s'étirèrent en une mince ligne, mais il s'assit également et n'insista pas.

— Il y a une chose que je peux vous dire, reprit-il, c'est dans quelle direction tend l'opinion publique. Les conversations que j'ai entendues ne parlaient que de l'article de Force dans le *City Review*. Toute la ville se perd en conjectures et en rumeurs, et il est encore tôt.

— Que disent les gens ? lui demandai-je. Croient-ils à l'article de Force ? Partagent-ils ses opinions ?

— Certains, mais pas tous. Les gens commencent à choisir leur camp et à défendre farouchement leurs positions.

J'espérais que ceux qui avaient choisi le camp des magiciens ne seraient pas persécutés pour leur choix, ou accusés de sorcellerie comme je l'avais été par Abercrombie. Je regrettai soudain de ne pas avoir ma montre sur moi, pour sentir sous mes doigts la surface lisse et familière du boîtier, la douce chaleur de la magie et la pulsation presque imperceptible de son mécanisme régulier. La plupart du temps, cela me réconfortait.

— Ils veulent aussi savoir qui parmi eux sont des magiciens, poursuivit Matt. Les noms de plusieurs artisans et industriels circulent déjà.

— Dans un climat de haine ? s'enquit Willie. De peur ?

— C'est plutôt de la curiosité.

— La haine et la peur viendront plus tard, commenta gravement Cyclope.

Duc empoigna son ami par l'épaule.

— Peut-être que ça n'arrivera pas.

Le silence pesant qui s'ensuivit fut rompu par Bristow, qui entra avec le courrier. Il me tendit une épaisse enveloppe cachetée à la cire rouge.

— C'est une lettre de Lord Coyle, dis-je en l'ouvrant. Il m'invite à un dîner qu'il organise samedi.

Je relus l'invitation avant de la replier.

— Comme c'est curieux. Je le connais à peine. Pourquoi m'invite-t-il ?

— Parce qu'il collectionne les objets magiques, dit Matt d'un air sombre. Et que, grâce à Abercrombie et Force, il sait maintenant que votre grand-père est un magicien et que, par conséquent, il est probable que vous soyez une magicienne.

— À mon avis, il l'avait déjà deviné en voyant ma montre capturer Mr Pitt.

— Peut-être, mais cet article a dû confirmer ses soupçons. Cette invitation qui arrive pile le jour de la parution de l'article, c'est une trop grosse coïncidence.

Il se passa légèrement l'index sur la lèvre inférieure.

— Nom de nom... c'est justement ce que je redoutais.

— Ce n'est qu'une invitation à dîner, dis-je. Et de toute façon, je vais refuser. J'ai bien trop à faire pour perdre mon temps avec un aristocrate que je connais à peine. Je vais tout de suite lui écrire ma réponse. Quand j'aurai fini, voulez-vous que nous retournions voir le Père Antonio ? À moins que vous n'y soyez allé sans moi ce matin ?

— Je ne me le serais pas permis.

Il me fit l'un de ses sourires malicieux.

— Sans vous, mes talents d'enquêteur sont bien trop limités.

— Je suis heureuse que vous en ayez conscience.

* * *

Le Père Antonio nous fit patienter dans l'église pendant seize minutes avant de venir à notre rencontre.

— Garder les yeux fixés sur votre montre ne fera pas passer le temps plus vite, vous savez, dit Matt alors que nous étions assis sur un banc au troisième rang.

Je refermai le boîtier de ma montre avec un claquement sec et la rangeai dans mon réticule.

— J'ai besoin de regarder quelque chose pour me calmer.

— Vous êtes entourée de vitraux magnifiques et assise à côté d'un bel homme. Cela ne vous suffit donc pas ?

Me mordant les lèvres pour ne pas sourire, j'affectai de tourner mon regard vers le paroissien âgé qui occupait le banc d'en face. Soit il dormait, soit il priait intensément.

— C'est vrai qu'il est très séduisant, vous ne trouvez pas ?

L'arrivée du Père Antonio dispensa Matt de répondre. Ce

prêtre semblait avoir tout au plus une cinquantaine d'années ; il devait donc avoir été tout jeune il y a vingt-sept ans. Pour une raison qui m'échappait à présent, je m'étais figuré un vieux bonhomme revêche qui nous aurait mis à la porte sitôt après nous avoir rencontrés, mais le Père Antonio n'était que sourires aimables et poignées de main chaleureuses. Derrière ses lunettes, son regard était tout aussi bienveillant.

Matt ne chercha pas à lui cacher que nous étions allés au couvent et que nous avions quelques questions sur des événements qui s'y étaient produits par le passé.

— C'est vous, cet Américain dont elles m'ont dit de me méfier, dit le Père Antonio. Mère Frances m'a dit de ne pas vous recevoir si vous vous présentiez ici.

Je sentis mon cœur se serrer. Ne pouvions-nous donc pas, dans cette enquête, avoir une seule conversation sans nous heurter à un obstacle ? Je quittai des yeux le Père Antonio pour tourner mon regard courroucé vers l'effigie du Christ dans le sanctuaire, avant de le reporter sur lui.

— Je vous en prie, mon Père, écoutez au moins ce que nous avons à dire avant de nous congédier, dit Matt.

— Je veux bien vous parler, mais à une condition.

Le Père Antonio se pencha en avant et baissa la voix.

— Ne le dites pas à Mère Frances.

Il s'assit sur le banc en face de nous avec un clin d'œil.

— Vous êtes à la recherche d'un certain bébé qui a été confié au couvent il y a de nombreuses années. Je suis navré, mais je ne sais rien des nourrissons qui y sont pris en charge, et même si je savais quelque chose, je serais tenu de garder le secret. La plupart des couples qui les adoptent tiennent à leur anonymat. Je suis désolé que vous vous soyez déplacés pour rien.

— Nous avons d'autres questions, dit Matt. À propos de la disparition de Mère Alfreda, pour commencer.

Hormis un clignement des yeux, le prêtre garda un visage impassible.

— Là-dessus, je ne sais rien non plus. C'était il y a longtemps.

— Un document atteste que vous avez déclaré qu'elle avait écrit pour dire qu'elle avait quitté le couvent de son plein gré ; or nous savons qu'elle n'a jamais écrit cette lettre. Le mystère de son départ n'a jamais été élucidé. Pourquoi avez-vous menti à la police ?

Matt avait parlé bas, mais cela n'empêcha pas le prêtre de couler un regard vers le vieux paroissien qui, en dehors de nous, était la seule personne présente dans l'église.

— Suivez-moi, dit le Père Antonio.

Il nous fit franchir la porte qui menait au presbytère et nous conduisit dans un salon ensoleillé à l'avant de la maison, avec une vue sur la rue. De là, il voyait les allées et venues entre l'église, le couvent et une grande partie des maisons. Il rajusta sa soutane et s'assit sur une chaise près de la fenêtre. Les rayons du soleil se reflétaient sur son crâne chauve et faisaient ressortir les poils blonds de son menton mal rasé.

Je me demandai ce que les religieuses lui avaient dit. S'il n'avait pas été averti par les sœurs, mais seulement par la mère supérieure, la question de Matt sur la disparition de Mère Alfreda aurait dû le surprendre fortement. Or il n'avait montré que très peu de signes de trouble. Peut-être avait-il, de par sa position, entendu toutes sortes de choses étranges au fil des ans, ce qui l'avait habitué à ne pas laisser deviner ses pensées.

— Comment savez-vous ce qui a été déclaré à la police ? demanda tout d'abord le Père Antonio. Travaillez-vous pour elle ?

— Il m'arrive de lui prêter main-forte, dit Matt.

— Est-ce le cas sur cette affaire ?

Matt s'installa confortablement sur sa chaise et sourit au prêtre, qui lui rendit son sourire. Ils rivalisaient d'affabilité sans qu'un vainqueur semble se dessiner, du moins pour le moment.

— Nous nous penchons sur le départ de l'ancienne mère supérieure à la demande d'une personne qui s'y intéresse.

— Qui donc ?

— Quelqu'un qui souhaite rester anonyme. Pouvez-vous nous aider ?

— J'essayerai, bien sûr.

Le sourire du prêtre se fit légèrement hésitant et son regard se perdit dans le vide. Il réfléchissait : qui avait bien pu nous charger de découvrir ce qu'était devenue Mère Alfreda ? Y avait-il un lien avec ce bébé, Phineas, et si oui, lequel ?

— C'est vous qui avez signalé la disparition de la mère supérieure, reprit Matt, et le lendemain, vous êtes revenu sur votre déposition. Pourtant, personne au couvent n'a reçu de courrier venant d'elle. Les sœurs ne sont toujours pas convaincues qu'elle soit partie de son plein gré. Pourquoi êtes-vous revenu sur votre déposition initiale auprès de la police ?

J'observai attentivement le Père Antonio en retenant mon souffle : il ne devait pas arriver souvent qu'on le traite de menteur. Il conserva toutefois une parfaite maîtrise de son expression.

— C'est vrai, il n'y a pas eu de courrier, mais j'ai tout de même décidé de retirer mon signalement. Les portes du couvent sont soigneusement verrouillées pendant la nuit, voyez-vous. Aucune personne extérieure ne peut y entrer sans causer une grande agitation. Il n'y avait aucun signe d'effraction, aucune trace d'intrusion, et tout était normal dans la cellule de Mère Alfreda. Rien n'indiquait la moindre activité illicite, pour reprendre les termes des policiers. Après un long moment de réflexion et de prière, j'ai décidé qu'il était inutile d'inquiéter les autres religieuses en laissant une foule de policiers envahir le couvent. Certaines d'entre elles étaient jeunes et avaient une conception très naïve du monde. Elles auraient été profondément choquées d'imaginer qu'il était arrivé un affreux malheur à leur bien-aimé révérende mère, et j'ai voulu leur épargner cette pensée. Comprenez-moi bien, Monsieur : s'il y avait eu la moindre raison de croire qu'il était arrivé quelque chose à Mère Alfreda, j'aurais été le premier à laisser entrer les policiers. Mais il n'y en avait aucune. Tous les signes indiquaient qu'elle était partie de son propre chef pendant la nuit. C'était déjà bien assez perturbant en soi pour les nonnes ; il aurait été irresponsable de ma part de leur causer un trouble encore plus grand en impliquant inutilement la police. En l'absence de leur mère supérieure, elles n'avaient plus que moi comme guide spirituel. J'étais un peu comme un père pour elles, et il m'incombait de veiller à leur bien-être. Alors oui, j'ai pris la décision de revenir sur ma déclaration. C'est une décision que je n'ai jamais regrettée.

Son explication paraissait plausible, quoiqu'un peu patriar-

cale, mais je n'étais pas complètement sûre de le croire. La disparition de la mère supérieure avait certainement dû l'inquiéter
tout autant que Sœur Clare et les autres nonnes, n'est-ce pas ?

— Avez-vous la moindre idée des raisons de son départ ? lui
demandai-je.

— Non. Elle semblait toute dévouée à son travail. J'en étais
abasourdi. Je ne veux pas dire par là que je pense qu'il lui est
arrivé quelque chose de grave, mais simplement que je ne la
connaissais pas si bien que ça.

— N'avez-vous pas demandé aux nonnes si c'était un acte
surprenant de sa part ? insistai-je.

— Je leur ai parlé, dit-il froidement.

— Nous aussi, et j'ai cru comprendre que Mère Alfreda
n'était pas du genre à s'évanouir dans la nature sans prévenir
personne.

Pour toute réponse, il haussa vaguement les épaules.

— Que vous ont dit les nonnes à qui vous avez parlé d'elle ?
demanda Matt.

— Je ne peux pas vous le répéter. Je suis sûr que vous
comprenez ma situation, Mr Glass, même si vous n'êtes pas
catholique.

Matt s'avança légèrement sur sa chaise.

— Elles vous en ont donc parlé en confession ?

Le Père Antonio referma la bouche et lui fit un sourire forcé.
Un nouveau haussement d'épaules nous confirma sa réponse à
cette question : quelqu'un lui avait parlé dans le secret de la
confession, mais il ne pouvait nous en dire davantage. Pourquoi
une ou plusieurs des sœurs auraient-elles quelque chose à
confesser, si elles étaient innocentes ?

— Comme c'est pratique, murmura Matt en se redressant sur
sa chaise.

— L'avez-vous cherchée ? demandai-je.

— Non, dit le Père Antonio. Si elle avait voulu qu'on la
retrouve, le Seigneur m'aurait guidé jusqu'à elle.

— Sa disparition a eu lieu à peu près à la même époque que
celle de deux bébés qui étaient au couvent, dit Matt. Personne ne
les a adoptés, et leurs fiches ont disparu également. Savez-vous
quelque chose à ce sujet ?

Le prêtre rajusta une fois de plus sa soutane et croisa les jambes.

— Non. Sous-entendez-vous que leur disparition et celle de la révérende mère seraient liées ?

Matt écarta les mains en signe d'ignorance.

— Je ne sous-entends rien du tout, j'énonce seulement des faits.

— Êtes-vous sûr de ne pas être de la police ? Vous en avez le vocabulaire.

Les coins des yeux du Père Antonio se plissèrent. Voyant que Matt ne lui rendait pas son sourire, le prêtre reprit son sérieux et rajusta ses lunettes sur son nez.

— Comme je vous l'ai dit tout à l'heure, je ne sais rien des bébés dont se charge le couvent. C'est une œuvre que les sœurs sont seules à organiser.

— Vous devez tout de même connaître les familles qui les adoptent, objectai-je. Ne sont-elles pas membres de votre paroisse ?

— Je ne suis pas autorisé à vous le dire, Miss Steele. J'espère que vous comprenez.

Je poussai un soupir. Tout cela ne nous avançait guère. Matt eut l'air de penser la même chose, car il changea de sujet.

— Il y avait une jeune religieuse qui a quitté le couvent à la même époque. Elle n'a pas disparu, c'est elle qui a décidé de partir. Au couvent, elle avait pris le nom de Sœur Francesca, et son vrai nom était Abigail Pilcher. Vous souvenez-vous d'elle ?

Le Père Antonio pinça les lèvres, croisa les mains devant lui et secoua lentement son crâne chauve.

— Je ne crois pas, non.

— En êtes-vous certain ? Vous lui avez rendu plusieurs fois visite à Bermondsey après son départ du couvent.

Le prêtre plissa légèrement les yeux.

— Avant son accouchement, et après, ajouta Matt.

Le visage du prêtre s'éclaira subitement.

— Ah, je me rappelle, maintenant. C'était une jeune écervelée, la vie au couvent n'était vraiment pas faite pour elle. Elle était beaucoup trop...

Il fit un vague geste de la main, cherchant le meilleur terme.

— Émancipée ? suggérai-je.

Il pointa son doigt vers moi.

— Exactement, Miss Steele. Trop émancipée pour être une religieuse. Je n'étais pas spécialement surpris par les circonstances de son départ.

— Je croyais que vous aviez dit qu'il était difficile pour quelqu'un de l'extérieur d'entrer dans le couvent. Comment est-elle tombée enceinte, selon vous ?

— Les sœurs ne sont pas cloîtrées. Les sorties n'étaient pas encouragées, mais elles étaient possibles. De toute évidence, Abigail avait choisi d'aller et venir comme bon lui semblait.

— Ou peut-être une seule fois, dit Matt.

— Pourquoi me posez-vous ces questions sur elle ?

— Elle pourra peut-être nous éclairer sur la disparition de Mère Alfreda.

Il cligna des yeux, interloqué.

— J'en doute. Cet incident n'avait rien à voir avec elle. Si elle est partie, c'est parce qu'elle était enceinte.

— En êtes-vous sûr ? Lui avez-vous posé la question quand vous êtes venu la voir chez elle ?

Le prêtre détourna le regard.

— Est-ce elle qui vous a dit que je lui avais rendu visite ?

— Elle n'habite plus à la même adresse. Elle a déménagé il y a dix ans. Vous ne le saviez pas ?

Le Père Antonio se mit à rougir. Il remit encore en place sa soutane par-dessus ses genoux.

— Bien sûr que non. Comment l'aurais-je su ? Je ne suis allé la voir qu'une ou deux fois après son départ du couvent, pour m'assurer qu'elle s'adaptait bien à la vie civile. Je vous l'ai dit : je me sens responsable des sœurs, même une fois qu'elles ne dépendent plus de moi.

— Nous avons pourtant dû vous rappeler son nom il y a un instant, rétorquai-je. Cet homme commençait à me taper sur les nerfs. Il cachait quelque chose, cela sautait aux yeux, et à mon avis, c'était l'identité du père de l'enfant d'Abigail. Je ne voulais pas que ce soit lui. J'espérais vraiment me tromper. Mais il était le suspect le plus probable.

— J'ai toujours eu du mal à retenir les noms, dit-il. Écoutez.

Je ne sais pas où elle est, à présent. Elle m'a demandé de ne plus revenir, alors j'ai respecté son vœu. Je ne savais même pas qu'elle avait quitté cet affreux taudis.

— Vous avez cessé de lui rendre visite ? le pressai-je. Vous n'avez pas insisté ? Vous qui disiez vous sentir responsable d'elle ? C'était une fille-mère avec un enfant nouveau-né. Et, comme si ce n'était pas déjà assez dur, elle n'avait ni amis ni famille pour l'aider. C'est un miracle qu'elle ait même survécu.

Il se hérissa.

— Non seulement elle a survécu, mais la dernière fois que je l'ai vue, elle s'en sortait parfaitement bien. Elle avait de plus grosses économies que moi, c'est vous dire ! Je ne me faisais pas de soucis pour Abigail, Miss Steele, parce que l'usine de chapeaux lui donnait du travail. Elle gagnait bien sa vie, malgré les bas salaires. Et elle aimait son travail, qui plus est. Il semblait lui apporter une forme d'épanouissement qu'elle n'avait jamais su trouver au couvent.

— Qu'entendez-vous par *épanouissement* ? demandai-je, intriguée. Le choix de ce terme avait piqué ma curiosité. Ce n'était pas le mot que j'aurais employé pour parler d'une ouvrière à la pièce contrainte d'effectuer des tâches ingrates pour un salaire de misère.

— Elle m'a dit qu'elle aimait travailler avec la soie. Elle parlait de la joie qu'elle éprouvait à la sentir sur sa peau, de la beauté de ses reflets à la lumière.

Il se mit à regarder par la fenêtre avec un sourire nostalgique.

— Elle avait une affinité avec cette matière, murmura-t-il, comme perdu au loin. C'est ainsi qu'elle me décrivait cette relation. Une affinité. Presque une attirance, comme entre deux amants.

Son teint vira soudain au rouge brique et il accompagna sa remarque d'un petit rire gêné.

— Enfin, à ce qu'on m'a dit.

Un épanouissement. Une affinité. Je me tournai vers Matt. Son regard rencontra le mien, et dans ses yeux passa le même éclair de compréhension. Abigail Pilcher était une magicienne de la soie.

CHAPITRE 6

— *L*a soie est une fibre naturelle, expliquai-je à Matt dans la voiture qui nous ramenait chez nous. Mais c'est lors de sa transformation que la magie entre en jeu.

— Comme pour l'or et le bois, ajouta-t-il en hochant la tête. Abigail est forcément une magicienne. J'en suis certain. Et son fils aussi. Voilà pourquoi, chez Christy, il était aussi doué pour travailler sur les chapeaux en soie, mais pas dans les autres domaines. Il avait une affinité avec ce matériau.

— Pour le trouver, nous devrions chercher dans les usines qui travaillent la soie.

— Il est peut-être dans une boutique, et non dans une usine. N'importe quel marchand de tissu ou boutique de modiste pourrait convenir. Et il doit y en avoir des centaines, disséminées dans toute la ville.

— Les boutiques de luxe ne sont pas si nombreuses que ça, et la soie est clairement un matériau haut de gamme.

Mon raisonnement parut le convaincre quelque peu.

— Y a-t-il des sites de production de soie à Londres ?

— Autrefois, Spitalfields était connu pour ses tisserands spécialisés en soie pure, mais cette industrie est en déclin aujourd'hui, et je ne crois pas qu'il en reste beaucoup. Ils travaillaient depuis chez eux pour des fabricants qui avaient besoin de soie pour leurs marchandises, un peu comme Abigail pour Christy. Je n'en sais pas plus sur ce commerce.

— Dans ce cas, il y a plus de chances que le fils d'Abigail travaille pour l'un de ces fabricants que comme tisserand. Les robes prêtes à porter, les chapeaux, la lingerie... avez-vous d'autres idées d'objets dont la fabrication nécessite de la soie ?

— Les fleurs en soie, les doublures de gilets...

Je caressai machinalement du pouce le tissu matelassé qui recouvrait la portière, et c'est alors que je réalisai une chose : le revêtement était en soie.

— La garniture intérieure des carrosses.

Sortant de mon réticule un calepin et un crayon, je dressai une liste de tous les commerces qui nous venaient à l'esprit pour lesquels il fallait de la soie, mais je ne savais pas où trouver les usines qui les produisaient. Le gros de la production n'était peut-être même plus concentré à Londres. Bristow en saurait peut-être plus.

Une fois de retour à la maison, nous annonçâmes aux autres ce que nous avions appris. Duc et Cyclope trouvaient cette découverte capitale, mais Willie, elle, n'était pas totalement convaincue.

— Qu'est-ce que ça peut faire, qu'Abigail Pilcher soit magicienne ? maugréa-t-elle. Ça ne garantit pas qu'elle saura ce qu'est devenu Phineas Millroy.

— À moins qu'elle ait décelé la magie chez ce bébé, et qu'elle ait su qu'il devait être élevé par des gens qui connaissaient son existence, rétorqua Matt. C'est peut-être *elle* qui l'a fait disparaître du couvent.

— Cela vaut la peine de la trouver pour lui poser la question, dis-je.

— Oui, peut-être bien, grommela Willie dans sa barbe.

— Elle a été comme ça toute la matinée, me souffla Duc. Mieux vaut la laisser tranquille, ou elle risque de vous sauter à la gorge si vous lui parlez.

Willie le foudroya du regard comme si elle savait ce qu'il disait, bien qu'il soit impossible qu'elle l'ait entendu depuis l'autre bout du salon.

— Qu'a dit le Père Antonio à propos de Miss Pilcher ? demanda Cyclope. Savait-il qui était le père de son enfant ?

— À mon avis, oui, dis-je en échangeant un regard avec Matt.

Je craignais que mes soupçons ne fassent de la peine à Cyclope. Il avait déjà été déçu d'apprendre que le prêtre avait menti à la police.

— Il ne l'a pas dit, mais je pense que le père, c'est lui, dit Matt, qui n'avait visiblement pas autant de scrupules. Et vous, India, qu'en pensez-vous ?

— Je suis du même avis. Je suis désolée, Cyclope, mais le Père Antonio est loin d'être un prêtre modèle.

Cyclope secoua la tête et poussa un soupir.

— Cela dit, précisai-je pour nuancer, je crois qu'il avait de l'affection pour Abigail. Il avait l'air triste en parlant d'elle.

— Comme s'il avait perdu quelque chose, ajouta Matt. Cela m'a fait un peu de peine pour lui. La vie d'un prêtre ne doit pas être facile pour un homme comme lui.

— Un homme qui a des pulsions, tu veux dire ? demanda Willie.

— Je voulais plutôt dire un homme amoureux. Mais avec des pulsions aussi, tu as sans doute raison.

Vint alors le moment d'établir un plan d'action et, avec l'aide de Bristow, je notai plusieurs adresses d'industriels londoniens qui travaillaient avec de la soie. Il était extrêmement satisfaisant de savoir quelle serait la prochaine étape de notre enquête et à quoi nous passerions le reste de notre journée.

Hélas, l'arrivée de Lord Rycroft nous contraignit à différer nos projets. Au moins, il était venu sans son épouse. Celle-ci trouvait toujours moyen de transformer la moindre conversation en dispute, en particulier avec Miss Glass. Lord Rycroft insista pour parler à Matt et Miss Glass en privé, et je ne me fis pas prier pour sortir me promener à Hyde Park avec Willie.

Cependant, Willie n'avait guère de goût pour les promenades.

— Marcher, ça sert à aller quelque part quand on n'a trouvé pas de cheval, dit-elle alors que nous franchissions la grille du parc. C'est pour les gens qui n'ont rien de mieux à faire.

— Nous sommes des gens qui n'ont rien de mieux à faire

pour le moment, lui dis-je en passant mon bras au creux du sien. Tu vas peut-être me dire qu'on t'attend ailleurs ?

Elle lorgna sur nos bras enlacés comme sur une chaîne qui l'empêchait de s'enfuir.

— Pas aujourd'hui.

— Cette lettre n'était donc pas une invitation de quelqu'un ? m'enquis-je d'un ton que je voulais innocent, mais à en juger par le regard assassin qu'elle me lança, j'avais échoué lamentablement.

— Ah, tu as remarqué ?

— Ce n'est pas le seul message que tu aies reçu ces jours-ci. Est-ce ton amant qui t'écrit ?

Elle releva le menton.

— Je ne te dirai rien.

Je m'arrêtai et lui pris les mains, ce qui l'obligea à s'arrêter aussi. Elle évitait de croiser mon regard.

— Willie, pourquoi refuses-tu de me confier ton secret ? Ou, sinon à moi, du moins à quelqu'un d'autre ? Nous tenons à toi et nous voyons bien que tu es malheureuse, en ce moment. Je peux peut-être t'aider.

— Non, tu ne peux pas.

Elle se dégagea et s'éloigna sur le chemin à grandes enjambées, dépassant une nourrice qui poussait un landau et manquant de peu se faire renverser par un cavalier.

Je rassemblai mes jupes et dus presque courir pour la rattraper.

— Très bien, je respecte le secret de ta vie privée.

Je n'abordai plus ce sujet. Ni aucun autre sujet, d'ailleurs. Je n'engageai plus la conversation, et elle n'essaya pas non plus. Au bout de cinq minutes qui m'en avaient paru trente, elle n'avait toujours pas cédé, et je m'aperçus qu'elle nous avait imperceptiblement ramenées à Park Lane. Cinq minutes plus tard, nous étions rentrées, après une promenade aussi brève que gênante.

Fort heureusement, Lord Rycroft était déjà reparti.

— Il n'a même pas voulu s'asseoir, dit Miss Glass quand je les rejoignis au salon, elle et Matt.

Il aurait été impoli de demander ce qu'il voulait, mais j'étais dévorée par la curiosité. Je me doutais que Matt aurait fini par tout me raconter en privé, à l'écart de sa tante, mais Willie ne put attendre.

— Alors, qu'est-ce qu'il voulait, cette fois ?

— Il a insisté pour que j'accompagne Beatrice et mes nièces sur leurs terres, dit Miss Glass. Il a dit que c'était ma dernière chance. Quel insupportable tyran ! Il l'a toujours été, même du vivant de notre père. Je comprends que ton père soit parti, Matthew. Ça n'a rien d'étonnant. J'aurais dû partir avec Harry comme il me l'avait proposé. Je pourrais être mariée à un comte italien, à l'heure qui l'est.

Matt s'assit à côté d'elle et saisit sa main entre les siennes.

— Cela ne vous plairait pas de vivre en Italie, ma Tante. Les étés y sont bien trop chauds.

Elle sourit, mais sans conviction.

— Ne regrettez pas de ne pas vous être mariée, Letty, dit Willie, nonchalamment appuyée contre l'encadrement de la fenêtre. Ce n'est pas toujours une partie de plaisir pour une femme. Il faut choisir le bon, et les hommes comme Matt sont rares. La plupart ne sont que des cochons qui ont enfilé pantalon.

— Ma pauvre Willie, s'apitoya Miss Glass en se levant pour saisir Willie par les épaules.

Les yeux écarquillés, Willie se pencha en arrière jusqu'à ce que la vitre l'empêche de se reculer davantage.

— Il est tout naturel que vous voyiez les choses ainsi : vous n'avez pas rencontré beaucoup d'hommes comme il faut.

— Des hommes comme il faut, j'en ai rencontré un paquet, et ils ne valent pas mieux que les autres. Ils sont parfois même pires. Ce sont des cochons mieux habillés, c'est tout. Vous êtes bien mieux ici, Letty, avec Matt et India, et nous autres. Vous pouvez sortir faire toutes les promenades et visites que vous voulez. C'est pas beau, ça ?

Miss Glass l'embrassa sur la joue.

— Vous avez raison. Merci, Willemina, vous êtes un amour.

Willie la regarda s'éloigner, médusée.

— Elle a encore perdu la boule. Elle a dit que j'étais un amour !

— C'est un signe de démence, c'est indéniable, acquiesça Matt avant de sourire quand sa cousine lui lança un regard noir.

— Qu'avez-vous dit à votre oncle ? demandai-je à Matt.

— Je n'ai rien dit du tout. C'est Tante Letitia qui lui a répondu. Elle lui a dit que s'il la forçait à partir avec Tante Beatrice et ses filles, elle ferait un esclandre devant tout le monde.

L'un des coins de sa bouche se releva.

— Elle a même élevé la voix, et tout. Il a décidé de ne pas la mettre au défi.

— Mais pourquoi est-il revenu pour chercher encore à l'intimider ? Je croyais qu'ils avaient accepté sa décision, l'autre jour.

— Je... je n'en sais rien.

Je penchai légèrement la tête sur le côté.

— Matt ? Il y a quelque chose que vous ne me dites pas.

Willie agita un index menaçant dans sa direction.

— Pas de cachotteries avec nous, Matthew Glass. Je ne te demande pas où tu étais ce matin parce qu'il y a des choses qu'un homme a le droit de garder pour lui, mais il faut que tu répondes à India, et tout de suite. Ça nous concerne aussi, pas vrai ?

— Pas tous.

Matt s'éclaircit la gorge et se décida enfin à me regarder dans les yeux.

— Il a lu le *City Review*.

Je m'en étais doutée, mais savoir que j'avais raison ne me procura aucune satisfaction. Je me laissai tomber sur une chaise.

— Et il a fait le rapprochement entre mon nom et le Gideon Steele impliqué dans la mort de Wilson Sweet. Il voulait interdire à Miss Glass de me garder auprès d'elle.

— À mon avis, il ne veut pas que tu approches sa famille du tout, ajouta Willie. Pardon, India, mais tu sais que c'est la vérité.

— Oui, je le sais.

Matt s'accroupit devant moi et posa ses mains sur mes genoux. C'était un geste beaucoup trop intime, mais je ne me reculai pas.

— Ne vous occupez pas de mon oncle ni de ma tante. Je me moque de leur opinion, et Tante Letitia aussi.

— Êtes-vous sûr qu'elle s'en moque ?

Aux yeux de Miss Glass, je n'étais pas assez bien pour son neveu. Bien que cela n'ait rien à voir avec mes pouvoirs magiques, et tout à voir avec mes origines modestes, je craignais qu'elle n'en profite pour rappeler à Matt que je n'étais pas faite pour lui.

— J'en suis absolument certain. Si vous l'aviez entendue prendre votre défense ! Elle a dit à mon oncle que vous possédiez plus de qualités aristocratiques que ses filles, et qu'elle préférait votre compagnie à celle de n'importe qui d'autre. Elle vous adore, India, et elle vous admire énormément.

Pourtant, il semblait bien que ce n'était pas suffisant. Rien de ce que je pourrais faire ne le serait jamais.

* * *

Tous les cinq, nous avions décidé de nous séparer pour nous mettre à la recherche de fabricants de soie, de tisserands, et de tous les commerces auxquels nous avions pu penser qui étaient susceptibles de vendre la soie au mètre. Nous avions toutefois dû laisser de côté les marchands d'articles en soie : il y avait tout simplement à Londres trop de chapeliers, de tailleurs et de modistes.

J'étais un peu réticente à être séparée de Matt. Que se passerait-il s'il lui arrivait quelque chose et qu'il n'était pas en état d'utiliser sa montre ? Personne ne penserait à la placer au creux de sa main s'il perdait connaissance. Néanmoins, il ne me laissa pas le choix ; il sortit de la voiture dans le secteur qu'il était chargé de couvrir et ordonna au cocher de repartir sans me laisser descendre. À peine la portière s'était-elle refermée que la voiture s'éloignait déjà.

Le secteur de la ville qui m'avait été assigné était un quartier que je connaissais bien. J'avais habité toute ma vie sur Saint Martin's Lane, près de Covent Garden, et c'est donc là que je commençai mes recherches. Une fois que le cocher m'eut déposée devant la boutique qui avait été la mienne, puis celle d'Eddie, et dont j'étais presque redevenue propriétaire, je traversai à pied les rues avoisinantes. Connaissant bien les boutiques et les ateliers, je n'eus aucun mal à concentrer mes recherches sur des rues bien précises et à en éviter d'autres. Mais même ainsi, il me fallut tout l'après-midi pour couvrir mon secteur, puisqu'il comprenait les principales zones commerçantes au sud d'Oxford Street.

Je rentrai pourtant à Park Street sans avoir recueilli la moindre information. Tout ce que m'avaient valu mes efforts, c'étaient des ampoules aux pieds et des dessous trempés de sueur. Aucun commerçant n'avait jamais entendu parler d'Abigail Pilcher ni de son fils. Tout en me changeant dans ma chambre, je m'efforçai de ne pas trop m'en inquiéter, mais je ne pouvais m'empêcher d'imaginer que les Pilcher avaient connu un destin tragique.

Lorsque je redescendis enfin, les autres étaient rentrés et m'attendaient dans la bibliothèque. Et ils souriaient.

— L'avez-vous trouvé ? demandai-je à Matt.

— C'est Duc qui l'a trouvé.

— Et Abigail aussi, d'ailleurs, dit Duc en me servant du thé. Elle travaille comme modiste chez Peter Robinson, à l'atelier.

— Peter Robinson, le négociant en tissus d'Oxford Street ? dis-je en acceptant la tasse qu'il me tendait. Sa boutique s'est considérablement agrandie, maintenant qu'il n'entrepose plus seulement des tissus. Avez-vous pu parler avec elle ?

— Les couturières avaient déjà fini leur journée quand je suis arrivé. Le chef d'atelier n'a pas voulu me donner son adresse, mais il m'a dit de revenir demain à la première heure. Il a dit beaucoup de bien d'elle. Que c'était une bonne employée qui aidait les autres ouvrières, beaucoup plus jeunes, pour la plupart. Les finitions sont souvent confiées à des couturières à la pièce qui travaillent chez elles, mais le plus gros de l'ouvrage se fait à l'atelier, au-dessus de la boutique.

Cyclope prit la tasse de thé que lui offrait Duc et lui donna une claque amicale sur l'épaule.

— Bravo, mon vieux.

Et son fils ? demandai-je. Vous disiez les avoir trouvés tous les deux.

— Antony Pilcher travaille aussi pour Peter Robinson, me dit Duc. Mais il n'est pas souvent à Londres, parce qu'il passe beaucoup de temps à l'étranger pour son travail. Il réalise des achats pour la compagnie. Il va souvent en Chine, à ce qu'on m'a dit.

— C'est là-bas qu'on trouve la meilleure soie, dit Matt.

— Antony ? répétai-je en haussant un sourcil. Cela fait penser au prénom Antonio.

— En effet, dit Matt. La ressemblance est troublante.

* * *

UNE FOIS MATT REPOSÉ, nous dînâmes tard et sans cérémonie, dans la salle à manger. Les domestiques nous laissèrent alors seuls pour parler entre nous mais, au lieu d'attendre que nous ayons quitté la salle à manger pour desservir le couvert, Bristow entra alors que nous étions en train de sortir de table. Il posa une main sur mon coude et se pencha pour approcher sa tête de la mienne.

— J'ai quelque chose à vous montrer, Miss Steele, me glissa-t-il à l'oreille. Venez dans mon bureau quand vous pourrez vous éclipser.

Appâtée par tant de mystère, je décidai de trouver un prétexte et de m'éclipser dès que possible. Je descendis en catimini l'escalier de service, en m'assurant que personne ne me suivait. Je passai devant la cuisine, où les femmes de chambre et la cuisinière étaient trop occupées pour s'apercevoir de ma présence, et j'allai droit au petit bureau de Bristow. La porte était ouverte et il m'invita à entrer. Il referma la porte.

— Je suis navré d'avoir eu recours à ce subterfuge, mais je ne voulais pas que Mr Glass me reproche de vous en avoir parlé.

D'habitude, le majordome était très à cheval sur les règles de préséance ; pour qu'il cache quelque chose à Matt, il fallait que ce soit important.

— De m'avoir parlé de quoi, Bristow ?

— *Montré* serait plus exact que *parlé*.

Il me tendit un journal. Les feuilles étaient parfaitement lisses ; il était sans doute en train de le repasser lorsqu'il avait remarqué cette chose dont il devait me parler.

— Regardez les petites annonces.

Ce journal n'était ni *The City Review* ni la *Gazette Hebdoma-*

daire. C'était le *Times*. Je l'ouvris à la page des petites annonces et me mis à les parcourir. Je sus immédiatement à laquelle Bristow faisait référence en apercevant les caractères en gras de la première ligne : AU SHÉRIF PAYNE.

Je lus le bref message, puis repliai le journal. Je me forçai à sourire avec bienveillance pour rassurer Bristow, malgré le sang qui bouillait dans mes veines.

— Merci de me l'avoir signalé, Bristow. Vous avez bien fait. Ne vous inquiétez pas pour Mr Glass. Il se doutera probablement que c'est vous qui me l'avez montré, mais il ne vous fera pas de remontrances.

— Pourquoi cela, si je peux me permettre de vous poser la question, Mademoiselle ?

— Parce qu'il sera trop occupé à faire les frais de ma colère.

Je sortis de son bureau et remontai l'escalier d'un pas déterminé. Je trouvai Matt au salon, entouré de sa tante, Willie, Cyclope et Duc. Tous cessèrent leur conversation en me voyant entrer.

— India ? s'inquiéta Matt. Que se passe-t-il ? Vous êtes toute rouge et vous serrez les lèvres si fort qu'elles ont pratiquement disparu.

Son regard tomba alors sur le journal que je tenais sous le bras.

— Ce maudit Bristow !

Je lui assénai un grand coup sur le torse à l'aide du journal.

— Ne lui faites pas de reproches. Il s'inquiète pour vous, et dès qu'il a vu cela, il a compris que vous aviez commis une folie. La seule chose qu'il pouvait faire, c'était de m'en avertir.

— India ? fit sèchement Miss Glass. Quelle mouche vous a piquée, pour vous adresser à Matthew sur ce ton ?

J'arrachai le journal des mains de Matt et le tendis à Miss Glass. Duc, Cyclope et Willie se pressèrent derrière elle pour lire par-dessus son épaule. Furibonde, je gardai les yeux fixés sur Matt, qui soutint mon regard.

— Je n'avais pas le choix, dit-il. C'était la seule solution.

— Non ! m'emportai-je. Vous n'êtes pas responsable de l'erreur de Patience.

— Et mon erreur, à moi ? Je n'aurais pas dû laisser Payne

manipuler ma famille comme il l'a fait. J'aurais dû lui régler son compte plus tôt. J'aurais dû publier cette annonce plus tôt, avant qu'il n'ait pris l'ascendant.

— Matt ! vociféra Willie.

Elle prit le journal des mains de Duc et l'agita sous le nez de Matt.

— C'est la chose la plus stupide que tu aies jamais faite. Tu as invité Payne à venir te trouver pour parler ! Il ne va pas te parler, il va te tuer.

— S'il voulait me tuer, il aurait déjà pu le faire.

— Il a essayé !

Mon cri résonna dans toute la pièce et je baissai la voix.

— Bryce est mort dans l'accident quand Payne nous a tiré dessus. Et sans votre montre, vous seriez mort, vous aussi. Quand Payne a réalisé que cette montre vous maintenait en vie, il a tenté de vous la dérober. Je partage l'avis de Willie : il ne viendra pas seulement pour vous parler, il essayera de vous tuer.

— Le mot le plus important dans cette phrase, c'est *essayera*. Il n'y arrivera pas.

— Bougre de crétin arrogant ! cracha Duc. Tu n'es pas immortel. Pardon, Miss Glass, mais parfois, pour être convaincant, on ne doit pas mâcher ses mots.

Miss Glass n'eut pas l'air de l'entendre. Elle était comme pétrifiée, le regard perdu dans le vague. Peut-être s'était-elle réfugiée dans son monde pour échapper à l'échange tumultueux qui avait lieu dans celui-ci.

Matt chercha du soutien auprès de Cyclope, mais ce dernier croisa les bras sur son large torse et le toisa d'un air désapprobateur. Matt se leva en soupirant et se dirigea vers le buffet où était rangée la carafe.

Je lui coupai la route.

— Ce n'est pas le moment de boire. Vous avez besoin de garder l'esprit clair.

— Rien qu'un verre, India.

Voyant que je ne bougeais pas, il leva les mains en signe de capitulation et se rassit.

— Eh bien, allez-y. Dites ce que vous avez à me dire, ça vous fera du bien.

— Ne le prenez pas sur ce ton. Nous sommes déjà bien assez inquiets pour vous, inutile de vous montrer condescendant.

Indiquant le journal, j'ajoutai :

— Vous avez autorisé Payne à vous approcher, et s'il s'approche de vous, il passera à l'action.

— Il n'attaquera pas frontalement. Il est trop lâche pour ça.

— Il a tout essayé, dit Cyclope. Il n'a pas réussi à te tuer ni à te discréditer. Un homme à bout est plus dangereux. Tu le sais bien.

Matt cligna brièvement des paupières avant de rouvrir les yeux.

— Il fallait bien que je fasse quelque chose. La vie de Patience sera ruinée à cause de moi. Payne mettra à exécution sa menace d'informer Cox, et s'il est le genre d'homme qu'on dit, il rompra les fiançailles.

— Il sera toujours temps de t'en inquiéter le moment venu, si ça arrive, se lamenta Willie.

— Mais ce moment-là, il sera trop tard.

— Espérons que Payne ne lit pas les petites annonces du Times, dit Cyclope.

Plusieurs voix approuvèrent, mais Matt garda le silence.

— India a raison, dit Duc. Tu n'es pas responsable de Patience, Matt. Elle s'est mise dans le pétrin, il faut qu'elle assume, maintenant. Tu n'as aucune obligation de la protéger.

— Je ne suis pas de ton avis, dit Matt. En dehors du fait que ce sera ma faute si Payne parle à Cox, je suis l'héritier du titre et du domaine de Rycroft. Cela veut dire qu'à la mort de mon oncle, je deviendrai le chef de la famille.

— Mais il n'est pas encore mort ! s'écria Willie.

— Et vous n'en voulez même pas, de ce titre, ajoutai-je avec véhémence. Vous n'avez que faire de ce domaine et de la façon dont fonctionne notre système d'héritage et de succession. Du moins, c'est ce que vous prétendez.

Je ne pouvais plus le regarder en face. Depuis tout ce temps, il me répétait qu'il se moquait bien des usages en vigueur dans l'aristocratie anglaise, et voilà maintenant qu'il affirmait le contraire. Devais-je comprendre que mon statut social inférieur lui importait malgré tout ? Mentait-il quand il me désignait comme son égale ? J'étais trop perturbée et trop en colère pour réfléchir clairement à cette question.

Matt se leva d'un bond et me prit par les coudes.

— India, susurra-t-il. Je sais à quoi vous pensez, et...

Il s'interrompit brusquement avec un regard oblique en direction de sa tante.

— Nous en reparlerons seul à seule.

Je me dégageai vivement et lui tournai le dos. Pour avoir quelque chose à faire, je me servis un verre de brandy qui je bus d'une traite. La boisson me réchauffa la poitrine, mais sans pour autant calmer les émotions qui se bousculaient en moi.

— Matthew a raison, dit Miss Glass, prouvant qu'elle avait écouté, en fin de compte. Il est responsable de Patience et de ses sœurs. Mon frère Richard est leur principal tuteur, bien sûr, mais en tant qu'héritier, Matthew a le devoir de s'impliquer dans une situation comme celle-ci. Après tout, si elles ne sont toujours pas mariées le jour où il héritera, il devra subvenir à leurs besoins.

— Comme Lord Rycroft subvient aux vôtres ? ironisa Willie en haussant les sourcils.

— Willie, la réprimanda Matt. Tu es injuste.

Elle marmonna quelques mots d'excuses que Miss Glass accepta d'un bref signe de tête.

— Ce que je veux dire, reprit Miss Glass, c'est qu'il est de la responsabilité de Matthew de l'empêcher, si c'est en son pouvoir.

— Au prix d'un tel risque ? répliquai-je. Vous devez bien voir qu'en donnant rendez-vous à Payne, il se met en danger.

— Oui, j'en ai conscience, et c'est pourquoi je n'approuve pas sa décision.

Willie leva brusquement les mains en l'air.

— Que voulez-vous dire, alors ?

— Je veux dire que Matthew doit être prêt à offrir une compensation si Lord Cox revient sur sa parole.

— C'est raisonnable, convint Willie avec un geste du menton à l'intention de Matt. Tu as assez d'argent pour la dédommager. Tu en as même assez pour en donner à ses sœurs si elles sont affectées aussi par la situation.

— Et elles le seront, commenta Miss Glass. Néanmoins, je ne faisais pas allusion à une indemnisation pécuniaire.

Éprouvant soudain le besoin de boire un autre verre, je me retournai vers le buffet. Ma vision se troubla et je me versai un verre de brandy d'une main tremblante.

— À quoi pensez-vous, alors ? demanda prudemment Willie.

— Non, dit Matt, qui commençait lui aussi à comprendre. N'y pensez même pas, ma Tante.

— Penser à quoi ? À un mariage, vous voulez dire ? demanda Cyclope. Il faudrait que Matt épouse Patience ?

— Nom de Dieu, marmonna Duc.

Willie éclata de rire, mais son hilarité cessa bien vite. Je sentais tous leurs regards sur moi, mais je ne me retournai pas. Je ne pouvais pas. Je ne voulais pas regarder Matt.

— Si Lord Cox rompt les fiançailles, cela aura des répercussions pour les trois sœurs, dit Miss Glass. Leur réputation ne peut être sauvée que si l'une d'elles fait un bon mariage, mais qui voudra d'elles quand le scandale aura éclaté ?

— Seule Patience a vu le loup, objecta Willie. Pas les deux autres.

— C'est sans importance. Elles seront toutes éclaboussées par ce scandale. Au moins assez longtemps pour perdre toutes leurs chances de trouver rapidement un bon parti.

Willie souffla, l'air choquée.

— Je ne peux pas le croire.

— Pourquoi auraient-elles du mal à trouver un bon parti ? demanda Duc. Celle du milieu a un grain, mais la plus jeune, Hope, n'est pas si mal. Et elle est jolie, en plus. Il y aura bien un lord pour tomber amoureux d'elle.

— Comment, si elle n'est plus invitée nulle part ? rétorqua Miss Glass. Ce n'est pas en restant cloîtrée entre les murs du manoir de Rycroft qu'elle rencontrera des prétendants dignes de ce nom. Sans compter qu'elle n'est pas si facile que cela à aimer. Et j'ai essayé, croyez-moi. Ni elle, ni les deux autres.

Je pensais que Matt allait lui reprocher d'être trop dure, mais il resta silencieux. Trop silencieux. Lorsque j'osai lancer un regard vers lui, je m'aperçus qu'il avait les yeux fixés sur moi et, sur le front, un léger pli soucieux.

Miss Glass fit entendre un petit soupir plaintif.

— Quel homme bien né pourrait aimer une jeune fille déshonorée ? murmura-t-elle.

— C'est absurde, dit Matt. Il est hors de question que j'épouse une de mes cousines. Je vais rencontrer Payne et régler cette affaire une fois pour toutes.

— Oui, par ta mort, marmonna Duc. Il ne se satisfera de rien d'autre.

— Je ne veux plus en entendre parler. Est-ce clair ?

Duc et Cyclope, furieux, quittèrent la pièce en secouant la tête. Miss Glass porta les mains à ses tempes et décréta qu'elle était trop fatiguée pour continuer d'en parler, puis elle sortit à son tour.

— Je viens avec vous, lui dis-je.

— India, attendez, dit Matt. Restez quelques minutes.

— Je ne préfère pas.

— Je vous en prie.

Comment pouvais-je refuser quand il mettait tant de vulnérabilité dans cette simple petite phrase ? J'attendis que Willie, après lui avoir répété une dernière fois tout ce qu'elle pensait de son idée de rencontrer Payne, sorte à son tour. Elle ferma la porte derrière elle. J'aurais préféré qu'elle la laisse ouverte.

— N'essayez pas d'user de votre charme pour m'amadouer, Matt, lui dis-je alors qu'il s'avançait vers moi. Je suis toujours fâchée contre vous.

Il se rapprocha encore, me fixant de son regard intense sous ses paupières mi-closes. Je reculai jusqu'à me trouver coincée contre une chaise.

— Vous devez bien voir combien il est irresponsable d'accepter de rencontrer Payne. Il ne va pas...

Il posa un doigt sur mes lèvres.

— J'étais sérieux quand j'ai dit que je ne voulais pas en parler.

Là, c'était tout simplement injuste. Il n'avait pas le droit de m'empêcher d'exprimer mon opinion pour la deuxième ou la troisième fois. Je repoussai son doigt et me campai résolument face à lui, les mains sur les hanches.

— Pourquoi m'avez-vous demandé de rester ici, alors ? Et ne

me dites pas que c'est pour m'embrasser. Je ne vous embrasserai pas. Soit nous parlons, soit je m'en vais.

— Très bien.

Il ébaucha un sourire.

— Vous êtes belle quand vous êtes en colère.

Je croisai les bras.

— C'est tout ? Est-ce là tout ce que vous aviez à me dire ?

— Absolument pas.

Il se recula et me fit signe de m'asseoir, avant de faire de même. La distance entre nous me permit de reprendre mon souffle, mais mes nerfs étaient toujours à fleur de peau.

— Je veux que vous sachiez, sans l'ombre d'un doute, que c'est vous que j'ai l'intention d'épouser, si vous acceptez ma demande. Quoi qu'en dise ma tante, je n'épouserai pas Patience, ni Charity ou Hope. Seulement vous.

Je ne pus que le dévisager sans rien dire. Au bout de quelques instants, je m'aperçus que j'avais la bouche entrouverte et je la refermai.

— Le moment est mal choisi, dis-je en me levant. Étant donné que le shérif Payne risque de vous tuer, et dans ce cas, vous n'épouserez personne. Attendons d'abord de voir si vous survivez.

À peine eus-je lâché cette pique que je la regrettai. Comment pouvais-je manquer de tact à ce point ? Si Payne ne tuait pas Matt, il y avait de grandes chances qu'il meure quoi qu'il arrive si nous ne trouvions pas un moyen de réparer sa montre.

— Vous avez raison, dit-il. Cependant, je tenais à vous faire connaître mes sentiments.

— J'ai bien conscience de vos sentiments, murmurai-je en sentant mon visage s'embraser.

— En êtes-vous sûre ?

Il s'accroupit devant moi.

— Parce que, par moments, je crois que vous ne vous rendez pas compte de leur intensité. India, je...

— Non, Matt. Je vous en prie. Nous étions d'accord pour ne pas avoir cette discussion tant que vous ne seriez pas guéri.

— J'ai décidé que je ne pouvais plus attendre si longtemps. Je veux que vous le sachiez tout de suite. Je veux vous embrasser tout de suite. Je veux vous posséder tout de suite.

Je le dévisageai, stupéfaite.

Il sourit et écarta une mèche de cheveux qui me tombait sur le front. La délicatesse de ce geste faillit me faire perdre pied. Je sentis un sanglot monter dans ma gorge et je le ravalai.

— Mais pour ça, j'attendrai, dit-il. Pour le baiser, en revanche...

Je posai une main sur son torse.

— Il n'y aura pas de baiser. Cesser d'évoquer la possibilité de quoi que ce soit entre nous, y compris le mariage.

Il soupira.

— Pas tant que je ne serai pas guéri, oui, je sais, et je suis d'accord.

— Non, Matt.

Je me forçai à me relever et, m'éloignant de lui, je me dirigeai vers la porte.

— Cessons de nous mentir. La conversation de ce soir n'a fait que me montrer clairement qu'il nous est impossible d'être ensemble, vous et moi.

Il se leva à son tour, lentement, jusqu'à avoir ses yeux au niveau des miens.

— Parce que je suis l'héritier de Rycroft ? C'est donc pour cela que vous ne voulez pas de moi ? Mais enfin, India, vous savez bien que ça m'est égal. Même si vous n'étiez qu'une servante, ce serait sans importance. Je suis tombé amoureux de vous.

Mon cœur s'agita douloureusement dans ma poitrine. Je pressai une main sur mon ventre et me concentrai sur ce que je devais lui dire plutôt que sur l'étrange étincelle qu'il avait dans les yeux ou la veine qui palpitait dans son cou. Ce n'était pas le moment de céder à mes désirs ; je devais me comporter en adulte raisonnable et lui exposer les raisons pour lesquelles je ne pouvais pas l'épouser.

— Je ne veux pas d'une vie où les gens que verrai chaque jour estimeront que je ne suis pas à ma place, dis-je.

— Personne ne le pensera.

— Laissez-moi finir. Je me sens enfin autonome, capable de

vivre autrement que dans l'ombre de mon père, ou même de la vôtre. Et cela me plaît. J'aime gérer ma vie comme je l'entends, savoir que mon avenir est un livre ouvert qui n'attend que moi pour y écrire mon histoire. Moi, Matt. Pas un père, ni un mari, ni même des fils.

En prononçant ces mots, je sentis une boule se former dans ma gorge. Ce n'était pas seulement à Matt que je renonçais, mais aussi aux enfants que j'aurais pu avoir un jour avec lui.

— Si je vous épouse, tout cela disparaîtra. Je sais que ce n'est pas votre intention, mais c'est tout de même ce qui arrivera. Le monde est ainsi fait. En devenant votre femme, je ne serai plus vraiment moi. Je ne serai plus une personne à part entière.

— Ce n'est pas vrai. De nombreuses femmes mariées ont leur propre impact sur le monde. Je ne vous garderai pas prisonnière. Je ne veux pas que vous cessiez d'être vous-même. Notre mariage ne sonnera pas le glas de votre liberté, India. Il ne fera que marquer le début d'une nouvelle phase.

Je clignai des yeux pour retenir les larmes qui me montaient aux yeux. Il avait raison ; je savais que si je l'épousais, il ne chercherait pas à me dominer. Je persistai tout de même. Je ne savais pas vraiment pourquoi, puisque chaque argument que je lui opposais ne tenait qu'à un fil, et ma détermination vacillait un peu plus à chaque mot.

— Les membres de votre famille eux-mêmes me traiteront comme si je valais moins qu'eux, poursuivis-je. Ils penseront que je vous épouse pour votre fortune et votre titre. Cela finira par nous éloigner l'un de l'autre, et je perdrai l'amitié de Miss Glass.

Son expression s'adoucit. Il fit quelques pas vers moi et me caressa la joue avec son pouce.

— Tante Letitia finira par s'y faire. Elle a plus d'affection pour vous que pour ses amies. Et si elles ne vous acceptent pas, elle refusera de les voir. Quant à mon oncle Richard et à ma tante Beatrice, leur avis ne m'intéresse pas, tout simplement, pas plus qu'il n'intéresse Tante Letitia, à mon avis.

Ma respiration était haletante et saccadée ; je me sentais comme à l'étroit dans ma peau brûlante. C'était mal, de le laisser me séduire par des paroles. C'était mal, d'avoir envie d'être séduite. Pourtant, sa voix grave et rauque m'enveloppait et je ne parvenais pas à me libérer.

— Ils seront déterminés à vous faire épouser Patience si Lord Cox rompt les fiançailles, protestai-je.

L'idée qu'il puisse en épouser une autre me rendait malade.

— Ne vous inquiétez pas pour ça. Je trouverai bien une solution si cela arrive.

Je laissai échapper un petit rire nerveux.

— Vous avez réponse à tout.

— Presque tout.

Il plongea ses yeux dans les miens, puis son regard descendit jusqu'à ma bouche.

— Presque.

Il déposa un léger baiser sur mes lèvres avant de reculer soudainement.

Je me cramponnai au dossier d'une chaise pour ne pas tomber et le regardai, médusée. Il s'arrêta devant la porte avec un sourire carnassier et une flamme dans ses yeux.

— Je vous ai dit que j'attendrais pour vous posséder, articula-t-il avec difficulté. Alors vous feriez mieux de partir.

Je passai en me faufilant et regagnai ma chambre précipitamment, sans trop savoir si je venais d'accepter sa demande en mariage... ni même si c'en était une. Je n'étais plus sûre de rien. La seule certitude que j'avais, c'était qu'il devenait urgent de réparer sa montre et de clarifier ce qu'il y avait entre nous, d'une façon ou d'une autre. Quelle qu'en soit l'issue.

CHAPITRE 7

bigail Pilcher et son responsable n'étaient guère enchantés qu'elle prenne une courte pause quand nous nous présentâmes, Matt et moi, à l'atelier de la boutique Peter Robinson d'Oxford Street. Matt dut graisser la patte du responsable et user de tout son charme sur Abigail pour qu'elle accepte.

Nous quittâmes l'atelier où une douzaine de couturières étaient penchées au-dessus de leurs bruyantes machines à coudre et nous traversâmes la boutique pour sortir dans la rue. Le temps avait déjà commencé à se réchauffer et la circulation dense du petit jour avait cédé la place à l'activité plus fluide du milieu de la matinée.

— Vous êtes l'Américain qui est venu poser des questions sur moi hier, dit Abigail en considérant Matt d'un œil méfiant.

— C'était mon ami. Je suis Matthew Glass, et voici Miss Steele, mon... amie.

Mon visage s'empourpra malgré ce qualificatif innocent. Matt et moi n'avions pas reparlé de notre conversation de la veille. Il n'y avait tout simplement rien de plus à dire. Toutefois, le trajet jusqu'à Oxford Street s'était fait dans une ambiance gênée.

— Que me voulez-vous ? demanda Abigail.

C'était une femme robuste, comme moi, mais plus large, avec des joues aussi rondes et roses que des pommes. Plus nous passions de temps hors de la chaleur étouffante de l'atelier, plus la teinte rosée de ses joues commença à s'atténuer. Malgré son visage marqué par une vie difficile, elle n'était pas vieille. Elle avait dû être toute jeune quand elle avait quitté le couvent.

— Je veux vous offrir une glace à l'italienne, à vous et à Miss Steele, répondit Matt en lui indiquant une charrette à bras peinte de couleurs vives près de laquelle un homme au fort accent italien s'évertuait à attirer les clients, mais sans grand succès.

— Je ne peux pas m'absenter trop longtemps, dit Abigail avec un regard vers la boutique derrière elle, d'où une cliente sortait avec un paquet sous le bras.

— Il faudra vous dépêcher de manger votre glace, alors.

Matt parla au marchand dans une langue que je supposai être de l'italien. Le marchand lui fit un grand sourire et ils se mirent à converser amicalement tous les deux pendant que le marchand remplissait deux verres de la préparation qu'il stockait dans les compartiments réfrigérés de sa charrette.

Matt revint et nous tendit à chacune un verre et une cuillère. Abigail accepta sa glace avec un regard encore plus méfiant. Je ne pouvais pas lui reprocher d'être prudente ; je savais combien il était déroutant d'être soudain l'objet des attentions d'un gentleman.

— Nous avons quelques questions à vous poser à propos de l'époque où vous étiez au couvent des Sœurs du Sacré-Cœur, dit Matt.

Abigail cessa de lécher sa cuillère et dévisagea Matt, les yeux écarquillés. Elle ôta lentement sa cuillère de sa bouche.

— Comment savez-vous que j'étais là-bas ?

— C'est Sœur Margaret qui nous l'a dit. Elle dit que vous étiez amies.

Les épaules d'Abigail se détendirent et un sourire nostalgique apparut sur ses lèvres.

— Elle se souvient de moi ?

— Non seulement elle se souvient de vous, mais vous lui manquez, dis-je. Votre départ l'a attristée.

— Je ne lui ai jamais dit pourquoi je suis partie, dit Abigail en tournant nerveusement sa cuillère dans sa glace. Je ne pouvais pas lui dire.

— Nous savons pourquoi, dis-je d'un ton bienveillant. Nous sommes au courant pour Antony.

Elle releva brusquement la tête.

— Comment le savez-vous ?

— Nous sommes des enquêteurs. Découvrir des informations, c'est notre spécialité. Par exemple, nous savons que vous êtes très fière de votre fils.

Ce n'était qu'une supposition, mais ce n'était pas très difficile à deviner. La plupart des femmes auraient été fières d'un fils qui, alors qu'il était né dans un taudis sordide de Bermondsey, avait réussi à s'élever jusqu'au poste d'importateur pour une entreprise florissante.

Elle sourit.

— C'est vrai. Il me manque quand il n'est pas là, mais il faut bien qu'il trouve sa place dans le monde.

Elle porta à sa bouche une cuillerée de glace.

— Alors c'est pour ça que vous êtes là ? Vous voulez savoir qui est le père d'Antony ?

— Nous le savons déjà, dit Matt.

Elle se figea.

— Il vous l'a dit ?

— Pas explicitement. Mais nous n'avons eu aucun mal à le deviner en voyant la réaction du Père Antonio quand nous lui en avons parlé.

Elle baissa les yeux.

— Vous connaissez ma honte, alors.

— Ce n'est pas à vous d'avoir honte, dis-je immédiatement. Il a abusé de votre naïveté et de son statut.

— Ça ne s'est pas passé comme ça. J'étais naïve, c'est vrai, mais lui et moi...

Elle eut une sorte de demi-éclat de rire.

— Je dirais qu'il aimait, je crois, mais son amour pour le Seigneur était plus fort.

— Moi aussi, je crois qu'il vous aimait, lui dis-je avec douceur. Peut-être même vous aime-t-il encore. Nous ne répéterons votre secret à personne, Miss Pilcher. Nous ne sommes pas venus pour ça. Nous voulons vous demander si vous savez pourquoi Mère Alfreda a disparu.

Elle haussa les épaules.

— Non. Comment le saurais-je ?

— A-t-elle quitté le couvent avant vous, ou après ? demanda Matt.

— Environ une semaine avant moi.

— Pensez-vous qu'elle est partie de son plein gré, ou qu'il lui est arrivé quelque chose ?

Elle réfléchit en léchant la glace qu'elle avait sur la lèvre inférieure.

— Je ne sais pas trop. Ce que je peux vous dire, c'est que sa disparition a surpris tout le monde. Personne ne savait quoi en penser. C'est curieux qu'elle soit partie du jour au lendemain sans crier gare, mais si ce n'est pas le cas... alors ça veut dire qu'il lui est arrivé malheur, pas vrai ? Il lui est arrivé quelque chose dans l'enceinte même du couvent.

Elle continua de manger sa glace avec un sourire en coin.

— Peut-être qu'une des sœurs lui a réglé son compte. Je peux comprendre. C'était un vrai dragon.

— Avez-vous une idée de qui aurait pu... lui régler son compte ?

— Ça pourrait être n'importe qui. J'avais de bonnes raisons de le faire, mais ce n'est pas moi, si c'est ce que vous pensez.

— Ce n'est pas ce que nous pensons, la rassurai-je. S'est-elle montrée cruelle avec vous après avoir découvert votre état ?

Elle hocha la tête.

— Pas seulement après. Elle m'a toujours détestée. Sœur Margaret disait que c'était parce que j'étais trop jolie et exubérante. Je ne sais pas vraiment, mais Mère Alfreda ne m'aimait déjà pas avant, et quand elle a su que j'étais enceinte, j'ai encore baissé dans son estime. Elle m'a traitée de toutes sortes de noms abominables. Je n'aurais jamais cru entendre ce genre de mots dans un couvent. Et elle s'est fâchée encore plus quand j'ai refusé de lui dire qui était le père.

— Elle vous a demandé de partir ?

— Non ; ça, c'était la nouvelle mère supérieure. Mère Frances.

— Elle lui a succédé immédiatement ? demandai-je.

— Elle n'attendait que ça. Ça faisait des années qu'elle rêvait de prendre sa place, à en croire les sœurs plus âgées. D'après elles, elle avait voulu devenir mère supérieure par le passé, mais elle avait raté l'occasion, et c'est Mère Alfreda qui a eu le poste. Après sa disparition, le titre est passé à Sœur Frances. Elle aussi, c'était une vieille bique acariâtre. J'imagine qu'elle n'est toujours pas morte ?

— Non, dis-je.

— Dommage.

— Et les autres religieuses ? demanda Matt. Y en avait-il d'autres qui avaient quelque chose contre Mère Alfreda ?

Elle haussa une épaule.

— Il y avait toujours quelque chose. Une sœur qui se plaint de travailler trop dur, une autre qui pense qu'on devrait l'autoriser à garder un livre que sa famille lui a offert, ce genre de choses. De simples bisbilles.

Autrement dit, pas de quoi *lui régler son compte*, comme disait Abigail. Mère Frances était la seule à avoir eu une vraie raison... si tant est qu'une lutte pour le pouvoir constitue une raison suffisante. C'était certes ce qui avait motivé d'innombrables assassinats de rivaux politiques au cours des siècles, mais pas dans les couvents.

— Que savez-vous des bébés qui ont disparu ? demanda Matt.

Elle reposa lentement dans son verre vide la cuillère qu'elle était en train de lécher et s'essuya la bouche du dos de la main.

— Vous êtes au courant ?

— Oui. Et vous aussi.

Elle confirma d'un signe de tête.

— Sœur Clare m'a raconté. C'est l'adjointe de la mère supérieure, et c'est elle qui tenait les archives. Un jour, elle m'a dit qu'un bébé avait disparu, et puis, peu après, un autre. On n'a pas retrouvé leurs fiches non plus.

— Est-ce que l'un de ces bébés se nommait Phineas Millroy ?

— Je n'en sais rien.

— Avez-vous déjà vu l'un ou l'autre de ces bébés ? demandai-je. Vu ou touché, peut-être ?

Elle fronça les sourcils.

— Pourquoi ?

J'inspirai profondément pour me donner du courage et je m'avançai plus près.

— Parce que vous êtes une magicienne, dis-je à voix basse, et Phineas Millroy était... est un magicien, lui aussi. Nous avons pensé que vous aviez peut-être remarqué la présence de magie en lui d'une façon ou d'une autre.

Son regard alla de moi à Matt, avant de revenir sur moi.

— Je ne sais pas de quoi vous parlez.

— Mais si, vous le savez. Je suis magicienne aussi, Miss Pilcher.

— Ne craignez rien, la rassura Matt. Nous voulons des réponses, rien de plus. Votre affinité magique avec la soie ne nous intéresse pas.

Elle déglutit si fort que je vis sa gorge se contracter.

— Quel genre de magie pratiquez-vous, Miss Steele ?

— La magie des montres, lui dis-je. J'arrive toujours à les régler avec précision. Vous avez un don pour travailler la soie, n'est-ce pas ?

— Je travaille vite et bien, déclara-t-elle avec une note de fierté dans la voix. Je suis capable de fabriquer seule une robe que deux ouvrières mettraient deux fois plus longtemps à terminer. Je sais faire des fleurs et des décorations plus jolies et plus délicates que n'importe qui. J'ai même cousu une robe pour une princesse, l'année dernière. C'était la robe la plus ravissante qui soit, tout en soie jaune d'or, avec une jupe ornée de papillons qui voletaient au milieu des fleurs. Mr Robinson lui-même m'a dit que la famille royale me commanderait peut-être bientôt une autre robe. Vous rendez-vous compte ? Moi, qu'on a mise à la porte du couvent des Sœurs du Sacré-Cœur à cause de mon péché, je fais des robes pour des princesses ! Je parie que Sœur Margaret n'en reviendra pas. Vous voudrez bien le lui dire pour moi ?

— Bien sûr, dis-je en souriant, mais je croyais que vous étiez amies.

— Oui, d'une certaine façon. Nous étions amies, mais aussi rivales.

Elle se pencha vers moi et murmura :

— Elle en pinçait pour le Père Antonio, elle aussi. Nous

inventions des histoires délirantes, imaginant qu'il admirait l'éclat de nos yeux et qu'il s'éprenait de nous. Au début, c'était juste un jeu de petites filles, mais quand il a commencé à me remarquer pour de vrai, elle a mis de la distance entre nous.

Matt s'éclaircit la gorge.

— Revenons aux bébés qui ont disparu, dit-il. Vous dites que c'est Sœur Clare qui vous a appris qu'ils n'étaient plus là.

Elle confirma d'un signe de tête.

— Il m'arrivait de l'aider dans son bureau. Elle venait d'être nommée adjointe à cette époque, et les archives étaient très mal tenues. Je l'aidais à y mettre de l'ordre, et c'est à ce moment-là qu'elle m'en a parlé. J'ai vu l'un des bébés dans la pouponnière, mais je ne me rappelle pas si je l'ai touché. De toute façon, on ne sent pas la magie en touchant les autres magiciens, Miss Steele, seulement les objets qu'ils ont manipulés. Vous devriez le savoir.

— Je sais, soupirai-je. Je suppose que je voulais explorer toutes les possibilités, en me disant que le bébé avait peut-être touché quelqu'un, et...

Je m'interrompis soudain avant de révéler que Phineas avait potentiellement un pouvoir de guérison.

— De toute façon, ce n'était qu'un bébé. S'il avait des pouvoirs magiques, il n'aurait pas pu les utiliser sans prononcer une incantation.

— Et les bébés, ça ne parle pas.

Elle tendit à Matt son verre vide et sa cuillère.

— Il faut que j'y retourne.

— Bien sûr, dit Matt en prenant aussi mon verre.

— Une dernière question, dis-je. Y avait-il quelqu'un au couvent qui savait que vous étiez une magicienne ?

— Non. Je leur ai caché cette information. La magie est mal vue chez les religieux, Miss Steele. Je peux même vous dire que certains pensent que nous, les magiciens, nous sommes habités par le démon. Prenez garde à ne jamais révéler vos pouvoirs à un membre de l'Église.

— Je ferai attention, lui promis-je. Mais cela veut-il dire que vous n'avez jamais travaillé avec de la soie à l'époque où vous étiez religieuse ?

— Il est rare de trouver de la soie dans un couvent, mais

c'est arrivé une fois. Une dame de la haute société avait fait don d'un mouchoir en soie. De temps en temps, nous recevions des donations que nous vendions dans notre petite boutique pour gagner un peu d'argent. Comme le mouchoir était effiloché par endroits, j'ai proposé de le rafraîchir un peu avant de le vendre.

Un air d'extase illumina son visage comme si elle se remémorait une expérience mystique.

— C'était une très belle pièce et j'ai eu beaucoup de plaisir à la sentir sous mes doigts. Ça faisait une éternité que je n'avais pas touché de soie. Je savais que j'avais ce pouvoir magique, mais ce n'est qu'à partir du moment où je n'ai plus touché de soie que j'ai réalisé combien cela me manquait. Cela me manquait tellement que ça ne m'a pas fait tant de peine que ça quand la Révérende Mère m'a mise à la porte. Tout ce que je voulais, c'était recommencer à travailler avec la soie, vous comprenez. Mais personne n'était au courant de ma magie, au couvent. Personne ne m'a vue réparer ce mouchoir, et aucune des sœurs n'aurait même été capable d'identifier de la magie, puisqu'elles étaient toutes profanes.

— En êtes-vous certaine ? demanda Matt.

— Je... Oui. Il me semble.

Elle n'en avait pas l'air si sûre que ça.

— Vous ne croyez pas que c'était la raison de l'hostilité de Mère Alfreda ? lui demandai-je. Vous dites qu'elle vous détestait sans aucune raison. J'ignore comment, mais peut-être qu'elle le savait, et qu'elle pensait que vous étiez une créature démoniaque.

— Pourquoi n'a-t-elle rien dit, alors ? Pourquoi ne m'a-t-elle pas renvoyée ? Ce n'est pas Mère Alfreda qui m'a mise à la porte, c'est Mère Frances, et c'était à cause de *ma faute*, comme elle disait, pas à cause de ma magie. Non, à mon avis, elle ne le savait pas. Personne ne le savait.

Mais elle semblait avoir des doutes.

Nous la remerciâmes et elle rentra dans la boutique tandis que Matt rapportait les verres et les cuillères au marchand de glaces. Ils étaient en train de converser en italien, quand Matt s'interrompit subitement. Il se mit sur la pointe des pieds et regarda par-dessus les têtes des passants. Puis, soudain, il partit en courant.

Je relevai mes jupes et le suivis. Ou plutôt, j'essayai de le suivre, mais il était trop rapide. Je l'aperçus brièvement un peu plus loin dans la foule, puis il disparut. Était-il entré dans une boutique ? S'était-il engouffré dans une rue transversale ? Je m'apprêtais à entrer dans la boutique la plus proche, qui était celle d'une modiste, lorsque je l'entendis qui m'appelait.

Débouchant d'une rue secondaire, il me rejoignit en hâte, me prit par le bras et me ramena d'un bon pas un peu plus loin que le marchand de glaces.

— Avez-vous vu Payne ? lui demandai-je.

— J'ai vu un homme adossé contre le mur, dit-il. Je peux me tromper, mais sa stature m'a fait penser à Payne. Il avait son chapeau rabattu très bas, ce qui fait que je n'ai pas pu voir son visage. Vous n'auriez pas dû me suivre.

— Vous n'auriez pas dû essayer d'aller à sa rencontre.

Il eut le bon sens de ne pas répondre.

Nous rentrâmes chez nous en restant sur les grandes artères fréquentées, évitant les ruelles étroites. Je me demandai si Matt aurait été aussi prudent s'il avait été seul. Je ne lui posai pas la question de peur de souffler sur les braises de notre querelle.

Je préférai éviter tout ce qui pouvait être un sujet sensible.

— Ne trouvez-vous pas étrange, tout de même, que Sœur Margaret ait attiré notre attention sur Abigail Pilcher, si elles étaient si bonnes amies ?

— Que voulez-vous dire ?

— Quand nous lui avons parlé, au couvent elle a mentionné le départ d'Abigail sans raison particulière. Rien ne l'y obligeait, et si elles étaient amies, je suppose qu'elle aurait protégé Abigail de nos questions indiscrètes. Pourtant, elle nous a mis sur la piste d'Abigail. Pourquoi ?

— Elle se demandait peut-être sincèrement ce qu'était devenue son amie, et elle ne pouvait pas se renseigner elle-même.

— Je ne vois pas pourquoi Sœur Margaret n'aurait pas pu rendre visite à Abigail.

— Les visites à une ancienne religieuse déchue sont sans

doute fortement déconseillées par la mère supérieure. Mais hormis ce détail, à quoi pensez-vous ? Quelle raison Sœur Margaret aurait-elle eue de nous pousser à retrouver la trace d'Abigail ? Pour que nous trouvions les réponses qu'elle ne pouvait pas nous donner ? Si c'était le cas, cette stratégie n'a pas fonctionné. Nous n'avons rien appris sur la disparition de Phineas, ni sur celle de Mère Alfreda.

— À moins que Sœur Margaret ne nous ait volontairement envoyés sur une fausse piste... pour diriger nos soupçons vers Abigail plutôt que sur les véritables coupables, peut-être ?

Il me regarda en fronçant les sourcils. — Alors... elles n'étaient pas amies ?

— Visiblement, que vous ne connaissez pas aussi bien les femmes que je le pensais.

— Je suis loin d'être un expert, India. Le genre féminin ne cesse de me surprendre, à commencer par vous. Expliquez-moi donc ce qui m'a échappé.

Je n'arrivais pas à déterminer s'il venait de me faire un compliment ou non. Aussi décidai-je de ne pas m'y attarder.

— Les femmes ne sont pas toujours clémentes avec celles qui ont rompu des liens d'amitié, et je suis persuadée que ce lien qui existait entre Sœur Margaret et Abigail a été rompu quand le Père Antonio a commencé à s'intéresser à l'une et pas à l'autre.

— Ah, la jalousie. Ça, c'est un sentiment que je comprends. Mais pensez-vous vraiment que Sœur Margaret aurait mis fin à leur amitié par jalousie ? Et à cause d'un homme qui ne pouvait appartenir à aucune d'elles, qui plus est.

Je poussai un soupir.

— Je ne sais pas. Peut-être. En tout cas, j'ai vraiment l'impression que Sœur Margaret nous a intentionnellement mis sur la piste d'Abigail pour nous donner le change.

— Ou pour nous aider. Elle ne savait pas qu'Abigail était enceinte. Elle croyait peut-être que la raison de son départ avait quelque chose à voir avec la disparition de Mère Alfreda et celle des bébés.

J'avais du mal à croire que Sœur Margaret et les autres religieuses aient pu ignorer la grossesse d'Abigail. Dans un couvent où les sœurs n'avaient guère mieux à faire qu'échanger des commérages et s'épier mutuellement, il paraissait logique que les plus perspicaces d'entre elles aient deviné sa situation.

— Ce que je me demande surtout, dis-je, c'est s'il y avait quelqu'un, au couvent, qui savait qu'Abigail était une magicienne. Elle pensait que non, mais elle se trompait peut-être.

— Et plus précisément, Mère Alfreda était-elle au courant ? Était-ce pour cette raison qu'elle détestait Abigail ?

— Et si elle était effectivement au courant, ajoutai-je, comment l'a-t-elle découvert ? Est-ce parce qu'elle était magicienne, elle aussi ? Ou parce que quelqu'un d'autre l'était, et l'en a avertie ?

Matt ralentit le pas et je tournai mon regard vers lui. Il semblait pensif, les yeux perdus dans le vague.

— Qu'y a-t-il ? lui demandai-je.

— J'essaye de comprendre quel lien il peut bien y avoir entre les pouvoirs magiques d'Abigail et les disparitions survenues au couvent. Je n'en vois aucun. Si Abigail savait que Phineas avait des pouvoirs, elle l'a peut-être dit sans le vouloir à quelqu'un qui l'a ensuite enlevé pour l'emmener loin du couvent... mais elle dit qu'elle n'en savait rien.

— Elle nous a peut-être menti.

* * *

Nous décidâmes de retourner au couvent après le déjeuner, une fois que Matt se serait reposé, une fois encore. Je n'avais plus besoin de lui ordonner d'aller dans sa chambre à la mi-journée ; il y allait de lui-même après avoir utilisé sa montre magique. Cela signifiait qu'il devait être épuisé. Les autres le remarquèrent également et un silence pesant tomba sur nous alors que nous attendions que Matt se réveille et nous rejoigne. J'étais agitée et la lecture ne me procurait aucun plaisir. Cyclope, Willie et Duc, plus énergiques que moi, ne tenaient pas en place non plus. Finalement, les hommes partirent pour les écuries où, au moins, ils auraient quelque chose à faire, mais Willie resta dans la maison. Elle ne cessait de faire des allées et venues entre le vestibule et le salon. Au bout d'une demi-heure, je réalisai qu'elle attendait l'arrivée du courrier.

— Avez-vous reçu des nouvelles de votre grand-père, India ? me demanda Miss Glass alors que Willie avait quitté la pièce.

— Non, et je ne m'attends pas à en recevoir. C'est trop risqué pour lui de m'écrire. Bien que je doute, pour ma part, que la police surveille ma correspondance, c'est le genre de chose dont les soupçonnerait Chronos.

J'entendis alors un bruit de raclement de gorge derrière moi et je fis aussitôt volte-face, le visage rouge d'embarras. Là, à côté de Willie, se tenait le commissaire de police Munro. Il me dévisagea en plissant les yeux.

— Commissaire ! m'exclamai-je. Que nous vaut le plaisir de cette visite ?

Willie semblait tentée de contester mon usage du mot *plaisir*, mais fort heureusement, elle tint sa langue. Elle s'était postée près du manteau de la cheminée, à l'endroit où se tenait souvent Matt lorsqu'il était dans le salon, et observait le commissaire avec une froide indifférence.

— Je dois parler de quelque chose à Mr Glass, dit-il.

— Vous vous souvenez certainement de Miss Glass, la tante de Mr Glass, dis-je.

— Naturellement.

Le commissaire s'inclina gravement. Il était très à cheval sur le protocole et tenait à ce que tout, autour de lui, soit parfaitement en ordre. Je n'avais jamais vu un bureau aussi bien rangé que le sien, et son uniforme n'avait jamais le moindre fil qui dépassait ni le moindre bouton manquant. Même sa moustache recourbée était toujours parfaitement taillée et ses cheveux blancs toujours bien plaqués sur son crâne.

C'est pourquoi j'avais toujours trouvé si incongru qu'il ait pu faire une chose tout à fait surprenante pour un policier haut gradé : avoir un enfant de sa maîtresse. Son fils avait été assassiné par un apprenti cartographe jaloux de son talent, mais je n'avais pas vu le commissaire se montrer affecté par ce deuil. J'avais bien du mal à imaginer un tel homme avec une femme aussi douce que Miss Gibbons, la mère de son fils. Ils semblaient passablement mal assortis. Peut-être n'étaient-ils plus ensemble ; peut-être leur liaison était-elle terminée depuis plusieurs années.

— Mr Glass est-il ici ? demanda le commissaire à Miss Glass.

— Je vous l'ai dit, intervint Willie, il est occupé.

— Quand sera-t-il disponible ?

— Bientôt, répondis-je. Puis-je faire quelque chose pour vous ? S'agit-il de notre enquête ?

— Est-ce ainsi que vous appelez cela ? Une enquête ? gronda-t-il. J'ai reçu des plaintes à votre sujet à tous deux, Miss Steele. Je vous ordonne de cesser vos interrogatoires. Je ne peux pas vous laisser importuner des membres de notre communauté dont la réputation est irréprochable.

— Faites-vous référence aux religieuses ? lui demandai-je.

Il pinça les lèvres, ce qui fit frémir sa moustache.

— Le Père Antonio dit que votre harcèlement à l'encontre des sœurs perturbe leur tranquillité et leur recueillement.

— A-t-on idée... ! s'indigna Miss Glass à mi-voix. Si elles se sont mal conduites, il est juste qu'elles soient sanctionnées.

— Qu'ont-elles fait de mal ?

Je tentai de faire un signe à Miss Glass pour la faire taire, mais elle ne me prêta aucune attention.

— Elles ont forniqué avec le prêtre, pour commencer.

Ses sourcils broussailleux remontèrent insensiblement sur son front.

— Est-ce illégal ?

— Non, mais c'est immoral. Honnêtement, elles se croient supérieures à nous tous, mais elles ne valent guère mieux.

Elle porta la main à sa poitrine.

— Ce qu'elles font m'importe peu, bien sûr. Mais je ne supporte pas de les voir prendre de haut les gens qui font de leur mieux pour être vertueux et à qui il arrive de s'égarer, quand elles sont elles-mêmes loin d'être parfaites. Cela me met hors de moi.

— Je vois ce que vous voulez dire, Miss Glass.

Ça, je n'en doutais pas. On ne pouvait pas dire qu'il soit lui-même sans reproche, et il éprouvait certainement de la culpabilité pour ses écarts de conduite, en particulier à l'église, même si personne ne savait que sa maîtresse avait eu un enfant de lui.

— Pourquoi ne pas vous asseoir, Commissaire ? lui proposai-je.

— Je n'ai pas le temps. Veuillez informer Mr Glass que je suis passé et que je lui ai demandé de ne plus déranger l'inspecteur Brockwell avec des sujets qui n'intéressent pas la police. Et dites-lui que je l'ai à l'œil. Je ne suis pas convaincu qu'il agisse dans l'intérêt de la communauté, dans cette affaire. Pas convaincu du tout, même. Si j'apprends que tout cela a un rapport avec ces rumeurs absurdes de magie pour lesquelles toute la ville se passionne, croyez bien qu'il aura de mes nouvelles, et il se pourrait même qu'il fasse un autre séjour en cellule.

— En cellule ! me récriai-je.

Willie s'écarta du manteau de la cheminée.

— Non mais dites donc ! De quel droit ?

Miss Glass agrippa le col en dentelle qu'elle avait autour du cou.

— Juste Ciel. Doux Jésus !

Je passai devant le commissaire en espérant que si je sortais, il me suivrait. Heureusement, c'est ce qu'il fit.

— Je vous prie de ne pas bouleverser Miss Glass de la sorte, le sermonnai-je à voix basse. Elle a une santé délicate.

— Toutes mes excuses.

Il n'avait pas l'air de vraiment s'excuser. Il semblait plutôt satisfait que ses menaces aient fait forte impression.

— Mais désormais, vous êtes prévenus : n'importunez plus les ecclésiastiques, ne faites plus perdre leur temps à mes hommes, et ne vous mêlez plus de ces histoires de magie. Je ne veux pas que vous et Mr Glass veniez envenimer la situation.

Puis, s'avançant un peu plus près :

— La magie doit rester un secret. Il est dangereux de révéler son existence au grand public. Vous devriez comprendre pourquoi, Miss Steele.

Ma colère s'envola d'un coup. Ce qui avait motivé sa visite, c'était son inquiétude en voyant le monde apprendre l'existence de la magie ; il s'inquiétait pour Miss Gibbons et pour son père. Il était trop tard pour son fils, mais il pouvait encore protéger le reste de la famille de sa maîtresse. Ou du moins, il pouvait essayer.

— Je comprends, oui, lui assurai-je d'une voix douce. Merci d'être venu.

Je le raccompagnai jusqu'en bas des marches et le regardai

s'en aller. Le courrier était arrivé et Bristow me tendit une lettre adressée à Willie. C'était une écriture féminine, cela ne faisait aucun doute. Je retournai au salon, où Willie était seule, assise sur une chaise devant la fenêtre.

— Où est Miss Glass ? demandai-je.

— Partie dans sa chambre.

— Une lettre est arrivée pour toi.

Elle m'arracha l'enveloppe des mains et la déchira pour l'ouvrir. Elle en parcourut rapidement le contenu avant de replier la lettre. Elle s'affaissa sur son siège.

— Est-ce une mauvaise nouvelle ? m'inquiétai-je.

— Non, fit-elle avec une moue renfrognée.

— On dirait bien, pourtant. Tu as l'air contrariée.

— Je ne suis pas contrariée. Je suis... déçue, dit-elle pour finir, en agitant sa lettre. C'est une connaissance qui ne veut plus me voir.

Je faillis lui demander si elle voulait dire qu'il s'agissait de plus qu'une simple connaissance, mais je tins ma langue. C'était la première fois qu'elle m'en disait aussi long, et je ne voulais pas, en la brusquant, la faire rentrer dans sa coquille.

— Parle-moi d'elle.

Elle me lança un regard pénétrant, mais ne me reprit pas pour avoir dit *d'elle* et non *de lui*. Ainsi, j'avais vu juste. Ce n'était pas un homme que Willie fréquentait, mais une femme. Quant à la nature précise de leur relation, je ne pouvais que l'imaginer. J'avais entendu parler de femmes qui entretenaient des relations amoureuses, mais je n'en avais jamais connu personnellement.

— C'est une infirmière de l'hôpital, dit-elle. C'est comme ça qu'on s'est rencontrées, quand j'étais là-bas pour chercher à en savoir plus sur la mort du Dr Hale. On s'est tout de suite plu. Il y avait des affinités entre nous et elle était... enfin, elle *est* spéciale. Mais quand j'ai voulu... faire évoluer notre amitié en une relation plus poussée, elle n'a pas voulu. Ça l'a choquée et elle a dit qu'elle ne pouvait pas.

Levant la lettre qu'elle tenait à la main, elle ajouta alors :

— Elle n'ose pas sauter le pas. C'est ce qu'il y a marqué dans sa lettre. Elle ne veut plus qu'on se voie, elle a trop peur. Quand elle me voit, ça lui donne envie de céder à sa véritable nature, et ça la terrifie. Elle pense que c'est mal.

— C'est un seuil difficile à franchir, Willie, surtout si elle n'a jamais vécu de relation avec une femme auparavant.

Je serrai son épaule dans ma main.

— Alors Duc n'a vraiment jamais eu aucune chance avec toi, n'est-ce pas ? Est-ce qu'il le sait ?

— Oui, il sait. Ne te fais pas de bile pour Duc. On a essayé de se mettre ensemble il y a des années et ça n'a pas marché. Il ne réessayera pas. Il vaut mieux qu'on reste amis.

— Vous avez été ensemble ? Alors que tu n'es pas... intéressée par les hommes ?

— J'étais intéressée, à l'époque. Et je le suis toujours, si je trouve le bon.

— Je n'y comprends plus rien.

Elle partit d'un rire désabusé.

— N'essaye pas de comprendre, India. J'ai essayé, et je n'ai pas réussi. Ce qui compte, c'est que Duc et moi, ça n'a pas marché à l'époque, et ça ne marchera pas plus aujourd'hui. Il a été gentil avec moi quand j'en ai eu besoin, après... après une mauvaise expérience avec un homme. Il m'a aidée à me reconstruire et à refaire confiance aux hommes. J'avais besoin de lui à ce moment-là, mais j'ai tourné la page. Il le sait, seulement, il ne l'accepte pas toujours.

Elle me donna un coup de coude et ajouta :

— Il aime bien croire qu'il occupe la première place dans ma vie. Ça lui a fait un choc quand Matt est arrivé en Californie et qu'on est devenus proches, mais Duc a fini par s'y faire. Mais je crois qu'il n'aimerait pas reculer encore d'une place dans le classement.

— Et Matt et Cyclope, savent-ils aussi que ta conquête de l'hôpital est une femme ?

— Peut-être bien. Ils savent que ça m'arrive, d'être attirée par les femmes.

— Je n'arrive pas à croire que Matt ne m'ait rien dit.

Elle me sourit d'un air triste.

— Il ne répéterait jamais un secret, même si vous étiez mariés, lui et toi.

— Alors voyons si j'ai bien compris. Tu as rencontré une femme et tu aimerais que votre relation aille plus loin que de l'amitié, mais tu n'es pas non plus totalement opposée à une relation amoureuse avec un homme.

— C'est ça.

Elle haussa les épaules d'un air vaguement gêné et se mordilla la lèvre inférieure. C'était la première fois que je la voyais si hésitante. Peut-être s'inquiétait-elle de la façon dont j'allais réagir.

— Tu comprends, India, quand quelqu'un me plaît, il me plaît, c'est tout. Homme ou femme, c'est sans importance. Je ne comprends pas, mais c'est comme ça.

Je lui souris pour essayer de la rassurer et de lui faire comprendre que cette révélation ne changeait rien entre nous.

— Merci de t'être confiée à moi. Je me doutais bien qu'il me manquait un élément, mais je ne savais pas lequel. Je suis heureuse que tu m'aies aidé à y voir plus clair.

— J'aimerais bien y voir plus clair, moi aussi. Ce n'est pas toujours facile d'être comme ça, attirée aussi bien par les hommes que par les femmes.

Je laissai échapper un petit rire.

— Je veux bien te croire ! Mais aimer seulement les hommes, ce n'est pas simple non plus. Je suis bien placée pour en parler : j'ai connu un véritable fiasco, et pourtant je n'ai eu qu'un seul fiancé.

— C'est parce que tu n'es pas douée pour juger du caractère des gens. Moi, je le suis. Quand je rencontre quelqu'un de bien, je le vois tout de suite.

Une fois de plus, elle avait levé la lettre qu'elle tenait à la main.

Je me penchai au-dessus d'elle et la serrai dans mes bras.

— Ne renonce pas à elle, alors. Fais appel à tout le charme des Johnson pour qu'elle voie à côté de quoi elle passe.

Enfin, j'étais parvenue à la faire rire franchement.

— Le charme des Johnson ne marche que sur les cowboys et les criminels. Mais je ne renonce pas. Pas encore.

* * *

MATT et moi attendions devant la porte de l'école plutôt que devant celle du couvent, dans l'espoir de voir passer Sœur Margaret lorsqu'elle raccompagnerait les élèves à la sortie à la fin de la journée. Je ne me sentais pas très discrète, debout à l'ombre d'un arbre de l'allée, et c'est alors que Sœur Bernadette nous aperçut. La nonne vint droit sur nous en tenant à la main sa caisse à outils qui se balançait à chacun de ses pas.

— Encore vous, dit-elle avec son fort accent irlandais. Que voulez-vous, cette fois-ci ?

— Nous souhaitons parler à Sœur Margaret, dit Matt.

La cloche de l'école sonna et les fillettes se mirent à sortir des salles de classe en petits groupes babillards. Nous cherchâmes du regard Sœur Margaret, mais sans succès.

— Que lui voulez-vous ? demanda Sœur Bernadette.

— C'est confidentiel, lui dis-je.

— Nous n'avons pas de secrets, ici.

Je me contentai de sourire. Elle était franchement hostile, comme elle l'avait été dès que nous avions commencé à leur poser des questions indiscrètes, à elle et à Sœur Margaret, lors de notre première visite. Je trouvais son attitude ingrate, étant donné que Matt s'était chargé d'envoyer Duc et Cyclope réparer le toit du couvent.

— Comment est votre toit ? lui demandai-je.

Matt me coula un regard oblique et ses lèvres esquissèrent un sourire.

— Il ne fuit plus, répondit Sœur Bernadette avec un peu moins de véhémence. Je suppose que c'est grâce à vous, Mr Glass. Mais ne croyez pas que je vais répondre à vos questions impertinentes, à présent. Ça ne change rien.

— Je tâcherai de m'en souvenir quand nous aurons des questions impertinentes à vous poser, répliqua Matt.

Elle referma la bouche, mais ne semblait guère pressée de s'en aller. Elle suivit le regard perçant de Matt, qui était fixé sur l'école. Sœur Margaret en sortit et, en nous voyant, s'approcha de la grille pour venir à notre rencontre. Son sourire prudent s'évanouit rapidement quand Sœur Bernadette la rattrapa en chemin.

— Vous n'êtes pas obligée de leur parler, lui dit Sœur Bernadette.

— Nous n'avons que quelques questions, ce sera rapide, promit Matt. Il n'y en a pas pour longtemps, mais ce sont des questions un peu délicates. Peut-être pourrions-nous aller à un endroit plus tranquille où il n'y a pas d'enfants ?

Sœur Margaret échangea un regard avec sa consœur, puis se tourna vers le couvent.

— Je... je ne sais pas.

Sœur Bernadette soupira.

— Impossible de s'en défaire. Venez dans la salle de réunion de l'école. Elle se mit en route, clairement déterminée à prendre part à cette conversation, quoi que nous en disions.

Sœur Margaret rentra les mains dans les manches de son habit et la suivit.

La salle de réunion se trouvait derrière le bâtiment de l'école. Le mur était orné d'une grande croix d'où provenait une odeur de bois huilé et, sur celui d'en face, on pouvait voir plusieurs dessins d'enfants représentant le Christ. Nous nous assîmes sur des chaises disposées en cercle sous la croix. Les deux nonnes nous regardèrent d'un air stoïque malgré leur légère inquiétude. Ni l'une ni l'autre ne semblait à l'aise de nous parler dans ces circonstances, mais je me dis que le fait qu'elles acceptent de nous parler était déjà un bon signe en soi.

— Nous avons retrouvé Abigail Pilcher, dit Matt pour commencer.

Sœur Margaret poussa un cri de surprise qu'elle étouffa aussitôt avec sa main.

— Qui ? demanda Sœur Bernadette.

— Sœur Francesca, lui dit Sœur Margaret. Mais si, rappelez-vous. Celle qui est partie quand...

Elle piqua un fard et replongea les mains dans les manches de son habit.

— Sœur Francesca ! s'écria Sœur Bernadette. Mais qu'a-t-elle à voir avec la disparition de Mère Alfreda ? Voulez-vous dire qu'elle savait quelque chose ?

Sœur Margaret fit entendre un petit bruit scandalisé.

— C'est justement ce que nous voulions savoir, dit Matt. La

date de son départ paraissait trop proche pour être une coïncidence, mais après lui avoir parlé, nous pensons qu'elle n'y a joué aucun rôle.

— En êtes-vous certains ? demanda Sœur Bernadette en secouant la tête. C'était une pécheresse, si mes souvenirs sont exacts. N'êtes-vous pas du même avis, Sœur Margaret ?

Sœur Margaret semblait sur le point de fondre en larmes.

— Pourquoi nous avez-vous parlé d'elle ? lui demandai-je d'une voix douce.

La religieuse avait l'air troublée et ne semblait avoir aucune intention malveillante envers Abigail.

— Pensiez-vous qu'elle savait peut-être quelque chose ? Ou aviez-vous une autre raison ?

La lèvre inférieure de Sœur Margaret se mit à trembloter. Elle ferma les yeux de toutes ses forces et serra les lèvres pour garder le contrôle de ses émotions.

Je me penchai vers elle et lui touchai le bras.

— Dites-nous ce que vous savez sur Abigail Pilcher, insistai-je.

Comme elle ne disait rien, j'ajoutai :

— Saviez-vous qu'elle attendait un enfant ?

Elle opina. Ni elle ni Sœur Bernadette n'avait l'air surprise. Si elles le savaient toutes les deux, il était possible que tout le couvent ait été au courant.

Une forme noire passa en voletant juste derrière la porte. C'était peut-être un oiseau, mais il y avait plus de chances que ce soit l'habit d'une religieuse. Quelqu'un nous écoutait.

Je me rassis et échangeai un regard avec Matt en haussant un sourcil. D'un signe de tête, il m'encouragea à poursuivre. Je pris une profonde inspiration.

— Saviez-vous qu'Abigail était une magicienne ?

Sœur Margaret ouvrit de grands yeux terrifiés et se signa. Sœur Bernadette pressa sur ses lèvres le crucifix qu'elle portait autour du cou. Son visage devint aussi blanc que sa guimpe.

Derrière moi, au-dessus de ma tête, quelque chose craqua et fit entendre le grincement du bois qui frotte contre du bois. Je me retournai et levai les yeux juste à temps pour voir l'énorme croix s'abattre sur moi.

CHAPITRE 8

att me plaqua au sol une fraction de seconde avant que la croix ne vienne se fracasser sur ma chaise. Le dossier vola en éclats et la chaise s'effondra sous le poids de la croix.

Étendue sur le sol, à moitié couverte par le corps de Matt, je contemplai l'endroit où j'étais assise quelques instants plus tôt. La croix était intacte, mais la chaise était en miettes.

— Vous n'êtes pas blessée ? s'enquit Matt en m'aidant à m'asseoir.

Mon cœur battait à tout rompre, mais j'étais indemne. J'opinai, sachant que je ne pourrais pas encore parler sans que ma voix tremble. Je n'avais jamais été quelqu'un de particulièrement religieux, bien que j'aille régulièrement à l'église, mais le fait que cette croix me soit tombée dessus au moment exact où j'avais prononcé le mot de *magie*... cela ne pouvait pas être une coïncidence. Comme Matt le disait souvent, il ne croyait pas aux coïncidences. Et moi non plus.

— Comprenez-vous, à présent ? dit Sœur Bernadette avec son accent prononcé malgré sa voix tremblante. La magie est l'œuvre du démon, et le Seigneur n'approuve pas que vous pénétriez dans sa maison pour interroger ses filles dévouées à ce sujet.

Sœur Margaret serra fort la main de son amie entre les

siennes. Les deux nonnes se tenaient l'une contre l'autre, clairement ébranlées par l'incident.

Je l'étais tout autant. Mon corps était pris d'un tremblement incontrôlable. Matt avait dû le sentir en m'aidant à me relever. Il m'observa attentivement et je lui adressai un sourire que je savais être peu convaincant, mais c'était tout ce dont j'étais capable.

— Vous feriez mieux de partir, à présent, dit Sœur Margaret en se levant. C'est un signe sans équivoque : Dieu ne veut pas de vous ici. Il ne veut pas que nous vous parlions de l'œuvre du démon.

— La magie n'est pas l'œuvre du démon, gronda Matt.

Les deux religieuses regardèrent la croix qui gisait à présent à l'endroit où elle était tombée.

— Si Dieu ne voulait pas que les hommes possèdent la magie, pourquoi l'avoir donnée à certains d'entre eux ? insista-t-il. Pourquoi y a-t-il des gens qui sont nés avec ?

— Je n'ai pas toutes les réponses, Mr Glass, répliqua Sœur Margaret, agacée. Mais si Sœur Francesca... je veux dire, Abigail, est une magicienne, la preuve est sous vos yeux. Ce n'était pas une bonne catholique. Le péché attire à lui toujours plus de péché.

Je me cramponnai au bras de Matt en y plantant mes ongles. Il était inutile de discuter avec les sœurs. Il ne parviendrait pas à leur faire changer d'avis.

Néanmoins, il continua d'essayer.

— Elle a commis une erreur, dit-il, très raide. Et elle n'était pas la seule fautive. Le père de l'enfant a joué un rôle dans son infortune.

— C'est *elle* qui l'a séduit ! Le Père...

Sœur Margaret se mordit la lèvre et coula un regard vers Sœur Bernadette.

Mais Sœur Bernadette, les yeux toujours rivés sur la croix, ne semblait pas l'avoir entendue. Elle se pencha pour la ramasser et Matt me lâcha pour aller l'aider. Ensemble, ils la redressèrent et l'appuyèrent contre le mur. Matt inspecta le mur et les clous qui avaient servi à maintenir la croix en place. Ils étaient complètement tordus, et l'un d'eux s'était brisé net.

— Merci, murmura Sœur Bernadette. Elle n'avait plus rien de la nonne intraitable qui nous avait chapitrés à la grille de l'église. Elle avait encore le teint pâle et les mains tremblantes.

Sœur Margaret se posta près de la porte, les bras croisés, et nous regarda partir d'un air désapprobateur.

En traversant la cour, Matt et moi, nous rencontrâmes la mère supérieure qui inspectait le cadre de l'une des fenêtres du bâtiment de l'école. Si elle avait été là quelques minutes auparavant, elle avait dû voir la personne qui avait pris la direction de la porte de la salle de réunion de l'école. Elle avait également dû entendre la croix tomber.

Je comptais me faufiler pour sortir sans qu'elle me voie, mais Matt avait un plan fort différent. Il la salua en inclinant son chapeau.

— A-t-il besoin d'être réparé ? demanda Matt en indiquant le cadre de la fenêtre. Je peux demander à mes amis d'y jeter un coup d'œil.

— En échange d'informations ? Non merci, Mr Glass.

Du bout du doigt, elle détacha une écaille de peinture avec un claquement de langue irrité.

— Sœur Bernadette ne peut pas tout faire seule, insista-t-il. Elle prend de l'âge, et cet endroit n'est plus tout jeune non plus.

— Elle ne se plaint pas.

— Je vous crois volontiers, mais cela ne signifie pas pour autant qu'elle n'ait pas du mal à s'en sortir.

— Je vous l'ai dit, grinça la mère supérieure sans desserrer les dents, je refuse de payer le prix que vous me demandez.

— Révérende Mère ! appela quelqu'un d'une voix chantante dans la cour du côté du couvent. Révérende Mère, êtes-vous là ? Oh.

Sœur Clare, l'adjointe de la mère supérieure, et qui avait été la première à nous parler de ces bébés disparus, s'arrêta net en nous voyant. Elle semblait avoir du mal à décider si elle devait repartir ou se joindre à nous.

— Qu'y a-t-il, Sœur Clare ? lui demanda la mère supérieure.

— Il y a un sujet qui requiert votre attention. Mais cela peut attendre que vous ayez fini avec Mr Glass et Miss Steele.

— Nous avons terminé, répondit sévèrement la mère supérieure avec un regard appuyé à l'intention de Matt, attendant qu'il admette sa défaite et s'en aille. Il était clair qu'elle avait encore beaucoup à apprendre sur de lui.

— Nous avons parlé avec Abigail Pilcher, qui portait le nom de Sœur Francesca du temps où elle vivait ici, dit-il.

Mère Frances laissa voir sa surprise un court instant avant de reprendre aussitôt le contrôle de son expression. Sœur Clare, en revanche, fit entendre un petit cri.

— Comment va-t-elle ? demanda l'adjointe.

— Elle va bien, et son fils également, dit Matt.

— Elle a un fils ? C'est merveilleux.

La mère supérieure lui lança un regard noir et Sœur Clare baissa la tête.

— Où voulez-vous en venir, Mr Glass ? s'impatienta Mère Frances.

— Abigail nous a dit qu'elle avait été contrainte de quitter le couvent, dit Matt. Elle affirme que vous l'avez obligée à partir peu après avoir pris vos fonctions de mère supérieure.

— Elle n'était absolument pas faite pour être religieuse. J'aurais cru que la situation dans laquelle elle se trouvait au moment de son départ constituerait pour vous une preuve suffisante. Mère Alfreda aurait dû se charger de renvoyer Abigail, mais elle était trop laxiste pour prendre cette décision.

— Vous ne l'avez donc pas forcée à partir parce qu'elle était magicienne ? demanda Matt.

Sœur Clare poussa un nouveau cri d'effroi. Elle dévisagea Matt, les yeux écarquillés.

— La magie, murmura-t-elle gravement.

— La magie n'existe pas, dit la mère supérieure d'un ton froid et cassant. Je vous saurais gré de ne pas venir ici dire le contraire, Monsieur. La magie est une fable inoffensive qu'on raconte aux enfants, mais il est irresponsable, pour des adultes, de perpétuer le mythe de son existence. Croire en la magie fait plus de mal que de bien.

— Mais les journaux... murmura Sœur Clare. Il y en a au moins un qui prétend que la magie existe.

— Les journalistes sont prêts à dire n'importe quoi pour que leurs publications se vendent mieux. Ils ont fait de vous une dupe, Sœur Clare. De vous tous.

— Sœur Clare, dis-je à l'adjointe, étiez-vous au courant qu'Abigail était une magicienne de la soie ?

— De la soie ? souffla-t-elle.

— Cessez toutes ces sornettes ! vociféra la mère supérieure. Sœur Clare, cela me déçoit de votre part.

Sœur Clare baissa la tête.

— Oui, Révérende Mère.

— Mr Glass, Miss Steele, nous avons du travail. Du travail de bons chrétiens qui exige toute notre application.

Matt leva les mains en signe de capitulation.

— Nous partons.

Je ne pouvais pas m'en aller ainsi, quand la mère supérieure avait une si mauvaise opinion de nous pour avoir mentionné la magie. Je n'osais imaginer ce qu'elle dirait si elle apprenait la vérité sur moi.

— Nous ne sommes pas vos ennemis, Révérende Mère. Nous respectons vos valeurs et vos rites. Nous souhaitons seulement trouver un homme du nom de Phineas Millroy, qui a été confié à ce couvent il y a vingt-sept ans. Il est absolument vital que nous le retrouvions. Il a le pouvoir de sauver une personne qui m'est très chère. Nous savons qu'il a disparu d'ici dans des circonstances mystérieuses, à peu près en même temps que Mère Alfreda. Il y a peut-être une corrélation.

— Ne soyez pas ridicule, répliqua-t-elle avec un reniflement hautain. Il n'y a aucun lien entre les deux. Mère Alfreda est partie de son propre chef, et les fiches des nourrissons ont été égarées, rien de plus. Il n'y a aucun mystère ni aucune cabale visant à couvrir quoi que ce soit. J'ignore quel rôle vous croyez que la magie occupe dans cette histoire, et je ne veux pas le savoir. Je vous ai donné mon opinion sur ce point, et je n'ai aucune envie d'en parler plus longtemps. Bonne journée.

Elle releva farouchement son menton pointu et traversa la cour d'un pas décidé pour retourner au couvent. Sœur Clare nous sourit comme pour s'excuser et la suivit de mauvaise grâce. La mère supérieure ne referma la porte qu'après s'être assurée que nous étions partis.

— Elle est prompte à se mettre en colère, dis-je à Matt tandis que nous contournions le bâtiment de l'école pour rejoindre la rue. Croyez-vous qu'elle cache quelque chose ?

— Difficile à dire. Sœur Clare a l'air sincère, cela dit.

— Je suis heureuse que vous le pensiez, parce que c'est aussi mon avis.

— Faites confiance à votre intuition, India.

Il scruta attentivement les environs avant de monter dans la voiture après moi.

— Vous ne pensez tout de même pas que Payne puisse avoir quelque chose à voir avec la chute de cette croix ? le taquinai-je.

— On ne sait jamais, avec Payne.

Il s'avança pour me regarder et prit mes mains entre les siennes.

— Vous n'avez rien ? Vous n'êtes pas blessée ?

— Je me suis cogné le coude, mais ce n'est rien.

— Pardon, dit-il en posant ses paumes à plat sur mes coudes. Je n'ai pas été très délicat.

— Vous m'avez sauvé la vie.

Il me fit un sourire un peu gêné.

— Je vous ai sauvée d'une bosse sur le crâne. Vous n'en seriez probablement pas morte.

Je n'en étais pas si sûre. La croix avait l'air lourde ; Matt et Sœur Bernadette avaient dû s'y mettre à deux pour la soulever.

— La fatigue n'a pas émoussé vos réflexes. Merci, Matt.

— C'est ce que vous avez bien souvent fait pour moi ; je n'ai fait que vous rendre la pareille.

Il se pencha en avant et m'embrassa délicatement sur les lèvres. Ce baiser délicieusement tendre chassa les derniers frissons qui agitaient encore mes nerfs à vif.

Il comportait aussi le risque de devenir passionné. Je le repoussai doucement pour ne pas l'embrasser avec plus d'ardeur. Il se rassit à sa place avec un sourire étrangement satisfait, comme s'il venait de remporter une petite victoire.

Il était grand temps de ramener la situation dut un terrain moins risqué.

— Qu'est-ce qui a causé la chute de la croix, à votre avis ? lui demandai-je.

— Les clous étaient tordus.

— Mais pourquoi étaient-ils tordus ?

— Il arrive que des clous se tordent s'ils soutiennent un poids trop important. Ces clous n'étaient pas assez solides pour cette croix.

Je n'étais qu'à moitié convaincue. La croix était tombée au moment où j'avais parlé de magie. Pile à cet instant.

— Ce n'était pas Dieu qui essayait d'abattre sa colère sur vous, India, dit-il. N'allez pas vous imaginer cela.

— Ce n'est pas ce que je crois. Je me dis que c'est un hasard extraordinaire qu'elle soit tombée à ce moment précis, et sans que personne n'y ait touché.

Je le regardai droit dans les yeux.

— Et je repense à ma faculté de faire bouger les montres et les horloges sans les toucher.

C'était comme si je venais de l'assommer. Cela ne pouvait pas être la fatigue.

— Vous pensez que l'une des religieuses est une magicienne et l'a fait bouger ? Mais... aucun autre magicien n'est capable de faire ça, vous êtes la seule à avoir ce pouvoir.

— Qu'en savons-nous ? Ce n'est pas parce que Chronos ne connaissait personne d'autre issu d'une double lignée de magiciens qu'il n'en existe aucun. Ce qui m'étonne, en revanche, c'est que cela signifie que l'une de ces religieuses est magicienne. Pourtant, elles avaient toutes les deux l'air choquées par la discussion, et très secouées quand la croix est tombée.

— La mère supérieure était dehors, tout près, suggéra Matt en hochant lentement la tête. C'était peut-être elle. Ou Sœur Clare. Elle n'était pas loin non plus ; elle aurait très bien pu faire demi-tour pour retourner vers le couvent après avoir quitté la salle de réunion. India, pourquoi avez-vous l'air pensive ?

— J'ai vu quelque chose près de la porte juste avant que la croix se décroche. Un pan de tissu noir, je crois. Comme un habit de religieuse ou une cape.

— Il fait trop chaud pour porter une cape, sauf pour quelqu'un qui veut pouvoir dissimuler son visage sous une capuche. Quelqu'un comme Payne.

— Vous ne pensez tout de même pas que Payne est un magicien, lui aussi !

Il se passa la main sur le visage jusqu'au menton.

— Je ne sais pas ce que je pense. À ce stade, nous ne pouvons exclure aucune possibilité, mais il est plus probable que ce soit une des sœurs. Néanmoins, je ne suis toujours pas convaincu que cette croix soit tombée par magie. Les clous n'étaient pas assez solides pour supporter un objet aussi lourd.

Je regrettai de ne pas avoir touché la croix pour sentir si elle conservait des traces de chaleur magique. Quelle malchance ! Je faillis proposer à Matt de faire demi-tour pour nous introduire dans la salle de réunion de l'école, mais il avait l'air épuisé.

Une fois arrivés chez nous, la première chose que je fis fut de prononcer sur sa montre l'incantation qui prolongeait sa magie. En général, elle allongeait l'intervalle entre deux utilisations. Il ne me confirma pas que c'était toujours le cas, et je ne lui posai pas la question. Il me remercia et monta se reposer avant le dîner.

Son état de santé planait comme un nuage sombre au-dessus de tous les habitants de la maison. Willie, Cyclope et Duc étaient pareils à des tigres en cage, trop agités pour rester sans rien faire, mais refusant de profiter de l'une des innombrables distractions qu'offrait Londres pour oublier momentanément nos tracas.

— Et si nous allions voir un spectacle ? proposai-je. Il y a de nombreux théâtres un peu partout dans la ville, dont quelques-uns de tout à fait respectables. Ou vous pourriez aller boire quelques verres dans une taverne. Il y en a où il y a de la musique ou d'autres divertissements.

Ils répondirent à ma suggestion en marmonnant quelques excuses.

— Je ne bouge pas d'ici, déclara Willie. Pas tant que Matt est dans cet état. Et s'il a besoin de moi ?

— Pourquoi aurait-il besoin de *toi* ? demanda Duc. Tu ne peux pas le soigner.

— Pas s'il a besoin de moi, alors, mais seulement... s'il lui arrive quelque chose, je veux être là quand ça arrivera.

— *Si*. Si ça arrive. Il n'est pas encore sous terre.

Elle se leva brusquement de son fauteuil et agita son index sous le nez de Duc.

— Fais attention à ce que tu dis, Duc. Tu m'entends ? Ne me fais pas dire ce que je n'ai pas dit, parce que c'est faux.

Cyclope se massa le front avec un gémissement exaspéré.

— Aidez-moi, India. Ils ont été comme ça tout l'après-midi.

— Nous sommes tous tendus, dis-je. Nous sommes tous inquiets pour Matt. Mais je vous en prie, ça n'arrange pas les choses.

Étant la nouvelle venue dans leur groupe, je n'avais peut-être pas à les morigéner, mais leurs chamailleries me tapaient sur les nerfs et ça ne pouvait plus durer.

— Matt a déjà bien assez de soucis, il n'a pas envie en plus de vous entendre vous quereller constamment. Pensez à lui, faites preuve d'indulgence l'un envers l'autre.

Cyclope approuva mon petit laïus d'un signe de tête. Willie retourna s'asseoir sans maugréer, ce que j'interprétai comme un assentiment. Duc se leva et alla au buffet remplir plusieurs verres. Il en tendit un à Willie.

— Désolé, dit-il. India a raison. Si on faisait une trêve ?

Elle fit tinter son verre contre celui de Duc.

— C'est d'accord. On veut tous ce qui est le mieux pour Matt.

— Alors que pouvons-nous faire d'autre, India ? demanda Cyclope. Chercher à en savoir plus sur ce couvent ?

Je tambourinai des doigts sur ma cuisse, réfléchissant aux options qui s'offraient à nous. Il y en avait bien peu. Si j'avais vu juste et que cette croix n'était pas tombée toute seule, cela voulait dire qu'il y avait eu deux magiciennes au couvent vingt-sept ans plus tôt : une magicienne de la soie et une magicienne du bois. Si Abigail avait dit la vérité, et si elle n'avait pas eu connaissance des pouvoirs de Phineas, alors elle n'était pas le lien que nous cherchions. En revanche, si la magicienne du bois le savait...

Mais comment la magicienne du bois aurait-elle pu le savoir, puisque Phineas était trop petit pour parler, et à plus forte raison pour réciter une incantation ?

J'exposai ma théorie aux autres, et mettre des mots sur mes idées m'aida à les consolider dans mon esprit, mais cela ne m'apporta pas de réponses.

— Demain, nous retournerons parler à Abigail pour lui demander si elle avait connaissance d'une magicienne du bois, dis-je. En tout état de cause, elle pourra peut-être nous dire qui, parmi les sœurs, avait un talent pour le travailler.

— Ce n'est peut-être pas l'une des sœurs, fit remarquer Duc. Ça pourrait être le Père Antonio.

— Le couvent aurait bien besoin d'autres réparations, et vous vous ennuyez ici, tous les trois. Vous pourriez proposer votre aide à Sœur Bernadette demain et l'interroger discrètement.

— Enfin, quelque chose à faire ! dit Willie.

Soudain, quelqu'un se mit à cogner du poing sur la porte d'entrée, faisant résonner ses coups à travers toute la maison.

— Il y en a un qui n'est pas content, commenta Cyclope.

Nous tombâmes nez à nez avec Bristow dans le vestibule alors qu'il s'apprêtait à ouvrir la porte. Willie lui posa une main sur le bras pour lui conseiller la prudence. Elle lui montra le pistolet qu'elle portait dans son dos.

Bristow écarquilla les yeux et lâcha la poignée comme si elle lui avait brûlé la main. Duc leva les yeux au ciel et ouvrit la porte.

Lord Rycroft força le passage en brandissant sa canne ornée d'un pommeau d'argent.

— Où est-il ? Où est mon neveu ?

Lady Rycroft suivait son époux. On voyait à ses yeux qu'elle avait pleuré, et elle tenait un mouchoir sous son nez.

— Matthew ! s'époumona Lord Rycroft au pied de l'escalier. Matthew, descendez immédiatement !

— Ne criez pas si fort, se fâcha Willie. Il a besoin de repos et vous n'arrangez rien en hurlant comme ça.

— Voulez-vous que j'aille le chercher, Mademoiselle ? me demanda Bristow.

— Je pense que ce ne sera pas nécessaire, dis-je. Il a dû les entendre. Madame, que s'est-il passé ? demandai-je à Lady Rycroft, même si je redoutais sa réponse.

Ni Lord ni Lady Rycroft ne me répondit. Elle restait auprès de son mari, ses yeux pleins de larmes dirigés vers le haut de l'escalier, où se tenaient à présent Matt et Miss Glass. Il prit tout son temps pour aider sa tante à descendre les marches.

Cette dernière lança un regard mauvais à son frère et sa belle-sœur.

— Quel vacarme, Richard, lui reprocha Miss Glass. Je suis sûre que les domestiques ont tout entendu. Parle plus bas, enfin !

— Je m'en fiche comme d'une guigne, de ce que pensent tes domestiques ! Lord Rycroft s'engouffra dans le salon sans y avoir été invité. Venez. Nous devons vous parler d'une situation très grave. Une situation que vous avez le devoir de rectifier, Matthew.

Je les regardai partir, le cœur au bord des lèvres.

— Qui veut prendre les paris sur ce qu'ils ont à lui dire ? demanda Willie quand Matt referma la porte en nous laissant dehors.

— Pas la peine de parier, dit Cyclope. On sait ce qu'ils vont lui dire.

— C'est Payne, fit Duc d'un air sombre. Il a sûrement tout raconté à Lord Cox.

— C'était bien la peine que Matt publie son annonce, dit Willie en traversant le couloir pour aller dans la bibliothèque. J'ai besoin de boire quelque chose de fort.

J'en avais bien besoin, moi aussi. Cependant, je n'en tirai aucun réconfort, et je continuai de broyer du noir jusqu'à ce que j'entende les Rycroft s'en aller quelques minutes plus tard. Matt vint alors nous rejoindre. Il avait l'air à bout de forces, et il en fallait beaucoup pour le mettre dans cet état.

— Tu as l'air d'une bouse qui vient de passer une semaine en plein soleil, dit Willie.

— Toujours aussi éloquente, lui dit Matt avec un vague sourire, mais son regard se dirigea sur moi, sans toutefois s'y attarder.

— Comme vous l'avez sans doute deviné, Payne a informé Lord Cox de la faute de Patience. Mon annonce est parue trop tard.

— Tu n'y es pour rien, dit Cyclope.

— J'aurais dû le faire bien plus tôt.

— Non Matt, protesta Willie.

— Ne vous fatiguez pas, leur dis-je. Quoi que nous puissions lui dire, il s'en voudra de toute façon. Comment va Patience ?

— Elle est dévastée, apparemment. Tante Beatrice et ses filles devaient partir pour Rycroft demain pour commencer à préparer le mariage là-bas. Patience pleure sans discontinuer depuis qu'elle a reçu la lettre de Lord Cox annulant le mariage.

Pauvre Patience. J'avais de la peine pour elle. Je savais ce qu'on éprouvait dans les premiers jours qui suivaient une pareille nouvelle. C'était comme se réveiller à bord d'un navire ravagé par une tempête. On ne savait pas où on était, le sol sous nos pieds était instable et on ne voyait aucune issue à nos malheurs.

— Que vous a demandé Lord Rycroft, alors ? lui demandai-je.

Matt s'assit et appuya ses coudes sur ses genoux. Il se passa la main dans les cheveux. Le silence se prolongea, jusqu'à ce que Willie n'y tienne plus.

— Alors ? aboya-t-elle.

— Il faut persuader Lord Cox que Patience est encore digne de faire une épouse convenable, dit-il. Il importe de lui faire comprendre combien elle est vertueuse, et combien elle regrette amèrement son erreur. Si c'est un homme raisonnable, il reviendra sur sa décision.

— Et qui va l'en convaincre ? lui demandai-je. Vous ?

Il fronça les sourcils.

— Mon oncle n'a pas beaucoup de tact. Je pense qu'il vaut mieux que ce soit moi.

— Mais Lord Cox habite dans le Yorkshire ! Vous ne pouvez pas passer plusieurs jours à voyager jusque chez lui, puis autant à revenir. Nous sommes en plein milieu d'une enquête cruciale pour vous sauver la vie.

Il ne dit mot, ce qui ne fit qu'accroître ma colère.

— Je vous interdis de quitter Londres, à moins que ce soit pour trouver Phineas Millroy. N'y pensez même pas !

— Vous pouvez très bien enquêter sans moi, India. Les autres vous aideront, mais vous n'en avez pas réellement besoin. Vous êtes compétente, et vous êtes douée pour résoudre les énigmes les plus mystérieuses. Vous vous en sortirez très bien.

— N'essayez pas de m'amadouer par des compliments, lui dis-je. Vous n'irez nulle part, un point c'est tout.

— Je suis de son avis, dit Duc. Tu restes ici, Matt.

— Oui, approuvèrent Willie et Cyclope.

Matt leur lança à chacun un regard glacial, mais il réserva le plus terrible pour moi.

— Je dois lui parler sans délai. Mon oncle ne fera qu'aggraver la situation s'il met les pieds dans le plat, et chaque minute compte. Il faut convaincre Lord Cox de changer d'avis avant que ça se sache. Si nous attendons, il sera trop tard pour étouffer l'affaire. Je dois agir, c'est maintenant ou jamais.

Cyclope, Duc et Willie croisèrent tous les bras sur leur poitrine en même temps. Ils ne cédaient pas. Matt baissa la tête et recommença à se passer les mains dans les cheveux.

— Que vous a dit de faire Lord Rycroft ? lui demandai-je, un peu plus doucement, cette fois. Je doute qu'il soit venu pour vous demander de parler à Lord Cox de sa part.

Un muscle dans la mâchoire de Matt se contracta.

— Vous savez très bien ce qu'il voulait, dit-il à mi-voix. Il avait la même idée grotesque que Tante Letitia. C'est pour ça qu'il faut absolument que j'aille parler moi-même à Lord Cox, et sans tarder.

Son oncle voulait qu'il épouse Patience. Il était même probable qu'il ait exercé sur Matt une pression énorme pour qu'il accepte cette idée. Le fait que Lord et Lady Rycroft soient repartis si peu de temps après leur arrivée signifiait que Matt avait arrondi les angles en leur faisant une proposition qu'ils avaient trouvée acceptable.

Je déglutis péniblement, mais la boule que j'avais dans la gorge ne disparut pas.

— Vous ne pouvez pas partir maintenant, dis-je maladroitement. Non seulement nous sommes à un point charnière de nos recherches pour trouver Phineas Millroy, mais vous ne pouvez pas entreprendre seul un si long voyage. Quelqu'un doit rester auprès de vous au cas où vous perdriez connaissance.

— Je me refuse à envisager l'autre possibilité.

La tête toujours baissée, il me regarda par-dessous ses longs cils. Il avait l'air si abattu que mon cœur tressaillit.

— Laisse-les se débrouiller tout seuls, cracha Duc. Tu n'as rien à voir là-dedans.

— Il a raison, dit Cyclope. Tu n'es pas obligé de l'épouser, Matt. Il y a forcément une autre solution.

— De l'argent ? suggéra Willie sans grande conviction. Tu pourrais en donner à Patience et à ses sœurs, ou à Lord Cox pour qu'il accepte de l'épouser.

— Lord Cox est riche, il n'a pas besoin de mon argent ; et l'argent ne suffirait pas à réparer le préjudice pour mes cousines. C'est injuste, qu'elles doivent renoncer à se marier à cause de mon erreur.

— Ce n'est pas *votre* erreur ! m'écriai-je en me levant d'un bond et en sortant comme une furie, avec mes jupes qui claquaient contre mes chevilles. À quoi bon ressasser éternellement les mêmes objections et lui suggérer les mêmes solutions ? Nous ne faisions que tourner en rond.

— Je dînerai dans ma chambre.

Je montai les escaliers quatre à quatre et me jetai sur mon lit. Comme ruminer ne servait à rien, sinon à me pousser encore plus à bout, je sortis ma montre et ouvris le boîtier. Je pouvais la démonter les yeux fermés ; je n'avais donc pas besoin de me concentrer. L'effet apaisant de cette tâche familière m'aida à faire le vide dans mon esprit et à calmer ma mauvaise humeur.

Alors que je replaçais les composants de ma montre dans son boîtier, je réalisai qu'il existait un seul moyen, pour Matt, de faire comprendre clairement à ses tantes et à son oncle qu'il n'épouserait pas Patience. Il pouvait annoncer ses fiançailles avec moi.

Mais il ne m'avait pas demandé ma main, pas exactement, et il ne le ferait pas tant qu'il allait si mal. Il était donc libre d'épouser qui il lui plairait.

Bien qu'il ait dit tout ce que j'avais espéré entendre, je ne savais pas avec certitude quelle voie il choisirait. Je ne serais pas surprise si sa grandeur d'âme et son sens du devoir prenaient le pas sur son amour pour moi. Matt était bien capable d'avoir dit à son oncle et sa tante ce qu'ils avaient envie d'entendre.

Après tout, ils étaient repartis peu de temps après leur arrivée.

CHAPITRE 9

Une fois de plus, Matt était déjà sorti quand je descendis à l'heure du petit déjeuner. Et une fois de plus, personne ne savait où il était allé. Lorsque Bristow m'en informa, je sentis une indicible angoisse me serrer la poitrine.

— Je suis déjà allé voir dans sa chambre, me dit Duc dans la salle à manger tout en me mettant une tasse de thé entre les mains. Ses vêtements sont toujours là.

— Il n'aurait pas quitté Londres sans nous prévenir, dit Willie qui, assise à table, s'attaquait aux tranches de bacon empilées sur son assiette.

— Ou sans nous laisser un mot, ajouta Cyclope. Il n'a pas laissé de mot.

Je me tournai alors vers Bristow, qui ajouta :

— Non, pas de mot à ma connaissance.

C'était un soulagement. Je préparai mon petit déjeuner en me servant parmi la sélection disposée sur le buffet mais, constatant que je n'avais pas d'appétit, je ne mangeai presque rien.

Le petit déjeuner terminé, Matt n'était toujours pas rentré. Je me retirai au salon, où mon attente se fit extrêmement éprouvante. Je voulais reparler avec Abigail Pilcher, mais je ne voulais pas le faire sans Matt. Toutefois, s'il ne rentrait pas bientôt, j'irais seule.

Je me dis soudain qu'il était peut-être allé la voir sans moi pour échapper à mes remontrances. Cette hypothèse était plus démoralisante que d'imaginer qu'il était allé parler à Lord Cox, si bien que je résolus de me montrer plus aimable aujourd'hui, et de ne pas même évoquer la situation de Patience.

Mais cette résolution n'incluait pas Miss Glass. Elle me rejoignit au salon en milieu de matinée et installa son écritoire de voyage sur ses genoux.

— C'est vraiment terrible, ce qui arrive à Patience, dis-je pour entamer la conversation.

— Oui, c'est affreux.

— Pensez-vous que Lord Cox se laissera convaincre de revenir sur sa décision ?

Elle sortit une lettre de l'écritoire et percha ses lunettes au bout de son nez.

— Non. Mon frère dit qu'il est bien trop fier.

— Lord Rycroft a-t-il au moins tenté de lui parler ?

— Il lui a écrit une lettre.

— Une lettre, cela ne suffit pas. Il doit y aller en personne et s'efforcer de le faire changer d'avis.

Elle soupira et reposa sa lettre.

— Richard n'est pas du genre à supplier.

— Pas même pour le bien de sa fille ? Pour le bien de toutes ses filles, d'ailleurs.

— Pas s'il existe une autre issue plus attrayante.

Elle parlait d'un mariage entre Matt et Patience. À en juger par le regard compatissant que Miss Glass eut pour moi, elle devait présumer que c'était la solution que Matt choisirait. Je n'avais aucun intérêt à la contredire. C'était à Matt de le lui dire, et il était clair qu'il ne l'avait pas fait.

Avec un soupir, Miss Glass posa sur le côté son écritoire et vint s'asseoir à côté de moi sur le sofa.

— Je sais bien que ce n'est pas ce que vous voulez, India, et lui non plus, mais c'est comme ça, il n'a pas le choix. Matthew a des devoirs. Il n'est pas libre. Il doit faire le bon choix pour sa famille, pour sa lignée. Comprenez-vous cela ?

— Nous avons déjà eu cette conversation.

Je détournai le regard pour cacher les larmes brûlantes qui me montaient aux yeux.

— Mais comprenez-vous cela ?

— Oui.

— Tant mieux. Matthew le comprend aussi.

Je me retournai brusquement vers elle.

— Vraiment ?

— Il l'a dit hier à Richard, droit dans les yeux.

Son expression s'adoucit et les rides qui encadraient ses yeux et sa bouche s'estompèrent.

— Si vous l'aimez, il faut renoncer à lui, India.

J'ouvris la bouche, avant de la refermer aussitôt. Je ne savais pas vraiment ce que je m'apprêtais à dire. Je savais seulement qu'il me fallait protester. Mais mon esprit fut pris d'un engourdissement subit, empêchant les mots de prendre forme.

— Il ne sera jamais heureux avec vous s'il sait qu'il aurait pu sauver Patience, mais qu'il ne l'a pas fait, poursuivit-elle. Elle et ses deux sœurs, d'ailleurs. Ne l'oubliez pas. Elles comptent toutes les trois sur lui.

— Vous faites peser une trop grande pression sur ses épaules.

— Il a les épaules larges.

— Oui, répondis-je d'une voix que je trouvai un peu niaise.

— S'il ne les secourt pas, il s'en voudra toute sa vie, reprit Miss Glass. Vous le savez, n'est-ce pas ?

J'aurais dû lui dire qu'il y avait forcément une autre solution, et que nous avions le devoir de la trouver pour libérer Matt de ses obligations. Mais j'avais passé la majeure partie de la nuit à chercher cette autre solution, sans succès. À moins que Matt ne rende visite à Lord Cox et ne trouve le moyen de le convaincre de passer outre sa répugnance pour l'inconduite de Patience, je ne voyais aucune issue. En outre, je soupçonnais Miss Glass d'être plutôt favorable à un mariage entre sa nièce et son neveu. Patience était un parti plus avantageux que moi.

— Ce n'est pas une union si mal assortie, dit Miss Glass, comme si elle avait lu dans mes pensées. Elle ferait une épouse convenable. Elle est douce et réservée, et elle saura diriger du personnel, organiser des réceptions et l'épauler dans sa carrière. Elle sera un atout indéniable pour lui.

La contrepartie implicite étant que moi, je n'aurais fait que le rabaisser à mon niveau. Je détournai le regard. Il m'était insupportable de lire dans ses yeux ce sous-entendu mêlé d'un peu de pitié pour moi. Elle n'était pas dénuée de compassion, mais cette compassion n'était pas suffisante pour encourager un mariage entre Matt et moi.

Elle reprit son écritoire de voyage et l'installa sur ses genoux.

— Ma belle-sœur a gagné. Elle avait l'air très contente d'elle-même en repartant, hier soir.

Elle fit entendre un claquement de langue désapprobateur.

— Je me demande si ses préparatifs sont déjà bien avancés. Cela ne m'étonnerait pas qu'elle fasse imprimer de nouvelles invitations avant la fin de la semaine. Inutile de changer la date, après tout.

Je laissai échapper un cri de surprise avec lequel je m'étranglai, et de nouvelles larmes brûlantes me montèrent aux yeux. Je me levai d'un bond, et je lui aurais fait mes excuses si j'avais été capable de parler sans que ma voix tremble.

Mais une fois arrivée à la porte, je m'arrêtai net. Bristow était en train d'escorter les trois jeunes sœurs Glass dans l'escalier qui montait au salon. De toutes les personnes que je n'avais aucune envie de voir en ce moment, elles étaient au sommet de ma liste. Le seul côté positif, c'était qu'elles étaient venues seules, sans leur mère.

Je retournai m'asseoir. Il était hors de question que je leur montre combien j'étais affectée par la perspective du mariage de Matt et Patience. Je ne voulais pas donner ce plaisir à Hope.

Elles entrèrent au salon l'une après l'autre avec, à leur tête, Hope, la plus jeune. Elle était suivie de Charity et, pour finir, de l'aînée, Patience. Hope et Patience saluèrent leur tante d'un bref baiser, mais osaient à peine me regarder. Cela pouvait peut-être se comprendre, étant donné la situation infamante de Patience et les récentes tentatives de Hope pour dérober la montre de Matt et le prendre au piège dans une position compromettante. Des trois sœurs, Hope était la plus jolie et la plus intelligente, mais ces qualités l'avaient rendue diaboliquement précoce. Sa tante ne l'appréciait guère et, malgré tous mes efforts pour me montrer charitable, moi non plus.

Charity, la cadette, semblait peu se soucier de ma présence. Elle était bien trop occupée à rôder près de la porte en épiant les environs. Il était évident qu'elle cherchait Cyclope, dont elle s'était entichée.

— Notre cousin est-il là ? demanda Hope à Miss Glass. Ma sœur voudrait lui parler.

Patience était assise, les pieds serrés et les mains sur les genoux. Elle baissa la tête, plus modeste et respectable que jamais. Il était presque impossible de l'imaginer cédant aux avances d'un homme, et encore moins celles d'un scélérat.

— Il est sorti, dit Miss Glass. De quoi voulais-tu lui parler, Patience ?

— De... d'une affaire personnelle, bredouilla Patience.

— Parle plus fort, petite, je n'ai rien entendu.

— Une affaire personnelle à propos de...

Elle piqua un fard et baissa encore davantage la tête.

— À propos d'un accord conclu entre eux, dit Charity en s'asseyant enfin. Allons, Patience, tu peux bien le dire. Elle ne va pas t'agresser.

Hope pinça les lèvres, mais sans parvenir à réprimer complètement son ricanement. Ce n'est qu'à ce moment-là que je réalisai que c'était de moi que parlait Charity.

— Je... je ne suis même pas sûre qu'un accord ait été conclu, dit Patience.

— Bien sûr que si, dit Hope. Maman l'a dit clairement hier soir.

— Je préférerais que Matt me le confirme lui-même, pour être sûre qu'il n'y a pas eu de malentendu. Cela me paraît... improbable.

Elle me regarda en clignant de ses yeux rouges et gonflés.

Sentant mon cœur se serrer, je détournai le regard. Je ne voulais pas éprouver de compassion pour elle, mais je ne pouvais m'en empêcher. Comme moi, son fiancé l'avait abandonnée brutalement sans se soucier une seule seconde de ce qu'elle deviendrait. C'était cruel, et je ne pouvais pas lui en vouloir de se raccrocher à la planche de salut qui se présentait à elle.

Patience s'éclaircit la gorge.

— Y a-t-il un accord conclu entre vous et Matt, India ?

J'agrippai le rebord du sofa en plantant mes ongles dans la garniture. Le silence de mort qui nous enveloppait me faisait suffoquer. J'avais du mal à inspirer à fond.

— Nous ne sommes pas fiancés, parvins-je à articuler.

Le silence fit place à un soupir de soulagement collectif.

— Et voilà ! déclara Hope. Tu vois bien : il est libre de t'épouser, Patience. Tout s'arrange.

Patience se mordilla l'intérieur de la joue.

— Ma foi... Si vous en êtes sûre, India.

— Évidemment, elle en est sûre, la coupa Miss Glass avec hauteur. Matthew est un Glass, et l'héritier du titre des Rycroft. Il est temps pour lui de se marier, et avec quelqu'un de sa condition. Tu es un bon parti, Patience. Ne laisse jamais personne te persuader du contraire.

Elle accompagna ces mots d'un regard mauvais en direction de Hope.

— India n'est absolument pas un choix convenable pour Matthew. Ils le savent tous les deux. Tu n'as aucun souci à te faire de ce côté.

— C'est aussi ce que dit notre mère, répondit Patience. Mais je voulais d'abord en être certaine. Si vous me confirmez qu'il n'y a rien entre vous, India, je serai rassurée.

— Elle vient de te dire qu'ils n'étaient pas fiancés, s'emporta Charity en levant les mains au ciel. Enfin, Patience, puisqu'on te promet qu'il va t'épouser ! Oublie ce Cox sans intérêt. Matt est un bien meilleur candidat.

Patience acquiesça timidement.

— Je sais. Ce serait un honneur d'être sa femme.

Elle sourit, mais son sourire disparut dès qu'elle se tourna vers moi, et elle baissa à nouveau la tête.

— Puisque Patience est désormais promise à Matt, dit Hope avec un mouvement du menton, il ne me semble pas convenable que vous restiez vivre ici, India. J'espère que vous comprenez. Nous n'avons rien contre vous. Vous avez l'air aimable, et aussi dévouée qu'un animal de compagnie, mais ce serait contraire à la bienséance.

J'aurais tant voulu que mes jambes aient eu la force de me

soutenir jusqu'à la porte. J'aurais vraiment dû sortir. Ou mieux encore : j'aurais voulu avoir assez d'aplomb pour la faire jeter dehors.

— India restera ici, dit sèchement Miss Glass. Elle est ma dame de compagnie.

— Mais, Tante Letitia...

Avec sa voix enjôleuse et ses grands yeux, Hope implorait à merveille. Je me dis que cette stratégie devait être redoutablement efficace sur ses parents et ses soupirants.

— Vous ne pouvez ignorer combien il serait déplacé de la garder. Pensez à Patience.

— Arrête, Hope, dit Patience au prix d'un grand effort. Cela ne me dérange pas qu'elle reste. Sincèrement.

— Tais-toi, Patience. Tu ne sais pas ce qui est bon pour toi.

Les narines de Miss Glass se dilatèrent et son dos se raidit.

— India n'ira nulle part, un point c'est tout.

Hope renifla d'un air hautain.

— Nous verrons ce qu'en dira Père.

Cyclope arriva alors par hasard et, en apercevant nos visiteuses, il s'arrêta net. Il resta un long moment immobile, comme si, ne sachant pas s'il valait mieux rester ou s'en aller, il avait décidé de ne rien faire du tout. Ses bonnes manières finirent par l'emporter, et il salua poliment les sœurs Glass.

Charity bondit hors de sa chaise et lui prit le bras. Elle le traîna à travers la pièce et, l'ayant fait asseoir sur le sofa, elle s'inséra entre Cyclope et Patience en forçant sa sœur à se décaler. Cyclope se recroquevilla dans le coin, occupant étonnamment peu de place pour un homme de sa carrure.

— Je suis si heureuse que vous soyez là, s'extasia Charity. J'ai désespérément besoin de votre compagnie aujourd'hui.

— Ah bon ?

Il chercha mon regard par-dessus sa tête. Je me contentai de hausser une épaule.

— Ils sont tous si insipides, murmura-t-elle.

Hope leva les yeux au ciel.

— Tout le monde t'entend.

Cyclope se racla la gorge.

— Je ferais mieux de partir.

— Non !

Charity se cramponna à nouveau à son bras et se serra contre lui.

— Restez donc encore un peu. Bavardez avec moi. Parlez-moi de vous. Vous devez avoir une vie passionnante.

Il s'écarta d'elle et, de son œil unique, posa sur elle un regard ahuri.

— Pas si passionnante que ça.

— Je suis sûre que si ! Vous qui ressemblez à un pirate, ne me dites pas que vous passez toutes vos journées enfermé à lire des livres.

Elle fit la grimace.

— Ce serait horriblement décevant.

— À vrai dire, je ne fais que ça, dit-il en se raclant la gorge. Je m'installe dans la bibliothèque de Matt, et je lis. Je lis tout ce qui me passe sous la main. J'ai horreur de sortir.

Elle se recula. Sentant qu'il avait une chance de s'échapper, Cyclope continua sur sa lancée.

— C'est bien trop... sale, dehors. Et il y a trop d'air frais. Je préfère le renfermé et la propreté.

— Mais cette balafre...

— Un accident dans ma petite enfance. Ma mère m'a fait tomber quand je n'étais encore qu'un bébé.

Je me mordis la lèvre pour m'empêcher de sourire.

— Et votre carrure, insista Charity en lui tâtant l'épaule avec un gloussement. Vous êtes si grand et fort. Je parie que vous êtes un féroce combattant.

— Charity ! s'indigna Patience. Un peu de tenue !

— Pourquoi ? rétorqua Charity à sa sœur aînée. Tu n'en as pas eu beaucoup, toi, de la tenue.

Patience devint toute rouge garda les yeux fixés sur ses mains croisées.

— Je ne suis pas si fort que ça, dit Cyclope. En fait, je suis un lâche. Je déteste me battre. Ça fait mal. Et avec ma stature, je fais peur aux gens sans le faire exprès. Savez-vous ce qu'on ressent lorsqu'on prend sa petite nièce dans ses bras et qu'elle se met à pleurer ? J'ai beau lui faire toutes les risettes possibles, impossible de la faire s'arrêter. Ça me brise le cœur, conclut-il en posant une main sur son torse. Je suis très sensible. Trop sensible, à en croire certains. Et je pleure, aussi. Très souvent.

Je faisais tout mon possible pour contenir mon hilarité, mais elle finit par m'échapper sous la forme d'un hoquet étranglé. Ce pauvre Cyclope se démenait, mais Charity semblait plus exaltée que jamais. Pour toute réaction en apprenant qu'il pleurait, elle se mit à faire de petits bruits de lèvres et à lui parler en babillant comme s'il était un jeune enfant.

Elle se rapprocha encore de lui, pressant sa jupe contre sa cuisse.

— Vous n'aimez pas vous battre à mains nues, mais qu'en est-il des combats au couteau ? En avez-vous un sur vous ? Combien mesure-t-il ? Puis-je le voir ?

Ses questions fusaient comme des balles, forçant Cyclope à se pencher un peu plus en arrière à chacune d'entre elles. Le pauvre homme avait besoin qu'on vole à son secours, et je ne demandais qu'à m'éclipser, moi aussi.

— Veuillez m'excuser, dis-je alors, mais je viens de me rappeler que j'avais quelque chose à faire dans la bibliothèque. Cyclope... ?

— Je serais ravi de vous aider ! Vous savez que j'adore les bibliothèques et les livres, India. J'y passe le plus clair de mon temps.

Il s'extirpa des griffes de Charity et me suivit au-dehors.

— Merci, murmura-t-il. J'ai bien cru y rester coincé jusqu'à la fin de la matinée.

— Ah bon ? dis-je d'un air innocent. Vous ne souhaitez pas être l'objet de l'affection de Charity Glass ?

— Elle me fait peur. Comment peut-on être si obsédé par les couteaux ?

— Cela aurait pu être pire. Elle aurait pu vous demander de lui parler de pistolets.

— Si elle me demande ça la prochaine fois, je la colle face à Willie. Elles devraient s'entendre.

— Peut-être même un peu trop bien, dis-je. Il serait sans doute plus prudent de les tenir séparées. Si nous laissons Willie et Charity écumer la ville ensemble, cela risque de très mal finir.

Il pouffa de rire et je lui serrai le bras, sentant une partie de la tension qui pesait sur moi s'envoler.

Mais mon réconfort fut de courte durée. Dès que je repensais à la visite des sœurs Glass, mon cœur se serrait un peu plus. Tout le monde semblait tenir pour acquis que Matt épouserait Patience, comme si toute la famille avait décidé que c'était une affaire conclue qui ne souffrait plus aucune discussion. Même Patience l'avait accepté, troquant un fiancé pour un autre comme s'ils étaient aussi interchangeables que des chapeaux. Miss Glass, autrefois farouchement opposée à ce que Matt épouse l'une de ses cousines, trouvait à présent que Patience ferait une bonne épouse. Je me sentais complètement abandonnée, bien que Matt m'ait assuré qu'il n'avait pas consenti à cette union. Combien de temps tiendrait-il face aux assauts répétés de sa famille ? Et combien de temps tiendrait-il face à ceux de sa conscience ?

C'était là ce qui m'inquiétait le plus. S'il finissait par se persuader que c'était une bonne idée, ce serait à force de remords. Je savais mieux que quiconque combien Matt pouvait être chevaleresque lorsqu'il se croyait coupable.

Il revint, mais refusa de nous dire où il était allé, prétendant seulement avoir eu une affaire à régler. Ses cachotteries me mirent les nerfs encore plus à fleur de peau.

Il utilisa sa montre mais refusa de se reposer, même s'il s'était retenu plusieurs fois de bâiller pendant le repas.

— Nous avons du travail. Êtes-vous prête, India ?

Je ne voulais pas rester seule en voiture avec lui, mais je n'avais pas le choix. Il ne demanda pas aux autres de nous accompagner. Sans surprise, la conversation prit une direction indésirable, mais prévisible.

— Bristow m'a informé que mes cousines étaient passées ce matin, et que vous les avez reçues, vous et Tante Letitia.

— Cyclope s'est brièvement joint à nous aussi, lui dis-je. C'était plutôt amusant, de le voir essayer d'échapper à Charity. Elle ne renonce pas facilement.

— Ce qu'a fait Cyclope ne m'intéresse pas, dit-il, l'air sombre. Je veux savoir pourquoi mes cousines sont venues.

— Demandez à votre tante. Je préfère ne pas en parler.

— Je l'évite pour le moment, comme j'évite le reste de ma famille. Ils n'ont rien à me dire que je sois disposé à entendre.

— Dans ce cas, mieux vaut ne pas me demander l'objet de leur visite.

Il m'observa quelques instants.

— Ont-elles dit quelque chose qui vous a blessée ?

Je croisai les bras, bien décidée à ne pas en parler. À moins que la situation ne change, cela ne servait à rien. Cela ne me ferait souffrir que davantage, et j'étais déjà trop près de pleurer.

— India, susurra-t-il, rien de ce que dira ma famille ne pourrait me convaincre d'en épouser une autre que vous.

Une boule se forma dans ma gorge. Je me tournai vers la vitre.

— Pas même si ma vie en dépendait.

Mais si c'était sa vie *à elle* qui en dépendait ? aurais-je voulu répondre, mais je ne dis rien. Épouser Matt n'était peut-être pas une question de vie ou de mort pour Patience, mais il était indéniable que son avenir en dépendait, de même que celui de ses sœurs. Et aux yeux de tous les autres, le seul obstacle à leur union, c'était moi.

Cette réflexion me fit l'effet d'un seau d'eau froide.

— India...

— Concentrons-nous sur la tâche qui nous attend, le coupai-je. Parler d'autre chose n'apportera rien de bon.

Il soupira et se redressa sur son siège.

— Du moment que vous connaissez mes sentiments en la matière.

— Je les connais, oui.

La voiture prit un virage un peu serré et je me retrouvai soudain face à face avec lui, ses mains appuyées de part et d'autre de moi sur le siège. Il frôla mes lèvres avec les siennes, puis se recula en me décochant l'un de ses sourires presque enfantins.

— Toutes mes excuses, dit-il en se rasseyant en face de moi. J'ai perdu l'équilibre.

Le cahot du virage aurait dû le projeter sur le côté, pas vers l'avant. Mais son sourire et l'étincelle qui éclairait momentanément ses yeux las me firent sourire aussi.

— Voilà qui est mieux, dit-il. J'aime quand je vous fais rougir.

— Il fait très chaud, ici.

Son sourire se fit plus malicieux.

— Je ne vous le fais pas dire.

Heureusement – ou malheureusement, peut-être – nous n'avions pas un long trajet à faire jusqu'à Oxford Street. Nous aurions pu y aller à pied, mais la voiture était déjà attelée puisque Matt était sorti auparavant, et une bruine incessante rendait la marche désagréable. Il nous fallut encore payer le responsable d'Abigail Pilcher pour qu'il l'autorise à quitter l'atelier pour venir nous parler. En raison de la pluie, nous restâmes dans la cage d'escalier au lieu de sortir de la boutique. Le bourdonnement des machines à coudre servait de bruit de fond à notre discussion, sans toutefois être assez fort pour nous obliger à élever la voix.

— Nous avons des raisons de croire qu'il y a une magicienne au couvent, lui dit Matt. Savez-vous s'il y en avait une autre là-bas, à part vous ?

Elle croisa les bras, plus pour s'étreindre elle-même que dans une attitude de défi.

— Non.

— Une magicienne du bois, précisai-je.

Elle secoua la tête.

— Vous n'avez jamais senti de chaleur magique émanant de l'un des crucifix ? demandai-je.

Elle se remit à secouer la tête.

— Ce serait de la folie de faire de la magie au couvent. Êtes-vous sûre d'avoir senti sa chaleur, Miss Steele ?

— Je n'ai rien senti du tout. Ce n'était qu'une théorie.

— Votre théorie est fausse, alors. Je n'ai jamais senti de magie là-bas, et il faudrait être fou pour s'en servir dans un endroit où les magiciens seraient accusés d'être des suppôts du démon, et pire encore.

Nous la remerciâmes et ressortîmes pour rejoindre la voiture, qui nous attendait dehors.

— Pensez-vous qu'elle mente ? demandai-je à Matt.

— Et vous, qu'en pensez-vous ?

— Non. Si.

Je montai dans la voiture en soupirant.

— Je n'en sais rien.

— Je pense qu'elle nous cache quelque chose. La question, c'est : pourquoi ?

Après une courte hésitation, il ordonna au cocher de nous conduire à l'église Sainte Marie, à Chelsea.

— Vous voulez retourner parler au Père Antonio ? m'étonnai-je tandis qu'il s'installait sur la banquette en face de moi.

— Je veux lui demander s'il croit à la magie.

Je penchai légèrement la tête sur le côté.

— Pensez-vous que ce soit lui, le magicien ? Pourquoi ?

— Si Abigail nous cache quelque chose, c'est peut-être parce qu'elle protège le magicien. Et qui est-ce qui compte, ou comptait, pour elle ?

— Le Père Antonio ? Pensez-vous qu'elle ait toujours des sentiments pour lui, après tout ce temps ?

— Je l'ignore, mais elle en a eu autrefois, assez pour être avec lui, et il est le père de son fils. Même si elle n'est pas amoureuse de lui, elle veut peut-être tout de même lui éviter d'être associé à la magie. Cela pourrait gâcher sa vie.

— Je vois. Vous avez peut-être raison. Cela mérite certainement que l'on s'y intéresse.

Matt étouffa un bâillement et ses paupières se fermèrent à moitié.

— Utilisez votre montre, dis-je en fermant les rideaux. Ensuite, reposez-vous pendant que nous roulons.

À ma grande surprise, il m'obéit sans protester. Le fait qu'il ait accepté si facilement ne faisait que prouver combien il était exténué.

Je le regardai pendant qu'il se reposait, ses traits se détendant un peu plus à chaque seconde, jusqu'à ce qu'il s'endorme. Ses paupières sombres étaient marbrées de veines violacées tandis que le reste de son visage arborait la pâleur d'une longue maladie. Nous n'aurions pas dû quitter la maison alors qu'il venait à peine de rentrer après sa mystérieuse sortie. Je résolus de ne pas laisser la conversation avec le Père Antonio s'éterniser, et de ramener Matt chez lui dès que possible.

Heureusement, le Père Antonio était au presbytère, en train de préparer son sermon du dimanche. Il n'avait pas l'air content de nous voir, mais il se força à sourire par politesse.

— Je vais dire à mon intendante de vous apporter du thé.

— Nous ne sommes pas là pour prendre le thé, dis-je. Nous n'avons qu'une ou deux questions, et nous vous aimerions avoir une réponse honnête.

Matt me regarda en levant un sourcil interrogateur.

— Nous sommes pressés, expliquai-je à son intention tout autant qu'à celle du prêtre.

— Oui, bien sûr, dit le Père Antonio. Je vous répondrai aussi honnêtement que possible, naturellement, mais je ne dispose d'aucune information qui puisse vous servir.

Matt fit entendre un discret grognement et appuya le bout de ses doigts sur son cœur. Son visage pâlit encore davantage.

— Matt ? m'inquiétai-je. Que vous arrive-t-il ?

— Rien, répondit-il en laissant retomber son bras le long de son corps. Je vais bien.

— Avez-vous besoin de respirer des sels ? demanda le prêtre.

Matt refusa d'un geste et lui sourit pour le rassurer. Pour ma part, j'étais tout sauf rassurée. Je l'observai attentivement. Ses lèvres étaient toujours aussi blanches, et pincées comme s'il avait mal. Avait-il à nouveau besoin de sa montre ? Pourquoi semblait-il souffrir, cette fois, au lieu d'être simplement fatigué ? Je n'aimais pas cela.

— Nous ferions mieux de partir, dis-je.

Il me saisit la main.

— Nous avons des questions à poser au Père Antonio.

— Alors asseyez-vous, je vous en prie, dit le Père Antonio.

Matt s'assit, puis il me fit les gros yeux jusqu'à ce que j'en fasse autant. Je serrai mon réticule contre moi, prête à bondir à tout moment pour sortir sa montre de sa poche intérieure et la lui placer au creux de la main. Cela m'était égal que le Père Antonio le voie.

— Qui a fabriqué le crucifix qui est dans la salle de réunion derrière l'école ? demanda Matt.

Le prêtre le regarda, interloqué.

— Je ne sais pas. Pourquoi ?

— Est-ce vous ?

— Non, Mr Glass. Pourquoi me posez-vous cette drôle de question ?

— Est-ce l'une des religieuses ?

— Je ne sais pas. Il est là depuis des années. Il était là avant mon arrivée.

— Ce bâtiment ne date que de quelques années, et vous y êtes depuis au moins vingt-sept ans, rétorqua Matt. Alors par qui a-t-il été fabriqué ?

— Je vous l'ai dit, je n'en sais rien. Le bâtiment a été construit et quelqu'un l'a installé là peu après. Je n'en sais pas plus. Je vous repose la question : pourquoi ?

Les doigts de Matt, qui étaient posés sur ses genoux, se crispèrent. Ses paupières se baissèrent un instant, puis il rouvrit les yeux.

— Que savez-vous de la magie ?

Le prêtre blêmit.

— Seulement ce qu'on lit dans les journaux depuis quelques jours. Je n'y crois pas, bien entendu. Ce sont des histoires à dormir debout.

Je ne détectai aucun mensonge, mais j'étais un peu distraite par Matt, ce qui m'empêchait de me concentrer pleinement sur le prêtre.

— Pourquoi me posez-vous une question aussi absurde ? Ne me dites pas que vous croyez à la magie, Mr Glass. Vous êtes un homme instruit et intelligent. La magie... c'est une fable pour les enfants. Et maintenant, si vous voulez bien m'excuser, j'ai du travail.

Matt se frotta la mâchoire et inspira brusquement avant d'expirer lentement.

— Matt ? l'interpellai-je. Votre montre ?

Il fit non de la tête.

— Père Antonio, vous devez bien savoir quelque chose au sujet de la disparition de Mère Alfreda et de celle des bébés. Il y a *forcément* ici quelqu'un qui sait quelque chose.

Le prêtre croisa les mains entre ses genoux.

— C'est du harcèlement. Je croyais que le commissaire allait vous parler.

— Il l'a fait, dis-je. Mais il sait qu'il est essentiel que nous élucidions ce mystère. Et maintenant, je vous prie de répondre à Mr Glass. Que savez-vous ?

Le Père Antonio secoua la tête.

— Je n'ai rien à vous dire.

— Ah, vraiment ? m'emportai-je. Est-ce parce que vous ne savez rien, ou parce que vous ne voulez rien nous dire ?

— Je ne vous permets pas ! Miss Steele, Mr Glass, je vais être obligé de vous demander de partir.

Il se leva et nous montra la porte.

Matt prit une nouvelle inspiration brusque et serra les deux poings. La douleur était revenue. Il fallait partir, et vite.

— Matt, insistai-je. Allons-y.

— Pas tout de suite.

Il desserra les poings.

Puisqu'il refusait de partir sans avoir obtenu de réponses, il fallait absolument que nous en ayons sans tarder. Et je ne voyais qu'une façon d'y parvenir.

— Mon Père, dis-je, quelqu'un a-t-il avoué en confession avoir assassiné Mère Alfreda ?

— Assassiné !

— Oui.

— Je ne pensais pas que vous seriez si directe, India, me souffla Matt.

— Nous n'avons pas le temps de tourner autour du pot. Eh bien, mon Père ? Quelqu'un vous l'a-t-il avoué ?

Le Père Antonio se rassit pesamment.

— Les confessions sont confidentielles, dit-il simplement. Je ne trahirai pas cette confiance.

De mon point de vue, cela équivalait à un oui. Je n'avais donc pas d'autre choix que de me servir de la dernière arme dont je disposais.

— Très bien, dis-je. Si vous ne nous dites pas ce qui vous a été confessé sur la disparition des bébés et de celle de Mère Alfreda, nous écrirons à votre évêque pour lui raconter votre inconduite avec Abigail Pilcher du temps où elle était religieuse ici. Comprenez-vous ce que je suis en train de vous dire ?

J'avais un peu honte de recourir à un tel chantage, mais je n'avais pas le choix. Matt voulait des réponses avant de partir, et c'était la façon la plus rapide de les obtenir. C'était même la seule façon.

Matt ne protestant pas, j'en conclus qu'il approuvait mon approche.

— Mais enfin, c'est... ! Vous ne pouvez pas... !

Le Père Antonio bafouilla quelques mots incohérents et se fit plus petit sur sa chaise.

— Vous êtes une femme insensible et une mauvaise chrétienne, bougonna-t-il.

— Et vous, vous êtes le père d'un jeune homme de vingt-sept ans, répliquai-je. Il a une bonne situation, maintenant. Vous arrive-t-il de vous demander ce qu'il est devenu ?

Le rouge lui monta au visage et il détourna le regard.

— Dites-nous seulement ce que vous savez, l'implorai-je.

— Je ne peux pas. J'ai déjà enfreint l'un de mes vœux avec Abigail, et je...

Il s'interrompit soudain.

— Je ne peux pas en enfreindre un autre, après toutes ces années. Je refuse. Mais il y a une chose que je peux vous dire, une chose que j'ai remarquée à cette époque. Le secret de la confession ne m'interdit pas de vous en parler.

— De quoi s'agit-il ? demandai-je, le souffle court.

Matt s'avança sur sa chaise. Dieu merci, il avait l'air d'aller un peu mieux.

— Il se trouve que j'étais sur le terrain du couvent la nuit où Mère Alfreda a disparu.

Le Père Antonio rougit, et je devinai que la raison de sa présence sur les lieux était un rendez-vous secret avec Abigail.

— J'étais dans la petite forêt qui est derrière, quand j'ai vu passer l'une des sœurs. Elle marchait vers les bois en portant une bêche et un coffre.

Avec ses mains, il indiqua une taille approximative de deux pieds sur deux.

— Elle en est ressortie un peu plus tard sans le coffre. Pris de curiosité, je suis allé voir, mais je ne l'ai pas trouvé.

— Qui était la religieuse ? demandai-je.

— Je n'ai pas vu son visage.

— Avez-vous vu de la terre fraîchement retournée lors de votre inspection ? demanda Matt.

— Non, mais il faisait nuit. Je n'y suis jamais retourné pour chercher à la lumière du jour.

— Pouvez-vous nous montrer à quel endroit de la forêt ? demandai-je.

— Non. La forêt est toujours là, mais elle a été partiellement déboisée afin de libérer de l'espace pour les élèves de l'école. Je vous déconseille d'aller y fureter par vous-mêmes. Cela pourrait éveiller les soupçons.

J'échangeai un regard avec Matt en m'efforçant de ne pas laisser voir mon sentiment de triomphe. L'inquiétude du Père Antonio signifiait que la personne qu'il soupçonnait d'avoir transporté ce coffre – celle qui avait avoué en confession être mêlée à la disparition de Mère Alfreda – vivait toujours au couvent.

— Merci, mon Père, dit Matt en se levant. Nous sommes désolés de vous avoir mis dans cette situation.

— Mais c'était nécessaire pour sauver une vie, ajoutai-je.

Le Père Antonio n'avait pas l'air de me croire, mais cela m'était égal. Nous avions une piste, même si, comme je le confiai à Matt sur le chemin du retour, je ne savais pas trop quoi faire de cette nouvelle information.

— Nous devons aller inspecter les bois, bien sûr, dit-il.

— Nous ne pouvons pas retourner toute la zone sans éveiller les soupçons.

— Il faudra bien essayer. Nous commencerons dès ce soir. À nous trois, Duc, Cyclope et moi devrions réussir à couvrir assez de terrain.

— Vous n'irez nulle part. Vous avez besoin de vous reposer.

— Ne commencez pas, India.

— Que vous est-il arrivé, tout à l'heure ? Vous aviez l'air de souffrir.

Il haussa une épaule.

— C'est passé.

— Mais...

— Je vais très bien. N'en parlez pas aux autres. Je ne veux pas qu'ils s'inquiètent.

— Si vous allez bien, ils n'ont aucune raison de s'inquiéter, n'est-ce pas ?

Il eut un regard exaspéré mais ne répliqua pas, et le reste du retour à Mayfair se fit en silence. Il monta dans sa chambre sans que j'aie à le lui dire, et il n'en sortit plus de tout l'après-midi.

J'avais oublié que les autres étaient au couvent pour aider aux réparations et observer ce qui s'y passait. Malheureusement, à leur retour en fin d'après-midi, ils n'avaient aucun élément nouveau. Ils me trouvèrent dans le salon, occupée à jouer aux cartes avec Miss Glass. Nous n'avions presque pas échangé un mot, ce qui était sans doute plus prudent que d'aborder des sujets délicats. Néanmoins, je fus soulagée de voir entrer Willie, Duc et Cyclope.

— Avez-vous appris quelque chose ? leur demandai-je.

Willie se laissa tomber dans un fauteuil et soupira.

— Rien, à part que je déteste planter des clous.

— Et vous deux, qu'avez-vous découvert ? demanda Cyclope.

Je leur répétai ce que nous avait dit le Père Antonio, mais sans préciser comment nous lui avions soutiré cette information. Je m'en voulais encore d'avoir usé de cette méthode.

— Où est Matt ? demanda Willie.

— Il se repose.

— Il se repose depuis longtemps, commenta Miss Glass en regardant l'horloge.

Mon cœur parut sur le point de s'arrêter. Il avait passé plus de temps que d'habitude à se reposer.

— Je vais voir comment il va, dis-je d'un air aussi calme que possible. Et je demanderai à Bristow d'apporter du thé.

Je me levai et, heureusement, personne ne me suivit. Je ne voulais pas les inquiéter. Pas encore. Je me précipitai jusqu'à la chambre de Matt et toquai doucement. Pas de réponse. Le cœur au bord des lèvres, je poussai la porte et passai la tête pour jeter un coup d'œil à l'intérieur. Il était étendu sur le dos par-dessus les couvertures, les yeux fermés. Sa poitrine ne bougeait pas.

Oh, mon Dieu.

La main tremblante, je touchai son visage.

Il était chaud. Vivant. Dieu merci. Maintenant que je m'étais approchée, je voyais sa poitrine qui se soulevait et s'abaissait, quoique lentement.

Soudain, ses yeux s'ouvrirent et je chancelai en arrière. Il me prit la main pour m'empêcher de tomber, ce qui m'obligea à rester près de lui.

— India, murmura-t-il en attirant ma main contre ses lèvres. India.

CHAPITRE 10

Je retirai vivement ma main et me reculai du lit.

— Vous avez dormi longtemps, dis-je. Je commençais à m'inquiéter.

Matt se redressa sur son lit et se frotta les yeux. Ses cheveux étaient délicieusement ébouriffés et ses yeux, lorsqu'il retira ses mains, étaient encore embués de sommeil. Il me fallut un énorme effort de volonté pour me retenir de m'approcher de lui et de l'entourer de mes bras.

— Quelle heure est-il ? demanda-t-il.

— Presque six heures.

— Déjà ?

Il se leva du lit et, avant que je ne réalise ce qu'il se passait, il prit mon visage entre ses mains. Il déposa un baiser sur mon front.

— Merci d'être venue vérifier que j'allais bien.

Il me lâcha et s'assit sur le lit pour mettre ses chaussures. Il semblait fort peu affecté par ce baiser, alors que tous mes nerfs étaient en émoi. C'était terriblement injuste.

— Comment vous sentez-vous ? lui demandai-je.

— Bien.

— La douleur est-elle revenue ?

— Je vais bien, India.

J'entendis très distinctement l'impatience dans sa voix. Il était temps pour moi de sortir.

— Je m'excuse de vous avoir réveillé, dis-je. Nous sommes tous au salon.

— India, attendez.

Il me rattrapa à la porte et nous partîmes ensemble.

— Je suis désolé si j'ai été trop sec. Je n'aime pas qu'on me traite comme un enfant.

— Je ne vous traite pas comme un enfant, Matt, je m'inquiète, c'est tout. Et le fait que vous refusiez d'en discuter avec moi ou de me laisser en parler aux autres n'arrange rien.

— Il n'y a rien à discuter. J'ai eu une douleur dans la poitrine, mais elle est passée. Cela n'a eu aucune conséquence. Ce long repos m'a fait du bien. Il y a longtemps que je ne m'étais pas senti aussi en forme.

Je le scrutai attentivement pour essayer de déterminer si c'était un mensonge ou non, mais il s'en aperçut et se mit à sourire.

— Avouez-le, India : en réalité, vous espériez me surprendre sans ma chemise. C'est pour ça que vous avez forcé ma porte.

— Je n'ai pas forcé votre porte, me défendis-je tout en m'éloignant dans le couloir. J'ai frappé d'abord. Et je sais ce que vous cherchez à faire, Matt. Vous cherchez à détourner mon attention pour que je ne vous pose pas de questions sur votre santé.

Nous croisâmes Miss Glass, qui avait commencé à monter l'escalier et eut l'air soulagée en voyant Matt.

— Je voulais monter voir comment tu allais, dit-elle. Mais je vois qu'India s'en est déjà chargée.

Matt plaça une main au bas de mon dos et me guida pour descendre les marches en même temps que sa tante.

— Elle s'occupe bien de moi, dit-il.

— India, auriez-vous un moment ? J'ai besoin de votre aide.

Je geignis intérieurement, mais laissai Matt continuer sans nous.

— India, il ne faut pas l'encourager, me réprimanda Miss Glass à voix basse. Il n'est pas convenable que vous entriez seule dans sa chambre, maintenant que Patience et lui sont pratiquement fiancés.

J'aurais eu un millier de choses à répondre à cela, mais j'optai pour la réponse la plus accommodante. Je ne voulais pas m'engager sur ce sujet embarrassant avec elle.

— Vous avez raison. C'était totalement déplacé. Dorénavant, je n'entrerai dans sa chambre que si sa vie est en danger.

Elle passa son bras autour du mien.

— Merci, India. Vous êtes vraiment une personne aimable et conciliante.

Par moments, j'aurais préféré ne pas l'être.

Nous rejoignîmes Matt au salon, où il était en train de lire un journal debout. À voir l'expression des autres, je compris qu'il contenait quelque chose qui n'allait pas me plaire.

— C'est le numéro de cette semaine de la *Gazette Hebdomadaire*, dit Duc, avec le dernier article de Barratt.

Matt abaissa le journal pour me permettre de le lire aussi. Heureusement, l'article ne contenait pas de surprises. Il occupait un quart de la page et soulignait essentiellement tout le bien que pouvaient faire les magiciens lorsqu'on le leur permettait : bâtir des maisons solides, créer des cartes aussi belles que fonctionnelles et, d'une manière générale, être des membres utiles, quoiqu'ordinaires, de la société. Le mot *ordinaires* avait été imprimé en gras ; Oscar rappelait ensuite que les magiciens pouvaient être nos amis ou nos voisins, mais qu'ils réprimaient leur nature véritable afin de vivre leur vie dans l'anonymat. Autrement, les guildes refuseraient leur adhésion pour protéger leurs membres qui n'étaient pas magiciens. Je trouvais que c'était un article modéré. Il aurait pu dire que les guildes persécutaient les magiciens.

Puis j'arrivai au dernier paragraphe. Oscar expliquait que les effets de la magie étaient temporaires, mais qu'ils pouvaient être prolongés en combinant la magie d'un magicien avec celle d'un magicien horloger. Il avait présenté cette idée comme une simple théorie, sans entrer dans le détail de toutes ses implications. Mais il en révélait tout de même trop à mon goût. Contrairement à l'article de Force dans *The City Review*, qui avait seulement fait allusion à la possibilité de prolonger la magie en évoquant l'expérience sur Wilson Sweet, l'article de Barratt ne laissait plus aucun doute sur ce point.

— Nom de nom ! jura Matt en abattant violemment le journal sur la table. Maudit Barratt.

— Il faut toujours qu'il aille trop loin, dit Cyclope en secouant la tête.

— C'est son boulot, dit Willie. Ce ne serait pas un bon journaliste s'il ne jetait pas de pavés dans la mare.

— Baliverne, dit Miss Glass en prenant à son tour le journal. Je ne vois pas pourquoi il ne pourrait pas écrire de jolis articles raisonnables qui ne provoquent personne. Je serais prête à les lire, moi. Comme beaucoup de gens. Il ne sert à rien de semer le trouble comme il le fait.

Elle laissa retomber le journal sur la table.

— Vraiment, ça ne sert à rien.

Willie leva les yeux au ciel, mais elle eut la sagesse de tenir sa langue.

— Alors, qu'est-ce qu'on fait ? demanda Duc. On va s'expliquer avec lui ? On lui dit de ne pas recommencer ?

— On lui demande d'écrire un démenti, ajouta Cyclope.

Willie, assise les jambes écartées comme un homme, se pencha en avant.

— C'est trop tard, le mal est fait. Il faut l'empêcher d'écrire d'autres articles, et le seul moyen pour ça, c'est de le menacer. Il faut lui faire peur.

Elle se frappa la poitrine.

— Laissez-moi m'en occuper. Je suis la seule qui ait assez de cran pour ça.

— La seule qui soit assez cinglée pour ça, plutôt, marmonna Duc.

— Willie ! se fâcha Miss Glass. Resserrez vos genoux. En dépit de votre accoutrement et de vos manières, vous n'êtes pas un cowboy. Et personne ne menacera qui que ce soit avec des armes. Il y a des méthodes non violentes à explorer avant. Je suggère que nous découvrions les secrets qu'il cache, et que nous le menacions de les révéler à ses proches. Et si nous ne trouvons rien de compromettant, nous pourrons toujours inventer quelque chose. Les journalistes font cela tous les jours. Il serait tout à fait légitime de le battre avec ses propres armes.

Tout le monde la dévisagea, interdit. Puis Willie sourit.

— Je vous apprécie de plus en plus, Letty.

— Puisqu'Oscar ne semble pas avoir beaucoup de proches, notre marge de manœuvre est très limitée, leur dis-je. Il n'a même pas l'air d'avoir d'affection particulière pour son frère. Mieux vaut continuer sur notre lancée et trouver Phineas Millroy. C'est ça, notre priorité. Ceci, ajoutai-je en indiquant le journal, est sans importance pour l'instant.

— Bien au contraire, protesta Matt. Barratt n'a certes pas cité votre nom, mais il est clair pour quiconque a lu l'article de Force et celui-ci que vous êtes une magicienne horlogère qui possède le pouvoir de prolonger la magie des autres. Tous les magiciens qui ont un jour souhaité que leur magie puisse durer plus longtemps viendront vous solliciter, à présent. Si l'article de Force a insinué qu'il existait une possibilité, celui de Barratt vient de dissiper tous les doutes.

— Pas *tous* les doutes. Sans compter que de parfaits inconnus ne sauront pas où me trouver. Et s'ils me trouvent malgré tout, je leur dirai de s'en aller.

Il me regarda d'un air sombre, mais il n'insista pas. Je le soupçonnais d'avoir encore des choses à dire sur le sujet, mais j'appréciais qu'il les garde pour lui. Il y avait déjà trop de tension entre nous, sur tous les plans.

Au cours du dîner, nous discutâmes de nos plans pour retourner au couvent le soir même. Matt refusait de rester se reposer à la maison. Je ne dis à personne que je comptais y aller aussi. J'attendrais que Miss Glass soit montée se coucher pour en informer les autres.

Nous étions sortis de table depuis peu de temps, quand Lord Rycroft se présenta, demandant à parler à Matt en privé. Il demanda même à sa sœur de les laisser seuls. Matt se retira au fumoir avec son oncle sans protester.

Je passai un quart d'heure au salon, attendant impatiemment le départ de Lord Rycroft. En entendant quelqu'un dans le vestibule, je passai la tête par la porte pour y jeter un coup d'œil. Bristow lui tendait son chapeau et son manteau. Il n'y avait aucun signe de Matt.

Lord Rycroft se retourna et me surprit qui l'épiais. Un sourire satisfait se dessina sur ses lèvres et un frisson glacé me courut dans le dos. Il s'enfonça son chapeau sur la tête en soufflant la fumée de son cigare dans ma direction.

— Adieu, Miss Steele. Je sais que ce n'est pas l'impression que vous devez avoir, mais je vous souhaite bonne chance pour l'avenir. J'espère que le dernier article de Mr Barratt ne vous causera pas trop d'ennuis.

Je restai quelque temps les yeux fixés sur la porte après son départ. *Adieu* ? Il ne me disait donc pas simplement *au revoir* ? Et pourquoi me souhaitait-il bonne chance ? On aurait dit qu'il s'attendait à ne jamais me revoir.

C'est alors que Matt, qui sortait du fumoir, m'aperçut et s'arrêta. Tous les bienfaits de sa longue sieste avaient disparu, le laissant à nouveau hagard et exténué. Son regard suivit le mien jusqu'à la porte d'entrée.

— Que vous a-t-il dit ? demanda-t-il.

— *Adieu*. Et vous, que vous a-t-il dit ?

Il hésita, avant de répondre :

— Il avait vu l'article de Barratt dans le journal de ce soir, et il voulait savoir si vous étiez une magicienne horlogère. Je lui ai dit que ça ne le regardait pas.

Ce n'était pas tout. Il y avait forcément autre chose. Le sourire de Lord Rycroft avait laissé entendre qu'il venait de gagner à un jeu, et la mine défaite de Matt me disait qu'il avait perdu.

— Qu'a-t-il dit d'autre ?

— Rien.

Il me poussa pour passer et attrapa son chapeau sur la patère.

— Où allez-vous ?

— Je sors.

— Pour aller où ?

— Me promener. J'ai besoin de prendre l'air.

Il avait parlé sans même me regarder. Il paraissait distrait, distant, et je savais qu'il était perdu dans ses pensées. J'aimais mieux voir Matt pensif qu'accablé, mais cela m'inquiétait tout de même. Qu'avait bien pu lui dire son oncle ?

— Vous devriez emmener quelqu'un avec vous. Je vais chercher Cyclope...

— Je veux être seul.

Et il s'en alla sans me laisser le temps d'émettre une autre objection.

Au moins, je n'étais pas la seule à me faire du souci.

— Pourquoi n'es-tu pas venue nous chercher, India ? déplora Willie quand je les eus informés, elle et les autres, du départ de Matt.

Elle se mit à faire les cent pas à travers le salon, écarta le rideau pour regarder par la fenêtre, puis continua ses allées et venues.

— Ça fait une éternité qu'il est parti.

— Une demi-heure, ce n'est pas une éternité, dis-je. Et je ne suis pas venue vous chercher parce qu'il ne m'en a pas laissé le temps. Il voulait être seul.

— Il pourrait oublier d'utiliser sa montre, alors !

Elle leva brusquement les mains au ciel avant de se remettre à faire les cent pas.

— Mais non, il n'oubliera pas. Il n'oublie jamais.

— Mais il lui arrive de ne pas pouvoir l'utiliser à temps, dit Duc. Quand on l'attaque, par exemple.

— Personne ne va l'attaquer, dit Cyclope. Vous voulez bien la fermer, tous les deux ? Vous faites peur aux dames.

Et de fait, Miss Glass avait l'air terrifiée. Elle restait assise là, pareille à une petite statue vêtue de dentelle noire. La dernière fois que je l'avais vue aussi immobile, son esprit s'était réfugié dans le passé, où elle se sentait plus en sécurité.

— Que lui a dit mon gredin de frère ? demanda-t-elle prouvant qu'elle était toujours lucide.

— Je ne sais pas, dis-je. Mais Lord Rycroft avait l'air... triomphant.

Willie se figea.

— C'est impossible, murmura-t-elle en me transperçant du regard. Matt n'a pas pu accepter d'épouser Patience.

Mon cœur se serra. J'y avais pensé aussi, mais je ne m'étais pas autorisée à envisager réellement cette idée. Mais Willie avait sans doute raison. Quelle autre raison Lord Rycroft aurait-il de jubiler ainsi ?

Et surtout, pourquoi Matt avait-il l'air si troublé ?

— Ça ne peut pas être ça, dit Duc en secouant la tête. Non. Aucune chance. Matt n'accepterait jamais, quoi qu'il arrive.

Il se leva pour aller au buffet se servir un brandy. Il but le contenu de son verre et l'emplit à nouveau.

J'avais la nausée.

À dix heures, nous persuadâmes Miss Glass de monter se coucher. Elle dormait à moitié sur le sofa en attendant le retour de Matt. Je lui assurai qu'il rentrerait sain et sauf, ce qui la réconforta assez pour qu'elle accepte de se retirer en étouffant un bâillement.

Les autres et moi, en revanche, nous avions encore des doutes. Quand l'horloge sonna onze heures, ce fut mon tour d'imiter Willie et de faire les cent pas. J'étais si nerveuse qu'il m'était impossible de rester assise sans rien faire plus longtemps. Il avait dû arriver quelque chose à Matt, pour qu'il soit absent si longtemps. Il n'aurait pas la cruauté de nous laisser nous faire un sang d'encre pendant des heures.

— Je ne peux pas passer toute la nuit à me tourner les pouces, déclara Cyclope en se levant. Je vais le chercher.

— Moi aussi, dit Willie en le suivant, Duc sur ses talons.

Ne voulant pas les laisser partir sans moi, je leur demandai d'attendre que j'aille chercher un manteau. Alors que j'avais gravi la moitié des marches, la porte d'entrée s'ouvrit et Matt entra. Ou, plus exactement, il franchit le seuil en titubant. Il reprit son équilibre, évitant de justesse la chute, et colla son chapeau sur la poitrine de Duc.

— Où est Bristow ? demanda Matt en considérant Duc d'un air perplexe. Et qu'est-ce que vous faites tous là ?

— On s'apprêtait à partir à ta recherche.

Duc planta le chapeau de Matt sur le crochet de la patère tel un guerrier du moyen-âge fichant la tête d'un ennemi au bout d'une pique.

— Pas la peine. Je suis là. Heureusement qu'India n'est pas avec vous. Je n'ai pas envie de l'affronter ce soir.

Je m'éclaircis la gorge et descendis les marches.

— Oh.

Il afficha un sourire.

— Quelle charmante surprise, India ! C'est toujours un plaisir de vous voir.

— Où étiez-vous ? lui demandai-je avec autant de naturel que possible.

Cyclope renifla.

— Sorti se saouler, je parie.

— Imbécile, aboya Willie. Tu sais bien que tu devrais te limiter à un verre, Matt.

— Je sais tenir l'alcool, protesta Matt. Et je vais vous le prouver.

Il entreprit de marcher en ligne droite jusqu'au pied de l'escalier où je me tenais. Il me regarda et mit ses mains derrière son dos.

— Pas de veine, dit-il. J'espérais que vous seriez couchée, à cette heure-ci.

— Mais alors, je n'aurais pas eu la joie de vous voir marcher droit !

Il répondit par un grognement.

— Bon, allez-y. Sermonnez-moi pour être sorti me saouler.

Il soupira et, les yeux mi-clos, il ajouta :

— Je le mérite.

Une part de moi voulait l'aider à monter les marches, le mettre au lit et le border. Mais je savais que, si je voulais des réponses, c'était le moment où jamais. Aussi restai-je sans bouger sur la première marche, où j'étais pile à la bonne hauteur pour le regarder droit dans les yeux.

— Alors, pourquoi ne voulez-vous pas m'affronter ? lui demandai-je.

— Parce que je suis saoul.

— Mais vous venez de marcher droit.

— Je suis saoul, mais pas à ce point. Juste assez pour que vous me désapprouviez.

— Ai-je dit que je vous désapprouvais ?

— Vous n'avez pas besoin de le dire.

Son regard descendit jusqu'à ma bouche et, l'espace d'un terrifiant instant, je crus qu'il allait m'embrasser devant les autres.

— Je vois votre désapprobation sur vos lèvres.

— Sur mes lèvres ?

— Elles sont dures et pincées. Je réfléchis au meilleur moyen d'arranger ça.

L'un des hommes se racla la gorge et Matt parut alors se souvenir que nous n'étions pas seuls. Il se redressa.

— Pardon, India. Je ferais mieux d'aller me changer avant que nous allions au couvent.

— Je ne crois pas que vous devriez nous accompagner.

Il répondit par un grognement.

— Essayez un peu de m'en empêcher, pour voir.

Il fit un pas de côté et marqua un temps d'arrêt comme s'il s'attendait à ce que je me déplace pour lui barrer le passage. Réalisant que je ne bougeais pas, il monta l'escalier.

— Bon, dis-je aux trois autres une fois qu'il eut disparu, je ne sais pas pour vous, mais moi, j'ai besoin de quelque chose pour me donner du courage avant que nous ne nous introduisions dans l'enceinte du couvent. Qui veut un brandy ?

MATT DORMIT une heure et je dus m'assoupir sur le sofa, parce qu'en ouvrant les yeux, je le vis qui discutait à voix basse avec Cyclope et Duc près de la cheminée. Willie était affalée dans un fauteuil, la tête renversée en arrière et la bouche ouverte. Elle ronflait bruyamment.

— Prêts ? demandai-je aux trois hommes. Il était un peu plus de minuit, l'heure idéale pour nous rendre au couvent, où les religieuses se couchaient tôt.

— Il nous faut de quoi creuser, des vêtements noirs et une lanterne pour nous éclairer.

Matt ouvrit la bouche.

— Ne me dites pas de rester ici, lui dis-je sans lui laisser le temps de parler.

— Ce n'était pas mon intention. J'allais vous conseiller d'emprunter un pantalon à Willie, mais j'ai changé d'avis.

— Et vous avez eu raison, dis-je. Willie est plus petite que moi, ses pantalons ne m'iront pas.

— Ce n'est pas pour ça que j'ai changé d'avis, dit-il d'une voix rauque.

J'allais lui demander ce qu'il entendait par-là, mais il se mit à donner des ordres à Duc et Cyclope. Willie se réveilla et, encore tout hébétée, nous demanda ce que nous faisions.

— Nous allons au couvent, lui dis-je. Si tu ne t'étais pas réveillée, nous serions partis sans toi.

— Vous auriez fait une sacrée bourde, grommela-t-elle. Je suis aussi importante que toi pour cette mission, India. Peut-être même plus, vu que tu es trop délicate pour manier une bêche.

— Merci, Willie, c'est gentil. Personne ne m'avait jamais dit que j'étais délicate.

Peu après, j'étais assise dans la voiture avec Cyclope et Duc. Matt avait insisté pour conduire, et Willie avait insisté pour s'asseoir à côté de lui. Je savais qu'elle tenait à être près de lui pour garder un œil sur lui, et je le soupçonnais de conduire pour ne pas courir le risque, s'il s'asseyait avec moi, que je l'interroge sur le motif de la visite de son oncle.

Je n'étais pas sûre qu'il soit prudent de le laisser conduire alors qu'il avait tout récemment avoué être saoul, mais les chevaux étaient assez bien dressés pour ne pas obéir s'il s'avisait de leur donner des ordres saugrenus, et Willie était là au cas où il s'assoupirait. Et par ailleurs, pendant les quelques minutes que nous avions passées ensemble dans les écuries pour préparer l'attelage, il m'avait paru tout à fait sobre. Il avait parfaitement réussi à m'éviter et semblait maître de la situation et de lui-même. Les autres obéissaient aux ordres qu'il leur donnait et ne paraissaient pas le moins du monde inquiets à l'idée de le laisser conduire.

Nous avions emmené avec nous le garçon d'écurie, qui resta auprès des chevaux et de la voiture une rue avant d'arriver au couvent. Comme c'était un quartier habité par la classe moyenne, il ne devrait pas risquer grand-chose. Mais au cas où, Matt lui dit de siffler s'il avait besoin d'aide.

Équipés chacun d'une bêche, d'une pioche ou d'une petite pelle à terreau, nous arrivâmes devant la grille du couvent, mais elle était fermée à clé. Je lâchai à mi-voix un juron qui me valut un regard scandalisé de Willie.

— Surveille ton langage, India, me houspilla-t-elle. C'est la maison du Seigneur.

— Pardon, bredouillai-je. Je ne suis pas dans un bon jour.

Matt crocheta le cadenas à l'aide de fins outils métalliques. Il tint la grille ouverte pour nous laisser nous faufiler un par un de l'autre côté. Tandis que les autres partaient devant, je restai en arrière avec Matt le temps qu'il referme la porte.

— Que voulait votre oncle ? lui demandai-je, prenant à bras-le-corps cette question qui ne cessait de me trotter dans la tête. Elle occupait tous les moments pendant lesquels je ne dormais pas, si bien que, ne pouvant plus l'éviter, je la lui posai sans plus de cérémonie.

— Ne me demandez pas ça, India, gronda-t-il de sa voix grave.

Si seulement il ne faisait pas si noir ! J'aurais pu voir son visage. Mais la lune était cachée derrière les nuages, et nous avions obturé nos lanternes.

— Il s'agissait de votre mariage avec Patience, n'est-ce pas ?

Il pressa le pas.

— Il a trouvé un moyen de vous convaincre d'accepter, je me trompe ?

Le silence était si profond qu'il en devenait presque palpable. Il nous enveloppa tandis que nous suivions les autres vers l'arrière du couvent.

— Je trouverai une solution, dit-il au bout d'un moment.

Je ralentis. Mon cœur descendit en piqué au creux de mon ventre, laissant dans ma poitrine un trou béant. Je n'aurais pas cru ressentir un tel vide en l'entendant faire cet aveu. Mais il faut dire que je ne m'étais pas vraiment attendue à ce qu'il me dise que son oncle lui forçait la main et qu'il l'avait laissé faire.

Matt s'arrêta en réalisant qu'il m'avait distancée. Il fit passer sa pioche par-dessus son épaule et me tendit sa main libre. Je la saisis sans dire un mot et, ensemble, nous dépassâmes les annexes du couvent pour nous diriger vers le petit bosquet d'arbres que le Père Antonio avait appelé *les bois*.

Je me retournai pour contempler la silhouette imposante du couvent, avec son toit aux arêtes tranchantes qui se découpaient contre le ciel d'un noir d'encre vers lequel s'élançaient ses cheminées. Aucune lumière n'y brillait et rien ne se reflétait sur les fenêtres sombres. Pourtant, j'avais l'impression qu'on nous observait. Serrant plus fort la main de Matt dans la mienne, je traversai les fourrés et m'enfonçai entre les arbres.

Au milieu du bois, il faisait encore plus sombre, mais une faible lueur qui dansait devant nous entre les branches m'indiqua la direction à suivre. Nous ne tardâmes pas à rattraper Willie, Duc et Cyclope dans une clairière tout juste assez grande pour nous accueillir tous les cinq.

Duc s'appuya sur sa bêche, la lampe posée à ses pieds.

— Si on commençait ici ? murmura-t-il.

Willie n'attendit pas la réponse. Elle planta sa bêche dans le tapis de feuilles et se mit à creuser.

— Ça ne me paraît pas plus mal qu'ailleurs, dit Matt en donnant un grand coup de pioche dans le sol.

Je m'agenouillai au bord de la clairière pour débarrasser le sol des feuilles en décomposition qui le jonchaient, puis j'enfonçai ma pelle à terreau dans la terre meuble. Au bout d'une durée que j'estimai à trente minutes, je commençai à avoir des crampes dans la main alors que je n'avais guère progressé. Je levai les yeux, m'attendant à ce que les autres aient bien plus avancé mais, hormis quelques trous à plusieurs endroits stratégiques, ils n'avaient couvert que très peu de terrain.

Nous continuâmes notre travail en silence pendant encore une heure, jusqu'à ce que Willie s'écroule sur le sol avec un soupir. Elle s'adossa contre un arbre et étendit les jambes.

— J'ai le dos en compote, geignit-elle.

— Je te proposerais bien de le masser si je n'avais pas l'impression d'avoir un poignard planté dans l'épaule, dit Duc en se baissant avec précaution pour s'asseoir près d'elle.

Cyclope et Matt persévérèrent encore un peu, puis Matt finit par jeter l'éponge.

— À moins que ce coffre ne soit enterré très profond, il n'est pas dans cette clairière.

— Essayons ailleurs, dit Cyclope.

Matt s'essuya le front du dos de la main.

— Reposons-nous d'abord un peu ici. India, est-ce que ça va ? Vous vous massez la main.

— Tout va bien, dis-je en me relevant. Dans quelle direction voulez-vous aller ?

Nous décidâmes d'évaluer la taille des bois avant de choisir le prochain emplacement. La forêt était plus vaste que je ne l'avais cru de prime abord. Le bosquet d'arbres n'était pas très large, mais il s'étendait tout en longueur vers le fond du terrain.

Malgré sa superficie, nous ne rencontrâmes aucune autre clairière aussi grande que la première. En tout cas, aucune assez grande pour nous permettre à tous de creuser sans nous gêner les uns les autres avec nos outils. Il nous fallait nous séparer, mais nous n'avions qu'une seule lanterne.

— Nous n'avons qu'à nous relayer, suggéra Matt. Chacun creusera un peu tour à tour, nous nous fatiguerons moins.

— Sauf India, dit Willie. Vu qu'elle est trop délicate.

— Arrête un peu de dire ça, Willie, soupirai-je. Je suis capable de manier une bêche tout aussi bien que toi.

Elle me tendit alors sa bêche.

— Allez, vas-y.

Creuser des trous avec une bêche était plus difficile qu'il n'y paraissait, et j'eus du mal à entamer suffisamment le sol. Adossée à un arbre, les bras croisés, Willie ricanait à chaque pathétique petit tas de terre que j'extrayais. Elle finit par se lasser et me reprit la bêche.

Elle était étonnamment forte pour sa petite taille, et le trou que j'avais commencé s'élargit rapidement. Me sentant inutile, je me laissai tomber dans un coin sombre, à la lisière de la lumière de la lampe. À mesure que je regardais les autres se relayer, mon sentiment d'impuissance se mua en découragement. Nous n'allions jamais trouver ce coffre. Le Père Antonio avait vu quelqu'un l'emporter dans les bois il y avait des années de cela. La personne en question avait pu le récupérer le lendemain, ou n'importe quelle autre nuit au cours des vingt-sept dernières années. Et quand bien même elle l'y aurait laissé, nous aurions beau passer un mois entier à creuser toutes les nuits, cela ne suffirait pas à couvrir toute la surface du bois. Il était tout à fait possible que ce coffre ne contienne aucun élément lié à la disparition de Mère Alfreda ni à celle des enfants. En avançant ainsi à l'aveuglette, nous risquions de ne pas aller bien loin.

Je m'assis sur une souche et m'efforçai de retenir mes larmes. Malgré la fraîcheur de la nuit, l'effort fourni pour creuser m'avait donné chaud, mais au bout de quelques minutes, la chaleur commença à se dissiper. Ou plutôt, elle se dissipait dans toutes les parties de mon corps à l'exception d'une petite zone sur ma poitrine. L'endroit qui se trouvait sous ma montre. Je l'avais mise au bout d'une chaîne autour du cou, sachant que je n'aurais pas mon réticule avec moi cette nuit mais tenant tout de même à avoir ma montre à portée de main.

Je la sortis de sous mes vêtements, où elle était bien calée contre ma peau, et je retirai mon gant. Cela ne faisait aucun doute : ma montre chauffait légèrement, et ce n'était pas la chaleur de mon corps. C'était une chaleur magique.

— India, que faites-vous ? demanda Matt.

— Ma montre chauffe.

Il se redressa aussitôt, brandissant la pioche comme si c'était une arme. Il scruta les bords de la petite clairière.

— Arrête de creuser, souffla-t-il à Willie.

— Quelqu'un vient ? demanda Duc à voix basse.

— La montre avertit peut-être India d'un danger imminent, répondit Matt sur le même ton, les yeux toujours fixés sur les ténèbres.

— Je ne crois pas que ce soit un avertissement, dis-je. Elle *sonne* en cas de danger.

Matt n'abaissa pas sa pioche, mais je vis ses épaules se détendre un peu.

Cyclope s'assit à côté de moi sur la souche.

— Mais alors, qu'est-ce que ça peut vouloir dire, à votre avis ?

— Je crois que sa magie réagit à une autre.

— Elle peut sentir la chaleur magique comme vous ?

Je posai la paume sur la souche. Rien. Aucune chaleur magique. Rien que l'écorce rugueuse et une touffe de mousse humide. Je me baissai et touchai la couche de feuilles.

C'était là. Je la sentais. J'étais comme traversée par une légère onde de chaleur. Je la sentais à peine, mais elle était bien là.

— India ? murmura Cyclope.

Matt s'accroupit devant moi.

— Sentez-vous une chaleur magique ?

— Elle est très faible.

Nos yeux se rencontrèrent et je lui souris. J'avais encore du mal à y croire vraiment. Je ne réalisais pas pleinement ce que cela signifiait, mais je savais que c'était important. Il n'y avait pas d'autre explication : notre mystère était lié à la magie, et quelqu'un avait fait de la magie à cet endroit.

Non. Ce n'était pas ça. Si une personne qui se tenait ici avait imprégné de magie l'objet qu'elle tenait, la magie aurait disparu avec cet objet. L'objet lui-même était donc toujours là, enterré dans le sol. L'incantation avait pu être prononcée n'importe où.

— Ce coffre contient un objet sur lequel on a prononcé une incantation, leur dis-je. Et il est enterré à proximité. Pas ici, précisai-je en voyant Willie planter sa bêche dans le sol à côté de mes pieds. La chaleur est trop faible pour provenir d'ici même.

Je me mis à genoux et posai mes deux mains à plat sur le sol. Je tâtai tout autour de la zone chaude, changeant de direction dès que la terre et les feuilles refroidissaient. Je suivis à quatre pattes la piste de la chaleur, de plus en plus fébrile à mesure que la chaleur se faisait plus nette. Mes sens s'aiguisaient, entrant en communion avec l'humus sous mes doigts. Quelque chose de petit frétilla sous mes doigts et s'enfuit. Un insecte bourdonna près de mon oreille avant de voler jusqu'à un buisson tout près, où il se posa pour m'observer. Derrière moi, il n'y avait pas un bruit.

C'est alors que la chaleur s'intensifia puis, quelle que soit la direction dans laquelle j'avançais, elle se mit à diminuer. Je me redressai et m'accroupis.

— C'est là, dis-je en tapotant le sol. Creusez là.

Willie enfonça sa bêche, et Cyclope l'imita. Duc, qui s'était saisi de ma pelle à terreau, détachait de petites mottes de terre. Matt s'accroupit à côté de moi et, ensemble, nous les regardâmes faire.

Clonk. La bêche de Cyclope venait de rencontrer une surface dure. Cyclope et Willie lâchèrent leur bêche et s'agenouillèrent comme nous. Nous nous servîmes de nos mains pour enlever la terre tandis que Duc se servait de la pelle à terreau.

Peu à peu, le coffre apparut. Plus nous le dégagions du sol, plus sa chaleur devenait intense. Il était si chaud qu'au début, j'en fus stupéfaite et je cessai de creuser. J'avais déjà senti de la chaleur magique, mais jamais une qui soit aussi forte. Le bout de mes doigts me picotait comme si je m'étais un peu brûlée, et je n'étais pas sûre de vouloir toucher de nouveau le coffre. Cela me rappela la première fois que Chronos avait touché une montre sur laquelle j'avais travaillé. Surpris par la chaleur, il avait aussitôt retiré sa main.

— Ce coffre renferme une magie considérable, leur dis-je. Je pense que la magicienne qui l'a caché là était puissante.

— Un objet en soie, suggéra Matt entre deux respirations haletantes, ayant appartenu à Abigail Pilcher.

Il fallut un certain temps pour dégager assez les coins du coffre pour réussir à l'extraire de sa tombe. Cyclope hissa le coffre hors du trou et le posa près de moi. Il mesurait bien deux pieds par deux environ, comme nous l'avait dit le Père Antonio, et il était en bois. Il était en bon état pour un objet qui avait passé si longtemps enfoui sous terre. Malgré cela, ce qu'il contenait risquait tout de même d'être endommagé par le temps et l'humidité.

— Il n'est pas verrouillé, dit Duc en essayant de soulever le couvercle. Mais je n'arrive pas à l'ouvrir. Les charnières doivent être rouillées.

— Laisse-moi essayer.

Les doigts de Cyclope étaient pareils à des barres de fer, mais il lui fallut plusieurs tentatives avant de forcer le couvercle à s'ouvrir. Les charnières grincèrent mais finirent par céder, et Cyclope souleva le couvercle aussi loin qu'il le put.

À l'intérieur, il y avait des papiers, un peu vieux, mais assez bien conservés. Matt les sortit.

— Pas de soie, observai-je en jetant un coup d'œil dans le coffre, qui était maintenant vide. Comme c'est curieux.

Mais personne ne m'entendit. Ils étaient tous agglutinés autour de Matt. Willie tenait la lanterne pour leur permettre de lire. Elle poussa un cri.

— Qu'est-ce que c'est ? demandai-je en essayant de jeter un coup d'œil aux documents. Une lettre ?

— Des archives, dit Matt d'une voix enrouée par l'émotion.

Elles viennent du couvent. Deux fiches. L'une concerne l'arrivée de Phineas Millroy au couvent, avec le nom de celle qui l'a amené. La deuxième concerne un autre bébé.

Il me tendit les papiers et je parcourus des yeux la petite écriture soigneuse. Le bref compte-rendu mentionnait, tout en haut, le nom de Phineas, sa date de naissance et la date de son arrivée. Un nom de femme était noté : celle qui l'avait apporté au couvent. Ne le reconnaissant pas, je me demandai si c'était le nom de Lady Buckland, sans son titre. Selon la fiche, elle était une amie de la mère de l'enfant. Il n'y avait aucune information sur la famille qui l'avait adopté.

— À qui appartient l'autre fiche ? demandai-je en indiquant la deuxième feuille de papier.

— James John Smith, répondit Matt. Il y a sa date de naissance, la date de son arrivée, et le nom de la personne qui l'a apporté. C'est tout.

Willie lui arracha les feuilles des mains et les lut d'un bout à l'autre. Elle retourna plusieurs fois les pages, les éleva à la lumière et, pour finir, les rejeta dans le coffre sans cacher sa déception.

— On a perdu notre temps, nom de Dieu, dit-elle, oubliant qu'elle s'interdisait de jurer sur les terres consacrées.

Duc se releva et lança la pelle à terreau contre un tronc d'arbre.

— Pas forcément, dit Matt. India a senti de la magie. Nous savons donc qu'Abigail Pilcher a instillé sa magie dans de la soie, et qu'ensuite, elle a peut-être placé le tissu dans ce coffre. Elle devait s'en servir pour ranger des chutes de tissu, qu'elle a sorties pour les remplacer par ces fiches. Peu importe ce qu'il est advenu de la soie magique. Ce qui compte, c'est que ce coffre lui a appartenu, ou qu'il contenait un objet auquel elle tenait. Je parie que c'est elle qui a mis ces fiches dedans et qui a enterré le coffre.

— Elle vous a menti, dit Willie. Quand elle vous a dit qu'elle ne savait pas ce qu'était devenu Phineas, c'était un mensonge, bon Dieu !

— Non. Vous vous trompez.

Je leur montrai le coffre du doigt, hésitant encore à le toucher.

— La magie que j'ai sentie ne venait pas d'un objet qui n'y est plus. Elle venait du coffre lui-même. Il est d'excellente facture, et étanche, qui plus est. Ces documents sont en bon état.

Quatre paires d'yeux me dévisageaient, perplexes.

— Vous voulez dire, fit Matt lentement, que ce coffre a été fabriqué par une magicienne ?

J'opinai.

— Et elle a instillé sa magie dans le bois. La même magicienne qui a fait se décrocher du mur la croix en bois qui a failli m'aplatir.

CHAPITRE 11

J'espérais que Matt avait réussi à mieux dormir que moi une fois que nous fûmes rentrés. Je passai les quelques heures de nuit restantes à m'agiter sans trouver le sommeil, cherchant à comprendre ce que signifiait notre découverte. Parmi toutes les possibilités qui s'ouvraient à nous, nous avions au moins un objectif clair désormais : trouver cette magicienne du bois.

Il y avait aussi un autre problème qui occupait mon esprit et me privait d'un repos dont j'avais pourtant bien besoin : ce mariage avec Patience que l'on imposait à Matt. Qu'avait bien pu lui dire son oncle, pour que Matt se trouve ainsi acculé à une extrémité à laquelle il ne pouvait se dérober ?

Je réussis enfin à m'endormir aux alentours de l'aurore, mais lorsque je me réveillai, tout était encore silencieux dans la maison. Comme il n'était que huit heures et demie, je passai un peu de temps à démonter ma montre, puis à la remonter. Cela ne suffit toutefois pas à me calmer, et je me mis alors à la recherche d'une pendule. Dans la salle à manger, je trouvai Willie, Duc et Cyclope qui prenaient déjà leur petit déjeuner.

— Bien dormi ? me demanda Cyclope.

— Pas du tout.

Je me versai une tasse de café et posai une tranche de pain grillé sur mon assiette.

— Êtes-vous parvenus à une conclusion au sujet de ce coffre, tous les trois ?

— Oui.

Duc se leva et alla fermer la porte.

— Nous devrions demander à la mère supérieure s'il y a au couvent quelqu'un qui est doué pour le travail du bois.

— Ou lui montrer le coffre et lui demander qui l'a fabriqué, suggéra plutôt Willie. Si on lui pose une question d'ordre général, on risque de ne pas obtenir la réponse qu'on attend. Qui nous dit que la magicienne ne cache pas ses pouvoirs magiques en fabriquant des objets de qualité médiocre ? Non, mieux vaut lui demander directement qui a fait ce coffre, et elle nous donnera une réponse plus directe.

Duc secoua la tête.

— Elle se méfiera, elle ne nous dira rien.

— Elle ne sait pas qui est la magicienne !

— Ça, on n'en sait rien. Peut-être que si.

Cyclope prit sa tasse et souffla sur son contenu fumant.

— Ils sont comme ça depuis qu'ils sont descendus. J'étais bien tranquille, en train de déjeuner tout seul, jusqu'à ce qu'ils arrivent.

— Et vous, India, qu'en pensez-vous ? demanda Duc.

— À mon avis, mieux vaut éviter d'interroger la mère supérieure, dis-je.

— Vous préférez poser la question à l'une des sœurs ? Une qui ne vous toisera pas avec ce regard glacial ?

Il fronça le nez.

— Bonne idée. Elle me fait peur.

— Je ne crois pas qu'interroger les sœurs soit une bonne idée non plus. Si elles comprennent pourquoi nous leur posons ces questions, il se peut qu'elles gardent toutes le silence pour protéger la magicienne du bois. J'ai une meilleure idée, mais attendons d'abord que Matt se joigne à nous avant d'en parler.

Ils grommelèrent un peu, mais acceptèrent. Nous restâmes encore une bonne heure dans la salle à manger, mais Matt ne descendait toujours pas. Willie montrait clairement que cette attente forcée l'irritait. Elle soufflait bruyamment, tambourinait des doigts sur la table et buvait tasse de thé sur tasse de thé.

Quant à Cyclope, il ne faisait que manger, sans s'arrêter. Il ne resterait sans doute plus rien pour Matt s'il ne descendait pas bientôt.

Je lançai un regard en direction de la porte comme je le faisais chaque minute à peu près. Devais-je m'inquiéter qu'il ne soit toujours pas là ? Habituellement, il se levait plus tôt, mais nous étions rentrés tard ; il n'était donc pas étonnant qu'il dorme encore.

Mais d'un autre côté, sa douleur dans la poitrine l'avait peut-être repris. Et s'il avait besoin d'utiliser sa montre, mais qu'il ne se réveillait pas ?

Les yeux rivés sur la porte, je priais intérieurement pour qu'elle s'ouvre.

Willie fut la première à perdre patience. Elle repoussa sa chaise et se leva.

— Je vais voir s'il est réveillé.

— Laisse-le dormir encore un peu, dis-je. Il en a besoin.

— Il est presque dix heures. Ça fait sept heures qu'on est rentrés. Sept heures de sommeil, ça lui suffit.

— En temps normal, oui, dis-je tout en buvant de petites gorgées de café.

Elle fronça les sourcils.

— Il y a quelque chose que tu ne nous dis pas, India, pas vrai ? À propos de la santé de Matt ?

Je pris une autre gorgée de café tout en me demandant s'il valait mieux mentir ou non.

— J'espère que vous ne nous cachez rien, dit Duc, très sérieux. Pas sur ce point.

— India ?

Cyclope, que je considérais pourtant comme le plus débonnaire des trois, avait réussi à mettre une note de menace dans sa voix ainsi que dans son œil unique.

— Nous ferions peut-être bien d'aller voir, dis-je en m'efforçant de prendre un air enjoué.

Ils atteignirent tous les trois la porte avant moi.

— Pas si vite ! leur intimai-je sèchement. Restez calmes ou vous allez faire peur à Miss Glass et aux domestiques, si nous les croisons. Bon, continuai-je une fois que j'eus capté leur attention, nous allons entrer dans la chambre de Matt sur la pointe des pieds et nous approcher *sans bruit* pour voir comment il va.

Matt ne répondit pas quand je toquai discrètement à la porte, et Willie refusa d'attendre. Elle ouvrit la porte, mais sans franchir le seuil. Elle était assez petite pour que je puisse voir par-dessus sa tête. Ce que je vis m'emplit d'un indicible soulagement. Matt était endormi, et non pas... quelque chose de plus grave. Il avait ouvert le boîtier de sa montre, qu'il avait attachée à sa main à l'aide de sa cravate. La montre émettait une douce lueur, et ses veines aussi. Elle était trop faible à mon goût, mais c'était mieux que rien.

Je tentai de faire comprendre d'un geste à Willie qu'il fallait le laisser dormir, mais il se mit à bouger et ouvrit les yeux. D'un geste vif de la main, il empoigna Willie par le bras. Elle poussa un cri.

— Que se passe-t-il ? Est-il arrivé quelque chose ? demanda-t-il d'une voix éraillée.

— Non, rien, dit-elle. On voulait être sûrs que tu n'étais pas...

— Mort ?

Elle détourna le regard.

Matt tourna vers moi son regard soupçonneux.

— Que leur avez-vous dit ?

— Qu'il valait mieux ne pas poser de questions sur le coffre au couvent, dis-je d'un ton détaché.

Il plissa un peu plus les yeux.

— Ce n'est pas ce que je voulais dire.

— Je pense que nous devrions parler à Abigail Pilcher. Elle n'a plus d'attachement particulier envers le couvent, et c'est une magicienne. Elle saura peut-être nous dire qui est cette magicienne du bois. Venez, Matt, levez-vous et descendez prendre un petit déjeuner.

Je me hâtai de sortir pour ne pas lui laisser le temps de me lancer un regard encore plus noir.

En descendant l'escalier, j'entendis deux voix ; l'une était celle de Bristow, et l'autre appartenait à quelqu'un que je n'avais aucune envie de voir, mais au-devant de qui je décidai d'aller malgré tout.

— Bonjour, Mr Abercrombie, dis-je au maître de la Guilde

des Horlogers. Quelle surprise ! Je ne pensais pas que nous nous reverrions, maintenant qu'il a été prouvé qu'Eddie Hardacre était un imposteur.

— Je n'ai jamais eu confiance en lui.

Son ton suffisant laissait entendre que c'était *moi* qui aurais dû être humiliée pour avoir jadis fait confiance à Eddie.

— Il y avait chez lui quelque chose d'anormal. Une tare dans sa nature dégénérée qu'il n'a jamais réussi à éradiquer, malgré ses talents d'acteur. Mais naturellement, il est logique que quelqu'un comme vous n'ait rien remarqué.

— Vous avez raison. Je n'avais pas remarqué la subtile différence qui, à vos yeux, distinguait sa naissance de la vôtre. Ce que j'ai remarqué, en revanche, c'est son hypocrisie. J'ai donc été soulagée quand nos fiançailles ont été rompues : une fois cet aspect de sa personnalité révélé au grand jour, je ne voulais plus entendre parler de lui.

— Comme c'est admirable de votre part, de faire passer vos principes avant votre avenir, dit-il d'un ton mielleux. Dommage que vous en soyez désormais réduite à accepter le travail qu'on veut bien vous donner.

Je me hérissai, mais me forçai à sourire.

— Au contraire. J'aime travailler pour Mr Glass. Ce poste me procure de l'indépendance, un revenu financier et de la compagnie. Je pense être bien mieux lotie que toutes ces femmes qui sont prisonnières d'un mariage sans amour. Mais en parlant de mariage, comment se porte Mrs Abercrombie ? Habitez-vous toujours avec votre mère et votre épouse ? Vous en avez de la chance, d'avoir deux femmes au caractère aussi affirmé pour gérer votre foyer !

Son visage se décomposa et j'en éprouvai une bonne dose de satisfaction, mêlée d'une pointe de culpabilité pour mes remarques cinglantes. La femme et la mère de Mr Abercrombie passaient leurs journées non seulement à se quereller entre elles, mais aussi à le rudoyer, lui. C'était la raison pour laquelle il restait le plus tard possible dans sa boutique ou au siège de la guilde.

— Qu'est-ce que vous faites ici, vous ? dit Willie du haut du palier. Elle descendit l'escalier flanquée de Cyclope et Duc. Ils avaient tous les trois un regard menaçant.

— Il ne me l'a pas encore dit, lui répondis-je.

— Mr Glass est-il là ? demanda Abercrombie en s'adressant non pas à moi, mais à Bristow.

— Il n'est pas disponible pour l'instant, dit Bristow. Puis-je prendre un message, Monsieur ?

— Je vais l'attendre. Conduisez-moi au salon.

— Je regrette, Monsieur, mais le ménage est en cours dans toutes les pièces destinées à recevoir les invités. J'informerai Mr Glass de votre visite.

Mr Abercrombie semblait prêt à tancer Bristow pour son insolence, mais il se ravisa en voyant Cyclope, Duc et Willie se placer derrière le majordome. Ils étaient tous d'une humeur massacrante, et il n'était pas nécessaire d'être un génie pour comprendre que le jour était mal choisi pour leur chercher des noises.

— Veuillez informer Mr Glass que je souhaiterais avoir une discussion avec lui au sujet du dernier article de Mr Barratt dans la *Gazette Hebdomadaire*, dit Mr Abercrombie.

— Et pourquoi ne pas l'avoir avec moi, cette discussion ? demandai-je. Après tout, c'est de moi que parle Mr Barratt,

— Non, répondit Mr Abercrombie en s'enfonçant son chapeau sur la tête. Je veux parler à Mr Glass en personne.

— Alors parlez.

Matt descendit l'escalier en trottinant comme s'il était en parfaite santé.

— Que voulez-vous, Abercrombie ?

Mr Abercrombie s'écarta légèrement de moi, me présentant son épaule.

— Je veux que vous réfléchissiez à ce qu'implique le fait d'employer Miss Steele, maintenant qu'il est clair que sa magie peut servir à prolonger celle des autres.

Il ne manquait pas de toupet !

— Vous êtes vraiment un odieux personnage, lui lançai-je, ulcérée. À côté de vous, même Eddie a l'air inoffensif.

Il se contenta de lever le menton en reniflant avec mépris.

— Voyez-vous où je veux en venir, Glass ?

Matt passa vivement à côté de lui et ouvrit la porte.

— J'ai bien conscience de ce que cela implique pour moi et ceux qui vivent sous mon toit. Quant à mes choix de recrutement, ils ne vous regardent pas. Bonne journée, Abercrombie. Vous n'êtes pas le bienvenu ici si vous venez pour insulter mes amis, ma famille ou mes employés.

— Les insulter ? Non, non, non, Mr Glass, vous vous méprenez. Si je dis cela, c'est dans votre intérêt. Votre loyauté vous empêche d'envisager toutes les possibilités. Réfléchissez. Non seulement elle deviendra la cible d'autres magiciens, mais elle sera également suspecte aux yeux du gouvernement. Pensez-vous que les autorités laisseront en liberté une personne capable, potentiellement, de prolonger la vie de quelqu'un ? N'est-ce pas ce que son grand-père essayait de faire avec ce magicien médecin ? Les autorités chercheront à s'emparer d'elle, Mr Glass. Alors si j'étais vous, je me déferais d'elle et...

Matt attrapa le bras d'Abercrombie si violemment qu'Abercrombie fit entendre un petit cri de douleur. Matt le poussa dehors et lui claqua la porte au visage.

— Je vais prendre mon petit déjeuner, dit-il en s'époussetant les mains. India, voulez-vous vous joindre à moi ?

— Je... euh... enfin... oui. Merci. Je ne dirais pas non à une tasse de thé bien fort.

Nous ne parlâmes ni d'Abercrombie ni de ce qu'il avait dit, mais seulement du coffre et de ce qu'il signifiait. Cette conversation stimulante me permit de chasser de mon esprit les paroles d'Abercrombie, mais pour une courte durée seulement. Avant notre départ, pendant que Matt était dans les appartements de sa tante, à parler seul à seule avec elle, et que je l'attendais dans le vestibule, je ne pus penser à rien d'autre. Abercrombie ne pouvait pas avoir raison, c'était impossible. Il était absurde de croire que le gouvernement puisse s'intéresser à une chose que j'avais potentiellement les capacités de faire, mais dont la faisabilité n'avait pas été prouvée. Il cherchait à nous faire peur dans le but de me priver du soutien de mes amis et me faire perdre mon emploi. C'était son nouveau plan pour m'anéantir.

Et ça ne marcherait pas.

Matt restait avec sa tante plus longtemps que prévu. Au bout de sept longues minutes, il n'était toujours pas redescendu. La voiture attendait dehors et Bristow restait à proximité, prêt à nous souhaiter une bonne journée. Je m'apprêtais à monter voir ce qui le retenait, quand Mrs Bristow, l'intendante, arriva depuis l'arrière de la maison.

— Excusez-moi, Miss Steele, dit-elle. Il y a un homme qui demande à vous voir. Il attend à la cuisine.

— Me voir, moi ? Pourquoi ?

— Je n'en sais rien, Mademoiselle.

— Conduisez-le au salon, Mrs Bristow.

— Au salon !

Les époux Bristow échangèrent un regard.

— Mais Mademoiselle, il porte des bottes d'ouvrier.

La pauvre Mrs Bristow parlait de ces bottes comme si elles étaient taillées dans la peau du Diable en personne.

— Il ne peut pas entrer au salon avec. Elles sont toutes crottées.

— Je ne peux pas recevoir un invité dans les quartiers des domestiques, Mrs Bristow. Cet homme mérite d'être accueilli au salon, comme n'importe qui d'autre. Faites-le monter, je vous prie.

Les Bristow échangèrent un autre regard lourd de sens, puis Mrs Bristow repartit par l'escalier de service. J'attendis l'homme aux bottes crottées dans le salon.

Peter, le valet de pied, arriva suivi d'un homme sans chaussures qui tenait sa casquette à la main. Il ne devait pas avoir plus de vingt ans, avec une tignasse blond foncé dont les boucles lui encadraient les oreilles et lui tombaient sur le front jusqu'aux sourcils. Il me fit un salut de la tête et un sourire hésitant. Peter le présenta sous le nom de Mr Bunn avant de se poster devant la porte avec Bristow. Ils devaient craindre que le jeune homme ne s'enfuie avec l'argenterie.

— Où sont vos chaussures, Mr Bunn ? lui demandai-je.

— À la cuisine, Madame. L'intendante m'a dit de les enlever avant de monter. Je n'ai pas voulu me fâcher avec elle.

— Sage décision, commenta Bristow d'un ton sentencieux.

— Je vois, dis-je. Que puis-je faire pour vous ?

— Je suis cordonnier, Madame.

Il pencha la tête sur le côté et m'observa pour voir comment je réagirais à ses mots.

Je pris soin de ne montrer aucun trouble bien que mon cœur ait tressailli. Je m'attendais à ce que cela arrive, mais pas si vite. L'article n'avait été publié qu'hier soir.

— Fossett, laissez-nous, je vous prie, dis-je en appelant Peter par son nom de famille comme c'était l'usage en présence de visiteurs.

— Bristow, restez.

Même si j'étais sûre que tous les domestiques, après avoir lu les journaux, savaient désormais que j'avais des pouvoirs magiques, je ne voulais pas être le nouveau sujet de leurs commérages. Bristow saurait mieux tenir sa langue.

— Vous êtes un magicien, dis-je une fois que Peter eut refermé la porte derrière lui.

— Oui, Madame, dit Mr Bunn en tordant sa casquette entre ses mains.

— Comment m'avez-vous trouvée ?

— Un de mes amis travaille à l'auberge des Cross Keys, sur High Holborn. Votre grand-père faisait partie de ses habitués, et mon ami se souvient de la fois où vous êtes venus, vous et Mr Glass, pour savoir où il était. Mr Glass avait donné son adresse à mon ami pour qu'il la donne à votre grand-père. Bien sûr, il n'a appris que plus tard que c'était un magicien, quand il l'a lu dans le journal.

— Je vois. Et qu'attendez-vous de moi, Mr Bunn ?

— Je veux ouvrir ma propre usine de chaussures. Je ferai d'abord des chaussures pour hommes, et puis, quand j'aurai un capital suffisant, je me lancerai dans les chaussures pour femmes. J'ai essayé d'utiliser ma magie sur le cuir, et ça rend les chaussures plus solides et plus durables, mais ça ne dure que six mois. Ensuite, elles s'usent comme des chaussures ordinaires.

À mesure qu'il expliquait son idée, il se mettait à parler plus vite et à prendre de l'assurance. On ne pouvait pas l'accuser de manquer d'enthousiasme.

— Je voulais vous demander d'utiliser votre magie pour prolonger la mienne, Miss Steele.

— Je regrette, mais c'est impossible, Mr Bunn.

— Bien sûr que si, c'est possible. Je l'ai lu dans la *Gazette*. Vous êtes une magicienne horlogère, pas vrai ? La petite-fille du type qui a essayé de prolonger la magie d'un magicien médecin ?

Je me massai le front. J'avais eu tort d'accepter de recevoir cet homme. La prochaine fois qu'un inconnu demanderait à me parler, je demanderais d'abord à connaître sa profession. Tous les artisans seraient éconduits sans être reçus.

— Je suis désolée, Mr Bunn, mais vous avez perdu votre temps. Je ne peux pas faire ce que vous me demandez.

Je fis un signe de tête à Bristow et il ouvrit la porte. Je fus rassurée de voir Peter qui attendait de l'autre côté.

— Mais Madame !

Mr Bunn s'avança vers moi et je me levai aussitôt. Dans ma panique, je fis le tour du sofa pour le mettre entre nous deux. Il s'arrêta net et eut la décence de sembler avoir honte.

— Vous devez essayer, Madame, insista-t-il d'une voix plus douce, mais avec la même ardeur. Je sais que vous pouvez prolonger ma magie. J'en suis sûr !

— Bristow, veillez à ce qu'on rende ses bottes à Mr Bunn, à la cuisine.

Bristow et Peter prirent Mr Bunn chacun par un bras et l'escortèrent vers la porte.

— Je vous donnerai une part des bénéfices ! cria Mr Bunn par-dessus son épaule. Quarante pour cent ! C'est plus que raisonnable.

Alors que sa voix s'éloignait, je l'entendis continuer de me faire des offres pour m'associer avec lui. Je me laissai tomber sur le sofa avec un soupir.

— India ?

Cyclope arriva en courant, suivi de Duc et Matt.

— Tout va bien ?

— Oui, leur dis-je avec un sourire.

— Vous semblez ébranlée, dit Matt en m'observant attentivement. Qui était cet homme, et que voulait-il ?

— C'était un magicien cordonnier. Il voulait que je prolonge les effets de sa magie pour qu'il puisse fabriquer des chaussures de meilleure qualité.

Il prit une inspiration profonde et mesurée.

— Ça y est, ça commence.

* * *

LA RENCONTRE AVEC MR BUNN, qui avait suivi de si près la visite de Mr Abercrombie, fut un coup dur pour mon moral. J'avais l'impression de n'être entourée que de déceptions et de mauvaises nouvelles, ces derniers temps. Il m'était difficile d'afficher une façade optimiste, mais j'étais décidée à faire cet effort pour Matt.

Il avait l'air particulièrement mal en point pendant notre trajet jusqu'au lieu de travail d'Abigail Pilcher. Outre son visage au teint blafard et aux traits tirés qu'il avait depuis quelque temps, je remarquai aussi une certaine crispation dans sa démarche et dans sa posture. C'était comme s'il ne tenait plus debout que par la pure force de sa volonté. Je le soupçonnais d'être aussi déterminé à faire bonne figure pour moi que je l'étais à le faire pour lui.

Lequel de nous céderait le premier ?

Je sentis le léger tremblement de sa main lorsqu'il m'aida à descendre de voiture, mais je ne lui montrai pas combien cela m'inquiétait.

Nous trouvâmes Abigail dans l'atelier chez Peter Robinson. Son responsable n'appréciant guère que nous soyons déjà de retour après notre dernière visite, Matt dut lui glisser dans la main plus de pièces que la fois précédente pour le convaincre de la laisser nous parler. Abigail était contrariée de nous revoir, elle aussi.

— Quoi, encore ? maugréa-t-elle dès qu'elle fut sortie dans le couloir.

— Vous n'étiez pas la seule magicienne au couvent, dit Matt, qui avait perdu toute trace de son charme habituel.

Une brève lueur passa dans ses yeux, mais elle reprit bien vite le contrôle de son expression.

— Qu'est-ce qui vous fait dire ça ?

— Nous avons trouvé un objet en bois dans l'enceinte du couvent. Il avait été imprégné de magie.

Ses yeux croisèrent les miens avant de se détourner. Elle haussa une épaule.

— J'ai senti sa chaleur, lui dis-je.

— Et alors ? Ça fait des années que je ne vis plus là-bas. La magicienne est peut-être une des nouvelles sœurs.

— Ce coffre a été fabriqué il y a des années.

Il était inutile de lui préciser que c'était le Père Antonio, son ancien amant, qui nous avait dit avoir vu le coffre un soir où il l'attendait. Elle risquait de se renfermer en entendant son nom.

— Par qui a-t-il été fabriqué ? lui demandai-je.

— Je ne sais pas, et c'est la vérité.

Elle tira sur un vieux lacet de cuir noué autour de son cou et sortit de sous ses vêtements un petit crucifix qu'elle portait en pendentif. Il était en bois.

— La Révérende Mère m'a donné ça quand j'ai prononcé mes vœux perpétuels. Quand je suis devenue une religieuse à part entière, après avoir fini ma période de noviciat, expliqua-t-elle. Touchez-le, Miss Steele.

Je m'exécutai. Il n'était pas plus long que mon petit doigt, et nettement plus fin, mais la figure du Christ était travaillée avec une précision admirable. Je distinguais les poils de sa barbe et les épines de sa couronne.

— Il a été taillé dans une seule pièce de bois, murmurai-je.

Sculpter des détails aussi précis sur une aussi petite surface exigeait un talent exceptionnel. Ou de la magie.

— Il est chaud, dis-je à Matt.

— C'est Mère Alfreda qui vous l'a donné ? demanda-t-il à Abigail tandis qu'elle rangeait son crucifix.

— Oui, mais je ne sais pas qui l'a fabriqué. Ç'aurait pu être n'importe laquelle des sœurs, ou aucune d'entre elles.

— Vous n'avez jamais posé la question ? m'étonnai-je. N'étiez-vous pas curieuse en sentant la magie qui l'imprégnait ?

— À cette époque, je voulais oublier que j'étais une magicienne. On m'avait persuadée que la magie, c'était mal, et je pensais qu'en consacrant ma vie au Seigneur, je serais purifiée, guérie. Ce n'est qu'après mon départ que j'ai compris combien j'avais eu tort. Alors je n'ai pas posé la question, non. Je me suis dit que la religieuse qui l'avait fait était folle, d'étaler ainsi sa magie. C'était un risque immense dans ce couvent, un risque stupide. Si elle ne faisait pas attention, ils finiraient par l'ex-communier.

C'était peut-être ce qu'ils avaient fait. Peut-être était-ce Mère Alfreda elle-même qui avait fabriqué les croix et le coffre, et lorsque ses pouvoirs avaient été découverts en même temps que ceux des deux nourrissons magiciens, elle avait été chassée du couvent en secret. Chassée, ou pire encore.

À moins qu'elle ne soit partie de son propre chef, emportant les bébés avec elle le jour où elle avait clairement compris qu'elle ne pouvait pas vivre sans magie. Elle avait peut-être enterré leurs fiches pour faire disparaître toutes les preuves que ces enfants étaient passés par le couvent. Elle les avait peut-être emportés en lieu sûr, où ils avaient vécu heureux tous ensemble. Cette idée me plaisait mieux.

— Donne-t-on encore ces croix aux religieuses ? demandai-je.

— Je ne sais pas. Ça fait vingt-sept ans que je n'y suis plus.

Elle fit entendre un claquement de langue agacé et se retourna pour regarder derrière elle.

— Je dois y aller. J'ai du travail.

Nous regagnâmes notre voiture qui nous attendait sur Oxford Street. Après avoir dit au cocher de nous conduire au couvent, Matt regarda un point devant lui en fronçant les sourcils.

— Qu'y a-t-il ? demandai-je.

Il partit en courant sans me répondre. Je me penchai aussi loin que je pus hors de la voiture en plaquant ma main sur mon chapeau pour l'empêcher de s'envoler. Au bout de la rue, Matt s'arrêta et revint sur ses pas.

—Avez-vous vu Payne ? demandai-je.

Il s'installa en face de moi en grimaçant.

— Il m'a semblé le voir qui s'apprêtait à descendre d'un fiacre mais, quand il m'a aperçu, il est resté à l'intérieur et le fiacre est reparti.

— C'est donc la preuve qu'il nous suit.

— C'est ce que je crois.

— Qu'allons-nous faire, maintenant ?

— Nous allons au couvent, comme prévu. S'il nous suit, j'irai à sa rencontre et je ferai en sorte qu'il ne soit plus en état de nous suivre.

— Je vois.

Il grimaça de nouveau et se pinça l'arête du nez.

— Je suis désolé, India, je n'aurais pas dû dire cela. J'ai laissé mes instincts primitifs prendre le dessus.

Cependant, il ne retira pas ce qu'il venait de dire sur son intention de faire en sorte que Payne ne soit plus en état de nous suivre.

Matt sortit sa montre, ferma les rideaux et laissa son corps s'imprégner de magie sans que j'aie à le lui suggérer. Je lui trouvai ensuite un peu meilleure mine et ses épaules semblaient moins crispées, mais la pâleur de son teint resta inchangée. Je ne lui en fis pas la remarque. Je ne fis aucune remarque sur sa santé, sur le fait qu'il ait utilisé sa montre après un intervalle aussi court, ni sur aucun autre sujet sensible qui risquait de faire de la peine à l'un de nous, ou à tous les deux. Ce qui ne me laissait que la question qui nous occupait.

— Pensez-vous que Mère Alfreda était la magicienne ? lui demandai-je.

— Je l'ignore, mais j'ai bien l'intention de le découvrir aujourd'hui. Il y a dans ce couvent quelqu'un qui sait qui a fabriqué ces crucifix et ce coffre, même s'il ne sait pas que cette personne a des pouvoirs magiques. Il est temps pour nous d'obtenir des réponses.

— Je suis d'accord. Je pense que nous devrions demander à Sœur Clare. C'est elle qui est venue nous parler de la disparition de la mère supérieure et de celle des enfants. Elle est la seule dont nous soyons sûrs qu'elle n'est pas à l'origine de leur disparition et qu'elle ne sait pas qui en est responsable.

Malheureusement, ce ne fut pas Sœur Clare qui vint nous chercher au parloir. Une jeune novice nous accompagna jusqu'au bureau de Mère Frances, et Sœur Clare était absente. L'antichambre où se trouvait le bureau de l'adjointe était vide.

La mère supérieure nous accueillit poliment, mais avec une certaine froideur.

— J'ose espérer que votre visite n'a rien à voir avec cet enfant que vous recherchez, Mr Glass, dit-elle. Ma position n'a pas changé. Je ne vous communiquerai aucune information personnelle.

Elle croisa les mains sur son bureau et nous fit ce qui, j'imagine, était censé être un sourire conciliant, mais il semblait forcé. Elle avait l'air revêche et autoritaire, à l'abri derrière son grand bureau vide, dans cette pièce à la décoration austère. Malgré toutes les fleurs écloses dans le jardin, on n'en voyait pas une seule ici. Dans le bureau de Sœur Clare, j'avais compté trois vases remplis de roses et de pivoines.

— Qui fabrique les petits crucifix que vous donnez aux sœurs lorsqu'elles prononcent leurs vœux perpétuels ? demanda Matt.

Elle cligna des yeux rapidement, visiblement prise au dépourvu par cette question.

— Les garçons de l'école Saint Patrick pour les enfants pauvres. Ils les fabriquent en classe de menuiserie. Pourquoi ?

— Est-ce de là que vient la vôtre ? demandai-je en indiquant d'un signe de tête la lourde croix en bois qu'elle portait autour du cou. Elle paraissait bien faite, mais c'était une croix toute simple, sans aucun des magnifiques détails de celle que portait Abigail.

— Oui.

— Et les crucifix qui étaient donnés aux sœurs il y a de nombreuses années ? demanda Matt. Avant que vous ne deveniez mère supérieure ?

— Je ne sais pas. C'était il y a si longtemps.

— Vous devez certainement vous en souvenir. Ils étaient petits, et magnifiquement travaillés.

— Oui, je m'en souviens, dit-elle sans prendre la peine de masquer son irritation. J'ai toujours le mien. Mais je ne saurais vous dire qui les fabriquait. C'est Mère Alfreda qui les distribuait. Lorsqu'elle est partie et que je suis devenue mère supérieure, le Père Antonio a suggéré que nous achetions tous nos crucifix à l'école Saint Patrick pour faire œuvre de charité. Est-ce tout, Mr Glass ? Si cela ne vous ennuie pas, j'ai du travail. Naturellement, je serais ravie d'aborder le sujet de ce fameux don que vous promettez aux sœurs chaque fois que vous leur posez une question.

— Que les choses soient claires, dit Matt posément. Je ne ferai aucun don tant que je n'aurai pas découvert ce qu'est devenu Phineas Millroy. Mais ça, vous le saviez déjà, je crois.

La mère supérieure bougea les lèvres, mais il n'en sortit aucun son. Elle se leva et nous reconduisit à la porte.

— Dans ce cas, je vous demande de partir sans faire de scandale, et sans parler à qui que ce soit d'autre.

— Je ne peux rien vous promettre.

Matt se leva et me tendit la main.

Je la saisis, mais gardai les yeux rivés sur la croix qui ornait le mur, au-dessus de la bibliothèque. Comme le crucifix d'Abigail, elle était magnifique, avec un Christ sculpté de façon incroyablement détaillée. Je lâchai la main de Matt et m'approchai de la croix.

— Que faites-vous, Miss Steele ? s'étonna la mère supérieure.

— Elle est de travers. Attendez, je vais la redresser. Je levai la main et touchai la surface du bois. Elle était chaude.

Mon sang se mit aussitôt à palpiter. J'ouvris mon réticule et en sortis ma montre. Elle vibrait doucement, elle aussi.

— India ? dit Matt à mi-voix.

Je me retournai vers lui, mais je n'eus pas besoin de parler. Il avait dû deviner le sens de mon expression, parce qu'il avait l'air satisfait.

— Révérende Mère, qui a fabriqué cette croix ? demandai-je en lui montrant le crucifix.

Je l'entendis grommeler quelques pas derrière moi.

— Je ne sais pas. Elle a été installée ici du temps de Mère Alfreda.

Dans ce cas, le moment était venu de trouver quelqu'un qui saurait nous le dire.

— Merci de nous avoir consacré un peu de votre temps, Révérende Mère. Nous allons vous laisser travailler, maintenant.

— Avez-vous un plan ? me souffla Matt tandis que nous nous dirigions vers la porte.

— Oui. Nous ressortons en traversant lentement tout le couvent, lui répondis-je sur le même ton. Et nous prions pour croiser enfin une sœur qui pourra nous aider.

— C'est plutôt vague, comme plan.

Il atténua sa pique d'une petite moue. Il ouvrit la porte et attendit que je passe devant lui.

En retournant dans l'antichambre, je ne pus réprimer un sourire de soulagement.

— Sœur Clare, quel plaisir de vous voir !

— Miss Steele, Mr Glass, je suis ravie de vous voir, moi aussi.

Son sourire disparut soudain lorsqu'elle aperçut derrière nous la mère supérieure.

— Sœur Clare a du travail, nous dit sèchement Mère Frances. Elle n'a pas le temps de répondre à vos questions saugrenues sur les crucifix.

— Mais celui qui est sur votre mur est magnifique, dis-je. La personne qui l'a fait mérite d'être applaudie. Pour tout vous dire, je crois que j'aimerais lui en commander un comme celui-là.

— S'il a été fabriqué par quelqu'un du couvent, ajout Matt, je suis prêt à payer un bon prix, et la somme vous reviendra entièrement. Je suis sûr que vous ne vous y opposerez pas, Révérende Mère.

Ses yeux lancèrent des éclairs. Je la soupçonnais de vouloir nous empêcher de découvrir qui l'avait fait, simplement pour sortir victorieuse. Il me paraissait peu probable qu'elle nous cache cette information pour une autre raison que par pur entêtement. Elle avait quelque chose contre nous, mais elle ne cherchait pas nécessairement à nous empêcher de découvrir la vérité.

— Personne ne s'en souvient, fit-elle, agacée.

— Je m'en souviens, moi, intervint Sœur Clare.

— Qui est-ce ? demanda Matt en même temps que moi.

— Sœur Bernadette.

— La religieuse irlandaise qui s'occupe des réparations ?

Je regardai Matt et lui souris. Il me rendit mon sourire.

Nous avions enfin trouvé notre magicienne menuisière. C'était logique. Tout s'expliquait. Sœur Bernadette avait un don pour réparer les objets et savait manier les outils. D'autre part, elle ne voulait pas que son amie, Sœur Margaret, nous parle de la disparition des bébés ni de celle de Mère Alfreda.

Elle était aussi présente quand la grande croix en bois était tombée du mur et avait failli m'écraser dans la salle de réunion. C'était elle qui avait fait bouger la croix, tout comme ma magie avait fait bouger des montres et des horloges que j'avais manipulées pour me sauver la vie. Sa magie devait être puissante, en effet. Trop puissante pour l'affronter ouvertement. Nous ne pouvions prendre le risque qu'elle fasse fondre sur nous un autre objet en bois.

Mais Matt s'éloignait déjà à grandes enjambées, ses larges épaules contractées. Il était bien décidé à obtenir des réponses aujourd'hui. Tout ce que je pouvais faire, c'était tâcher de le suivre.

CHAPITRE 12

— *A*ttendez ! lança Sœur Clare derrière nous.

Je ralentis pour lui permettre de nous rattraper, mais Matt continua à la même allure.

— Je regrette, mais vous ne pourrez pas l'arrêter, lui dis-je. Et je ne vous laisserai pas essayer. Il faut absolument que nous parlions à Sœur Bernadette. C'est plus important que vous ne pourrez jamais l'imaginer.

— Je comprends.

Sœur Clare se retourna pour lancer un coup d'œil à la mère supérieure, qui tambourinait du bout des doigts sur son bureau en foudroyant son adjointe du regard.

— Vous trouverez Sœur Bernadette dans la remise, murmura Sœur Clare. Promettez-moi de me dire ce qui est arrivé à Mère Alfreda si vous découvrez la vérité.

J'acquiesçai et me hâtai de rejoindre Matt. Je le rattrapai dans l'escalier, où il s'était enfin arrêté pour m'attendre.

— Dans la remise, lui dis-je.

Personne ne tenta de nous arrêter ni même de nous demander pourquoi nous ne quittions pas l'enceinte du couvent. Cela dit, personne n'avait confiance en nous non plus, à en juger par les regards hostiles que nous reçûmes au passage. Je me doutais que la mère supérieure ne tarderait pas à savoir que nous n'étions pas partis. Nous n'avions que peu de temps devant nous.

Heureusement, Sœur Bernadette était bien dans la remise, qui servait aussi d'écurie, à en juger par l'odeur de cheval. Une jeune religieuse qui balayait la seule stalle en usage nous indiqua le fond du bâtiment, où Sœur Bernadette était agenouillée à côté d'une charrette. Elle inspectait le dessous de la charrette en s'appuyant de sa main sale sur la roue. Elle avait posé sa caisse à outils à portée de main. Elle était en bois, et pleine d'outils à manche en bois, qui pouvaient devenir des armes si elle décidait d'utiliser sa magie contre nous.

— Sœur Bernadette, dit Matt pour commencer, nous avons besoin de vous parler.

Ses doigts se crispèrent sur la roue et, pendant un long moment, elle resta immobile, continuant seulement d'inspecter le châssis.

— Je suis occupée, dit-elle avec son fort accent irlandais. Revenez plus tard.

— Nous savons ce que vous êtes, dit Matt sans élever la voix.

Je lançai un regard vers l'écurie derrière nous mais, de là où nous étions, je ne voyais pas la jeune religieuse et je n'entendais plus le bruit de son balai.

— Ne craignez rien, dis-je à Sœur Bernadette, qui n'avait toujours pas bougé. Moi aussi, je suis une magicienne. C'est comme ça que nous avons découvert que vous en étiez une. J'ai senti la chaleur de votre magie sur...

— Chut ! murmura-t-elle en ressortant enfin. Taisez-vous. Ne prononcez pas ce mot ici.

Son regard inquiet se porta sur l'écurie.

Matt lui tendit la main, mais Sœur Bernadette la regarda simplement d'un air renfrogné. Il replia les doigts et elle se leva sans aucune aide.

— Pouvons-nous aller quelque part pour parler en privé ? lui demandai-je.

— Non, répondit-elle sèchement. Laissez-moi tranquille.

Revenant sur mes pas, j'allai informer la religieuse dans l'écurie que Sœur Clare la faisait demander. J'attendis qu'elle ait rangé son balai et quitté l'écurie avant de retourner dans la partie du bâtiment où se trouvait la charrette. Visiblement, il n'y avait pas d'autre véhicule. Je supposai que les sœurs n'avaient pas besoin d'un deuxième moyen de transport.

— Elle est partie, la rassurai-je. Nous pouvons parler sans crainte.

Sœur Bernadette se saisit de sa caisse à outils et la tint devant elle à deux mains, comme un bouclier.

— Je ne veux pas vous parler de... ça. Il faudrait être fou pour en parler ici. Allez-vous-en et laissez-moi tranquille.

Sa froideur était à mille lieues de l'attitude chaleureuse qu'elle avait eue envers nous lors de notre première rencontre. Le jour où nous étions venus au couvent et où nous leur avions parlé, à elle et à Sœur Margaret, elle s'était montrée enjouée, jusqu'à ce que nous posions des questions sur Mère Alfreda et Phineas Millroy.

— Nous ne pouvons pas partir sans avoir eu des réponses, dit Matt. C'est trop important. Dites-nous pourquoi vous avez enterré les fiches de ces deux bébés dans les bois.

Ses lèvres s'entrouvrirent, laissant échapper sans bruit un hoquet de surprise.

— Je... je... je ne sais pas de quoi vous parlez.

— Mais si, vous le savez. Le coffre dans lequel elles étaient enterrées a été fabriqué au moyen d'une magie puissante. La même que celle dont a été imprégnée la croix dans le bureau de la mère supérieure. C'est vous qui l'avez fait, Sœur Bernadette, et je vous conseille de cesser de mentir.

— Est-ce une menace, Mr Glass ?

Matt eut l'air d'hésiter, réfréné par son propre code d'honneur chevaleresque. Il n'était pas homme à employer la violence contre une femme, et il était incapable d'obliger une religieuse à parler contre son gré. Il nous fallait trouver un autre moyen.

— Il ne vous menace pas, lui dis-je. Mais moi, oui. Si vous ne nous dites pas ce que nous voulons savoir, je dirai à Mère Frances que vous êtes une magicienne.

— Elle ne vous croira pas. Je pense qu'elle ne croit pas à la magie.

— S'il faut la convaincre, je lui raconterai comment la croix de la salle de réunion a failli me tuer en tombant toute seule du mur.

Elle serra plus fort sa caisse à outils contre elle.

— Mais elle ne vous a pas écrasée.

— Elle a failli, répliquai-je. J'aurais pu mourir. Et c'est vous qui l'avez fait tomber, tout comme je peux faire bouger les montres et les horloges grâce à ma magie.

Ses yeux s'écarquillèrent légèrement.

— Vous avez ce pouvoir ? Comment faites-vous ? Je ne contrôle pas cette magie ; elle se produit toute seule, et uniquement quand je suis dans une situation désespérée.

— Je ne la contrôle pas non plus.

En d'autres circonstances, j'aurais aimé comparer ma magie avec la sienne, mais ce n'était pas le moment.

— Vous admettez donc que vous êtes une magicienne.

Elle hocha légèrement la tête.

— Ne le dites à personne, vous m'entendez ? On me chasserait du couvent, et que deviendrais-je, alors ? C'est chez moi, ici. Toutes mes amies sont là. Hors de ces murs, je n'ai ni famille ni amis.

Elle avait les lèvres tremblotantes et les larmes aux yeux. J'eus soudain honte de l'obliger à nous parler.

— Que me voulez-vous ?

— Nous voulons des réponses, lui dis-je d'une voix douce. C'est tout. Nous ne sommes pas vos ennemis. Cela ne nous intéresse même pas, de savoir si vous êtes responsable de la disparition de Mère Alfreda.

Son visage se contracta et une larme coula de chacun de ses yeux. Matt lui tendit son mouchoir et elle posa sa caisse à outils pour le prendre.

— Nous voulons juste savoir ce qu'est devenu le garçon appelé Phineas Millroy, dis-je pour finir. Est-il en vie ?

Elle se tamponna le coin de l'œil.

— Il est vivant, oui.

Un immense soulagement m'envahit. Je crus chanceler, prise de vertige. Matt me toucha le coude pour m'aider à reprendre mon équilibre. Comment pouvait-il être aussi calme ? C'est alors que je sentis ses doigts qui tremblaient.

— Je l'aperçois à l'église, de temps en temps, reprit Sœur Bernadette. Ses parents habitent toujours la paroisse. Il ne s'appelle plus Phineas. Ses parents, le couple à qui je l'ai confié et qui l'a élevé comme son propre fils, lui ont donné un nouveau nom. Je peux vous assurer qu'il est heureux et en bonne santé.

Avec un sourire un peu triste, elle ajouta :

— Je m'efforce de me le rappeler chaque jour. Cela m'aide parfois à me sentir moins coupable, mais pas toujours.

— Où pouvons-nous le trouver ? lui demandai-je.

— Je ne peux pas vous le dire. Je sais pourquoi vous voulez le voir, et je compatis, mais se servir de sa magie pour prolonger une vie, c'est aller contre la volonté de Dieu.

— Ce n'est pas à vous d'en décider !

Elle lança à Matt un regard plein de chagrin et de compassion.

— Je sais que l'homme que vous connaissez sous le nom de Phineas est un magicien qui a un don de guérison, et je vois bien que vous êtes malade, Mr Glass, mais je ne peux pas vous laisser lui demander de vous guérir. Et d'ailleurs, il n'a pas le pouvoir de guérir les maladies graves. Il vaut mieux succomber à la volonté divine que de lutter.

— Écoutez-moi, dis-je d'une voix menaçante. Matt a été abattu de sang-froid, on lui a tiré dessus. Ce n'est pas la volonté divine. C'était l'acte d'un assassin sans pitié.

Elle tressaillit et se plaqua le mouchoir de Matt sur la bouche.

— Il peut vivre plus longtemps en combinant la magie des montres avec celle d'un médecin, poursuivis-je. Nous n'avons pas le temps de tout vous expliquer en détail, mais je vous en conjure : il faut absolument nous dire où trouver Phineas Millroy. Sinon, je révélerai votre secret.

Je me redressai de toute ma hauteur.

— Je dirai à tout le monde que vous avez tué Mère Alfreda.

Elle se mit à sangloter et à verser des larmes, mais cela m'était égal, à présent. Elle venait de nous confirmer que Phineas était en vie, et aussi qu'il était un magicien médecin. Mon soulagement laissa la place à de la frustration. Nous étions si près du but, et je refusais de renoncer, maintenant que nous l'avions presque retrouvé.

Comme elle ne disait rien, je tâchai de trouver un autre moyen de lui arracher la vérité. Mais ce fut Matt qui prit la parole.

— Racontez-nous ce qu'il s'est passé, dit-il.

Je crus d'abord qu'il avait intentionnellement pris une voix plus douce pour l'amadouer, mais en remarquant son visage crispé, je me demandai si sa douleur l'avait repris.

— Dites-nous pourquoi vous avez dû lu faire quitter le couvent en secret.

Elle déglutit bruyamment.

— Je... je ne peux pas. C'est un souvenir trop douloureux.

— Mère Alfreda avait l'intention de lui faire du mal, n'est-ce pas ?

Elle se contenta de dévisager Matt en clignant des yeux.

— Allait-elle le tuer ? suggéra-t-il.

Elle s'étrangla avec un sanglot.

— Je crois, oui, dit-elle d'une petite voix. Il était si petit et sans défense, ce n'était qu'un bébé innocent, mais elle le croyait habité par le mal.

— Comment a-t-elle découvert ses pouvoirs magiques ? Un bébé est incapable de prononcer une incantation.

— Il n'en avait pas besoin. Sa magie est puissante, comme la mienne, et un simple contact suffisait à guérir les maux bénins. Les migraines disparaissaient, les éraflures guérissaient plus vite, ce genre de choses. Sa magie était telle qu'elle émanait simplement de lui sans avoir besoin d'aucune incantation. Mais uniquement dans certaines limites, vous comprenez. Il ne pouvait pas guérir les plaies profondes ni les douleurs chroniques, seulement les douleurs passagères.

— L'avez-vous touché ? lui demandai-je. Est-ce ainsi que vous avez su que c'était un magicien ?

Elle confirma d'un signe de tête.

— Un jour, alors que je réparais un berceau dans la pouponnière, j'ai entendu Sœur Francesca, ou plutôt Abigail Pilcher, maintenant, s'étonner qu'il soit si chaud. Mais quand une des autres sœurs l'a touché, elle a dit ne sentir aucune chaleur. Je savais déjà que Sœur Francesca était une magicienne. J'avais touché un mouchoir en soie qu'elle avait raccommodé et vendu dans la boutique. Je ne lui ai jamais dit que j'étais magicienne, moi aussi. J'avais préféré ne le dire à personne. Mais sa remarque sur la température de ce bébé a éveillé ma curiosité, alors je l'ai touché. J'ai immédiatement senti sa chaleur et su que c'était la chaleur de la magie. Cependant, je ne savais pas que c'était une magie guérisseuse. Jusqu'au jour où l'une des autres sœurs, qui se plaignait d'un mal de tête avant d'entrer dans la pouponnière, en est ressortie en s'émerveillant de se sentir beaucoup mieux après dix minutes passées avec le bébé. Il était seul dans la pouponnière à ce moment-là, alors ça ne pouvait être que lui. Elle pensait que c'était parce que le bébé lui avait communiqué sa sérénité, mais je me suis douté qu'il y avait une autre explication. Alors je me suis introduite discrètement dans la pouponnière et j'ai fait un test avec une petite plaie que j'avais au pouce. Je l'ai posé sur sa joue, et la plaie a disparu instantanément.

Elle rendit son mouchoir à Matt, mais celui-ci refusa de le reprendre.

— Vous n'avez pas parlé à Abigail Pilcher de votre découverte, ni de ce qu'il convenait de faire ? demanda-t-il.

Elle secoua la tête.

— J'avais trop peur. Je savais que ma magie serait considérée comme l'œuvre du démon. J'ai grandi à Dublin, et j'ai vu de mes yeux ce que l'Église fait aux magiciens.

Son menton tremblait et elle avait du mal à parler.

— Et puis, elle avait ses propres problèmes, à l'époque.

— Sa grossesse, dis-je. Vous avez donc décidé de faire disparaître Phineas du couvent toute seule ?

Elle hocha la tête.

— Sinon, il serait mort, comme cet autre bébé.

— L'autre enfant qui a disparu ? devinai-je. Celui dont vous avez aussi enterré la fiche dans les bois ?

Nouveau hochement de tête.

— Il a disparu du couvent quelques mois avant Phineas. C'est Sœur Clare qui a attiré mon attention sur son cas. D'après Mère Alfreda, il était mort pendant la nuit et elle avait porté elle-même son corps à la morgue. Sœur Clare avait trouvé surprenant qu'elle n'ait pas attendu le matin. J'avais mes doutes sur cette histoire, moi aussi, mais sa mort m'avait paru plausible. Je savais déjà que ce bébé était un magicien, alors je m'inquiétais pour lui. Je l'avais tenu dans mes bras une fois pour rendre service à une des sœurs qui s'occupaient de la pouponnière. Comme Phineas, sa peau émettait une chaleur magique. J'ai fait l'erreur de le mentionner à la mère supérieure. Je n'ai pas parlé de magie, évidemment, seulement de sa chaleur. Elle l'a touché et a déclaré qu'il n'était pas chaud. Mais à ce moment-là, j'ai vu son regard. C'était un regard froid et cruel, qui m'a fait peur. Un regard qui s'adressait aussi bien à moi qu'au bébé. Elle devait savoir que ce que j'avais senti était la magie de l'enfant, j'ignore comment. Si vous saviez comme je regrette d'avoir attiré son attention sur cet enfant ! Si je pouvais remonter le temps...

Elle étouffa un nouveau sanglot dans le mouchoir de Matt.

— Vous a-t-elle accusée ? lui demanda Matt.

— Non. Elle n'a rien dit, mais c'est cette nuit-là que le bébé est mort, apparemment. Il était en bonne santé, pourtant. Malgré mes doutes, j'ai gardé le silence. Je voyais bien qu'elle n'avait plus confiance en moi. Son attitude à mon égard a changé, et j'avais terriblement peur qu'elle révèle mon secret et qu'elle me chasse du couvent. Mais, comme je ne parvenais pas à cesser de penser à ce bébé, je suis allée à la morgue. Personne n'y avait apporté le corps d'un bébé cette nuit-là. J'ai envisagé toutes les autres possibilités : il avait pu être adopté, ou placé dans un orphelinat... mais ça ne faisait aucun sens. Pourquoi aurait-elle fait cela en secret ? Pourquoi ne pas passer par la procédure officielle ?

— Oh non, dit Matt à mi-voix.

Il avait l'air de savoir une chose que j'ignorais.

— Que lui est-il arrivé ? demandai-je, le souffle court.

— J'avais des soupçons, mais je devais en avoir le cœur net, poursuivit Sœur Bernadette. Ne voulant pas accuser la Révérende Mère sans preuves, j'ai préféré m'adresser au Père Antonio. Je lui ai demandé ce qui arrivait aux personnes soupçonnées de sorcellerie, en faisant mine de m'intéresser à la question d'un point de vue théorique. Il m'a alors parlé d'exorcisme.

Je portai une main à ma gorge.

— Oh, mon Dieu. Ce pauvre bébé !

Elle cligna des yeux pour retenir ses larmes et opina.

— Le Père Antonio m'a expliqué la procédure, mais cela semblait trop brutal pour qu'un bébé puisse la supporter. Je lui ai demandé si le sujet devait avoir un âge minimum, et il m'a dit que oui. Tout ce que je peux vous dire, c'est qu'un bébé est bien trop jeune. Vu la façon détachée dont il m'en a parlé, je ne pensais pas qu'il ait accompli ce rituel sur le bébé. Il ne me restait donc qu'une solution.

— Vous avez demandé des explications à Mère Alfreda ? demandai-je.

— Non. Je n'ai rien dit. Je comptais le faire, mais en fin de compte, je n'ai pas eu le courage. Je n'ai pas pu. Elle me soupçonnait déjà, mais elle n'avait rien fait. Si je l'accusais, je craignais qu'elle ne se décide enfin à agir et...

Elle déglutit péniblement.

— Oui, bien sûr. Que s'est-il passé, alors ?

— Phineas est arrivé à la pouponnière. Un autre bébé doué de magie. Quand j'ai découvert sa vraie nature, j'ai immédiatement eu peur pour lui. J'ai prié pour que Mère Alfreda ne l'apprenne jamais. Mais elle l'a su. J'en suis certaine. Aujourd'hui encore, j'ignore comment.

— Pensez-vous qu'elle ait pu elle-même être une magicienne ? suggérai-je. Elle avait peut-être gardé le secret.

— C'est possible.

— Il y a une autre possibilité, intervint Matt. Vous êtes-vous confessée au Père Antonio ?

— Non. Je ne suis pas idiote.

— Peut-être est-ce Abigail qui lui a avoué ses soupçons en confession, et il les aurait répétés à Mère Alfreda.

— Cela n'a plus d'importance.

Les larmes de Sœur Bernadette avaient séché et ses yeux étaient devenus vitreux à mesure qu'elle exhumait ces souvenirs douloureux.

— Je n'oublierai jamais le jour où j'ai vu Mère Alfreda sortir de la pouponnière avec une lueur impitoyable dans les yeux et un sourire cruel qui lui déformait le visage. C'est là que j'ai su que c'était *elle* qui était possédée par les démons. La créature maléfique, c'était elle. Pas les bébés, et pas moi non plus. Et elle allait faire exorciser ce petit corps pour en chasser aussi le prétendu démon, comme elle l'avait fait avec l'autre. Je ne pouvais pas la laisser faire. Pas si j'avais le pouvoir de l'en empêcher. Je me doutais que le premier bébé était mort au cours de l'exorcisme, et c'était mon devoir de faire en sorte qu'un autre innocent ne connaisse pas le même sort. Alors je l'ai volé. Je suis allée le chercher en cachette dans la pouponnière une nuit, pendant que tout le monde dormait.

— Et vous l'avez confié à un couple sans enfant, dis-je.

Elle confirma d'un signe de tête.

— Je les ai suppliés de le prendre. Je soupçonnais déjà le mari d'être un magicien, et mes soupçons se sont confirmés quand je leur ai expliqué ce qu'il s'était passé et qu'ils ont accepté le bébé sans poser de questions. Le dimanche suivant, ne voyant pas la femme à l'église, j'ai demandé où elle était. Son mari m'a dit qu'elle était partie faire un séjour prolongé chez sa sœur pour prendre soin d'elle et de son enfant malade. Quelques semaines plus tard, elle est revenue avec le bébé en disant que sa sœur ne pouvait pas s'en occuper. Ils l'ont élevé comme leur propre fils, et je l'ai vu grandir.

Elle inspira profondément et nous sourit, les yeux encore humides.

— Cela me procure une joie immense, de savoir que je lui ai sauvé la vie. Tout cela en valait la peine.

Matt posa une main sur la charrette et s'appuya dessus.

— Tout cela ?

Elle mit longtemps à lui répondre et, pendant un moment, je crus qu'elle allait refuser. Mais au bout d'un moment, elle dit :

— Je peux bien vous dire le reste. Cela soulagera peut-être ma conscience.

— Nous ne vous ferons aucun reproche, lui promis-je. Nous ne vous jugerons pas trop durement.

— Mais Dieu le fera peut-être.

— Ou peut-être comprendra-t-il que vous avez fait ce que vous pouviez pour sauver un enfant innocent.

Elle se mordit la lèvre inférieure.

— Je l'ai tuée. J'ai tué Mère Alfreda.

Elle enfouit son visage dans ses mains et éclata en sanglots. Je passai un bras autour de ses épaules et attendis qu'elle cesse de trembler avant de la lâcher.

— Vous n'êtes pas obligée de nous raconter, lui rappelai-je.

— J'y tiens.

Elle expira en tremblant.

— Mère Alfreda, qui me soupçonnait d'avoir volé le bébé dans la pouponnière, a exigé que je lui dise où il était. Elle n'avait sans doute eu aucun mal à deviner que c'était moi, puisqu'elle savait que j'étais une magicienne. Elle est venue dans ma cellule et m'a accusée d'être une sorcière, d'être possédée par un démon, et elle a dit qu'il fallait chasser le Malin de mon corps. Il était impossible de la raisonner. Peu lui importait que je sois née ainsi, et que la magie soit un don de Dieu. Je lui ai demandé comment elle comptait se débarrasser du démon, et elle a dit qu'elle ferait appel à un exorciste qu'elle connaissait. Un homme qui obtenait d'excellents résultats, et dont les sujets devenaient toujours dociles et paisibles une fois qu'il avait chassé les démons de leur corps. Elle m'a expliqué comment il s'y prenait. Ses méthodes étaient bien plus brutales que ce que m'avait décrit le Père Antonio. On ligotait le corps et on plantait des clous dans les extrémités pour rappeler le supplice du Christ. C'était atroce. Absolument épouvantable. Je lui ai demandé si c'était là qu'elle avait emmené le premier bébé, et elle l'a reconnu et m'a dit qu'il n'avait pas survécu.

Sœur Bernadette ferma les yeux, mais cela n'empêcha pas les larmes de couler sur ses joues.

— Mère Alfreda se réjouissait de sa mort. Elle prétendait que le démon était trop profondément ancré dans le bébé pour que l'exorcisme fonctionne, et que la mort était la meilleure issue pour de tels monstres. Elle *souriait* en me disant tout cela.

Elle s'adossa contre la charrette comme si elle en avait besoin pour ne pas tomber. Elle était pâle et tremblante, et elle avait le visage rouge et bouffi d'avoir tant pleuré.

— Je l'ai poussée. J'étais si furieuse et si terrifiée que je l'ai poussée. Elle est tombée et sa tête a heurté ma table de chevet. Elle s'est vidée de son sang sous mes yeux. Je l'ai regardée mourir. Je n'ai pas appelé à l'aide. Je n'ai pas essayé d'arrêter le saignement. Je suis simplement restée assise sur mon lit et j'ai attendu qu'elle rende son dernier souffle. Un peu après minuit, j'ai enveloppé son corps dans ma couverture, je l'ai portée jusqu'à la brouette qui est rangée dans la cabane où sont entreposés les outils de jardinage, et je l'ai emportée à la rivière. Sur le chemin, j'ai trouvé quelques briques que j'ai mises à l'intérieur de son habit. Puis j'ai jeté le cadavre dans l'eau. Elle a coulé à pic et, à ma connaissance, on n'a jamais retrouvé son corps. C'était facile. À cette heure de la nuit, on croise peu de monde dehors, et les quelques personnes qui m'ont vue n'ont posé aucune question.

Elle eut un bref rire désabusé.

— Personne ne se méfie d'une religieuse, même lorsqu'elle a une attitude louche.

— Et les fiches des nourrissons ? demandai-je. C'est aussi cette nuit-là que vous les avez enterrées ?

Elle hocha faiblement la tête et s'affaissa contre la charrette, les épaules voûtées. La fière et robuste religieuse irlandaise paraissait accablée.

— Je devais faire en sorte que personne ne demande ce qu'il était advenu de ces deux enfants, ou on aurait découvert la vérité. Je ne pouvais pas courir ce risque. Cela a fait quelques histoires quand Sœur Clare a déclaré qu'elle ne les trouvait plus, mais le couvent était plongé dans le chaos en cette période. Personne ne se souciait des fiches alors que Mère Alfreda avait disparu.

— Vous vous êtes confessée au Père Antonio, n'est-ce pas ? lui demanda Matt. Pour le meurtre, je veux dire, pas pour votre magie.

Elle le regarda en clignant des yeux, surprise qu'il l'ait deviné.

— Je n'avais pas le choix. Autrement, mon âme serait restée souillée. Je ne lui ai pas dit pourquoi. Il n'était pas au courant pour les exorcismes. Je lui ai seulement dit que nous avions eu une querelle, que je l'avais poussée, et qu'elle était tombée. Il m'a dit qu'il se chargerait de la police et, comme il me l'avait promis, elle n'est pas revenue poser de questions après le premier jour. Dieu merci.

— Nous ne leur dirons rien non plus, dis-je pour la rassurer.

Même si je croyais en la justice, et même si j'étais sûre que l'inspecteur-chef Brockwell en conclurait que c'était une mort accidentelle, Sœur Bernadette ne méritait pas de vivre cette expérience traumatisante qui nuirait à sa réputation. Mieux valait laisser cette affaire dans le passé. Elle croyait qu'elle affronterait un jour le jugement de Dieu, et cette inquiétude était déjà un châtiment suffisant.

— Mais je vous en prie, il faut nous dire où trouver Phineas, insistai-je. Je sais que vous pensez que maintenir quelqu'un en vie revient à se prendre pour Dieu, mais vous l'avez dit vous-même : la magie est un don de Dieu, c'est lui qui nous a faits tels que nous sommes.

Je pris ses deux mains dans les miennes et baissai la tête pour la regarder dans les yeux.

— S'il nous a donné le pouvoir de maintenir quelqu'un en vie grâce à la magie, n'avons-nous pas le devoir de sauver la vie de quelqu'un qui est sur le point de mourir d'une blessure par balle ?

Je vis le moment où elle se laissa gagner par mon raisonnement. Le flou de son regard se dissipa, ses joues reprirent des couleurs et elle sourit presque. Elle semblait soulagée de se ranger à mon opinion.

— C'est Dieu qui nous a fait don de la magie, c'est vrai, dit-elle.

— Et le meurtre n'est pas la volonté de Dieu, ajoutai-je.

Elle déglutit bruyamment.

— Le bébé que vous connaissez sous le nom de Phineas a été adopté par les Seaford.

Elle parlait vite, comme si elle voulait dire tout ce qu'elle avait à dire avant de changer d'avis.

— Ils l'ont appelé Gabriel. Vous les trouverez à Glebe Place, au numéro six, mais il n'habite plus avec eux.

Je l'entourai de mes bras et la serrai contre moi. Elle rit doucement et me tapota le dos.

— Merci, dis-je en me reculant. Merci.

Sœur Bernadette ramassa sa caisse à outils et se redressa.

— Si ce jeune homme peut sauver une vie qui mérite de

l'être, alors j'en aurai sauvé deux. Peut-être Dieu en tiendra-t-il compte lorsque sera venue l'heure de me juger.

— J'en suis sûre.

Matt la remercia et me prit la main.

Il m'entraîna dehors, où la vive lumière du jour m'éblouit. Je me sentais comme une boule de pure émotion, mais pleine d'espoir. J'en étais submergée. La guérison de Matt était si proche que je pouvais presque la toucher.

Soudain, Matt passa son bras autour de mes épaules et pressa ses lèvres sur mon front, mettant mon chapeau de travers. Sa respiration semblait difficile, laborieuse, et je m'écartai pour mieux le regarder.

— Est-ce que tout va bien ? demandai-je.

Il avait une mine épouvantable. Sa peau était luisante de sueur et ses lèvres étaient aussi pâles que son visage. Je retirai mon gant pour lui toucher la joue. Elle était froide.

— Matt ? fis-je d'une voix rendue aiguë par la panique.

— Je vais bien. Mais ne perdons pas de temps.

Sans un mot, nous traversâmes l'enceinte du couvent et retournâmes à notre voiture. Matt me donna la main pour m'aider à monter, puis il donna au cocher l'adresse des Seaford. Il grimpa dans la cabine avec difficulté et s'écroula à côté de moi sur la banquette.

— Avez-vous toujours l'incantation sur vous ? me demanda-t-il.

— Elle est dans mon réticule.

J'avais recopié l'incantation de guérison trouvée dans le journal du Dr Millroy et je la gardais toujours sur moi depuis. Le Dr Parsons avait utilisé la même sur la montre de Matt à Broken Creek cinq ans auparavant. Avec lui, elle avait fonctionné, mais pas avec le Dr Millroy. Nous ne savions pas pourquoi cette incantation compliquée avait marché pour l'un et pas pour l'autre, mais nous tenterions l'expérience avec Gabriel Seaford.

J'allai pour fermer les rideaux tandis qu'il s'évertuait à déboutonner sa veste, mais je marquai un temps d'arrêt. Nous venions de dépasser un véhicule à l'arrêt dont le passager s'était soudain redressé comme un homme à moitié assoupi dont l'attention venait d'être attirée par quelque chose. Il regarda par la vitre et nos regards se croisèrent.

C'était le shérif Payne.

Il devait être là depuis un bon moment, à nous attendre, et son cocher lui avait signalé que nous étions repartis. En regardant par la vitre arrière, je vis sa voiture quitter le bord du trottoir et nous suivre. *Oh non !*

Je retournai m'asseoir et regardai la faible lueur magique se répandre dans le corps de Matt. Tout l'espoir qui m'animait en sortant de la remise du couvent vola en éclats. La lueur aurait dû être plus forte.

— Vous sentez-vous mieux ? lui demandai-je.

Il opina en me faisant un petit sourire, mais je savais qu'il mentait. Cela ne m'empêcha pas de lui prendre sa montre et de prononcer dessus l'incantation qui prolongeait les effets de la magie. Il utilisa à nouveau sa montre, mais la lueur était toujours aussi faible.

Il rangea sa montre et garda la main sous sa veste, à la hauteur de sa poitrine.

Je n'osai pas lui demander si sa douleur au cœur était revenue. Au lieu de cela, j'ouvris la vitre et ordonnai au cocher de rouler plus vite. Un bref regard en arrière me confirma que Payne nous suivait toujours. Je n'en informai pas Matt. S'il savait que Payne était sur nos talons, il ne s'arrêterait même pas devant la maison des Seaford. Je ne voulais pas risquer de perdre encore plus de temps.

Glebe Place n'était pas loin et, six minutes plus tard, nous arrivâmes devant le numéro six. Matt, qui s'était affaissé dans un coin de la cabine, voulut se relever, mais je le repoussai doucement.

— Attendez ici, lui dis-je. Je vais leur demander où habite leur fils.

— Non. Mieux vaut qu'ils me voient. Ainsi, ils sauront que j'ai vraiment besoin d'un médecin.

C'était fort probable : il avait l'air d'un cadavre. Il avait les paupières rougies et tombantes, comme si elles étaient trop lourdes pour garder les yeux ouverts, et les cheveux qui lui tombaient sur la nuque étaient trempés de sueur.

Je regardai par la vitre à la recherche de la voiture de Payne, mais je ne la vis pas. Pourtant, il nous avait suivis, cela ne faisait aucun doute. Il nous attendait certainement à un coin de rue en épiant nos moindres faits et gestes. J'en étais sûre, à présent. Il cherchait à comprendre ce que nous faisions afin d'utiliser cette information contre Matt. Il n'avait pas essayé de tirer sur Matt dernièrement, ce qui était déjà une bonne chose.

Je restai tout de même vigilante et descendis de voiture la première. Matt inspira difficilement en descendant et mit un moment à se mettre d'aplomb. Résistant à la tentation de lui proposer de s'appuyer sur mon épaule, je gardai mes distances et frappai à la porte de l'étroite maison de ville. Le visage d'une femme apparut à l'élégante baie vitrée, mais c'est une autre femme qui nous ouvrit la porte.

— Puis-je parler à Mr ou Mrs Seaford ? demandai-je à l'intendante. Je m'appelle India Steele, et voici Mr Glass.

Elle regarda Matt d'un air hésitant avant de nous demander d'attendre sur le perron.

— Je dois vraiment avoir une sale tête, alors, commenta Matt pendant que nous patientions.

— Votre tête est normale.

— *Normale* ? grommela-t-il. La dernière fois qu'on m'a dit que j'avais une tête *normale*, c'était Willie, quand Cyclope venait de me donner un œil au beurre noir.

— Pourquoi Cyclope vous avait-il donné un œil au beurre noir ?

— Je ne me rappelle pas, ce qui veut dire que je l'avais sûrement mérité.

La femme d'un certain âge qui nous avait observés par la fenêtre vint nous saluer avec tout autant de circonspection que son intendante. Je réitérai les présentations, et ajoutai :

— C'est Sœur Bernadette, du couvent des Sœurs du Sacré-Cœur, qui nous envoie. Pouvons-nous entrer ? Nous avons besoin de vous parler d'un sujet délicat.

— Sœur Bernadette ? répéta-t-elle d'une voix blanche. Je... je ne sais pas...

— Mon ami Mr Glass a été blessé par balle, et il a besoin de l'assistance de votre fils.

— Blessé par balle !

Elle chaussa une paire de lunettes qu'elle portait au bout d'une chaîne autour de son cou et détailla Matt des pieds à la tête.

— Juste Ciel, c'est affreux ! Mais mon fils ne peut pas vous apporter l'aide dont vous avez besoin, Mr Glass. Il n'a pas le pouvoir de faire des *miracles*.

— Si, Madame, justement, dit Matt à mi-voix.

Elle se mordilla la lèvre inférieure, mais ne chercha pas à nous claquer la porte au nez. Je pris cela comme une invitation à continuer de plaider notre cause.

— Sœur Bernadette nous a assuré que votre fils pourrait nous aider. Je vous en prie, nous avons besoin de le trouver. Sinon, Mr Glass mourra, et je pense que vous conviendrez avec moi qu'il est trop jeune pour mourir, surtout d'un coup de feu tiré par un infâme criminel.

Matt pressa une main sur sa poitrine, soit en signe de supplication, soit parce que sa douleur au cœur était revenue. Quelle qu'en soit la raison, cela parut fonctionner. Mrs Seaford ne nous chassa pas immédiatement.

— Sœur Bernadette ne nous aurait pas parlé de Gabriel si elle pensait que Mr Glass ne méritait pas les soins très particuliers que votre fils est capable de lui procurer.

Elle se pencha vers nous.

— Je crains que vous ne soyez déçus. Les effets sont temporaires, vous savez.

Sentant l'espoir grandir en moi, je saisis la main de Matt. Ses doigts se refermèrent autour des miens.

— Je me contenterai du moindre jour supplémentaire que je pourrai passer avec lui.

Elle me sourit tristement.

— Vous trouverez Gabriel soit dans la chambre qu'il loue à Pimlico, soit à l'hôpital pour enfants de Belgrave, juste à côté. Ses horaires de travail sont très variables, alors il est peut-être encore chez lui.

Elle nous donna l'adresse et nous souhaita bonne chance, mais il était clair qu'elle pensait que Matt ne survivrait pas.

En donnant l'adresse à notre cocher, j'ajoutai :

— Prenez le chemin le plus court possible.

Matt s'installa dans la cabine avec un bruyant soupir. Il ferma les yeux et renversa la tête en arrière. Cela faisait quelques heures qu'il était réveillé, et il avait désespérément besoin de repos digne de ce nom.

Assise au bord de la banquette, je calculai à quelle vitesse je pourrais déboutonner sa veste et son gilet pour sortir sa montre magique au cas où son état s'aggraverait. Même si j'y parvenais en quelques secondes, je craignais que cela ne suffise pas. La magie de sa montre s'était considérablement affaiblie. Qu'arrive-rait-il si elle cessait de fonctionner pour de bon ? Je n'osais pas y penser.

Mon regard fut attiré par une voiture qui venait de nous dépasser à vive allure. Elle s'arrêta devant la maison des Seaford, et le shérif Payne en sortit. La voiture prit un virage et je ne vis donc pas ce qu'il fit ensuite, mais je n'avais pas besoin de le voir. Je savais qu'il interrogerait Mrs Seaford sur l'objet de notre visite et qu'il exigerait qu'elle lui répète ce qu'elle venait de nous dire. S'il découvrait que Gabriel Seaford était médecin, il saurait ce que nous avions l'intention de faire.

J'observai Matt, qui avait les yeux fermés et ne respirait plus que faiblement. Nous ne pouvions pas retourner chez les Seaford pour faire face à Payne. Nous n'avions pas le temps. J'avais beau être inquiète de voir le shérif sur nos traces, la réticence qu'avait eue Mrs Seaford à nous donner des informations sur son fils me rassurait. Elle ne donnerait pas son adresse à Payne. Elle ne s'était laissée convaincre qu'en entendant le nom de Sœur Berna-dette et en voyant la gravité de l'état de Matt.

Bien que Pimlico ne soit pas très loin de Chelsea, le trajet me parut durer une éternité. Je poussai un soupir de soulagement quand la voiture s'engagea sur Sutherland Row, une petite rue où il y avait peu de maisons et pas de piétons ni de voitures hormis la nôtre.

Mais à cet instant, par la vitre arrière, j'aperçus la voiture de Payne qui prenait le virage à vive allure. Comment avait-il fait pour que Mrs Seaford lui donne si rapidement l'adresse ?

Un nœud se forma au creux de mon estomac. Je fus prise de nausée. *Oh, mon Dieu. J'espère qu'elle n'a rien.*

Notre voiture ralentit, mais pas celle de Payne. Elle fonçait droit sur nous. Le cocher était-il fou ? Il risquait sa vie ! L'écart se réduisait inexorablement. Il allait beaucoup trop vite.

Je changeai de place pour m'asseoir près de Matt et je l'entourai de mes bras. Je ne savais pas pourquoi, mais en cas de collision, je voulais simplement le protéger, affaibli comme il l'était.

— Matt ! hurlai-je. Réveillez-vous ! Accrochez-vous !

Il revint à lui.

— Qu'est-ce que… ?

Dès qu'il aperçut la voiture, il passa ses bras autour de moi et enfouit ma tête au creux de son menton.

Plusieurs choses se produisirent en même temps. Notre cocher cria et fit une embardée qui nous projeta contre le côté de la cabine. Ma montre se mit à sonner pour m'avertir, sans plus s'arrêter. Je la sortis de mon réticule et la serrai dans ma main. Elle palpitait en rythme avec ses tintements, pareille à un cœur qui s'emballe.

La voiture monta à moitié sur le trottoir avant de s'arrêter brusquement. Matt ouvrit la portière et s'apprêta à sauter à terre.

— Non ! m'écriai-je en le rattrapant par le bras. Il est certainement armé !

— Ça, je ne vous le fais pas dire.

Payne se tenait sur le trottoir, son arme pointée sur Matt et sa bouche étirée en un sourire cruel.

CHAPITRE 13

att se raidit. Il regarda Payne avec une férocité glaciale et calculatrice. Payne était trop loin pour que Matt puisse bondir et lui faire tomber son pistolet des mains. Quand Eddie lui avait tiré dessus, Matt avait été assez près pour l'empêcher de tirer un second coup de feu, et j'avais réussi à lui mettre sa montre dans la main tandis qu'il agonisait. Mais Payne n'était pas idiot. Il resta à bonne distance. Dans tous les cas, la montre de Matt n'avait sans doute plus assez de magie pour le sauver, et j'étais certaine que Matt n'avait plus la force de survivre à une blessure par balle assez longtemps pour essayer d'utiliser la magie.

— Laisse tes mains bien en vue, Glass.

Payne rabattit sa veste par-dessus son pistolet pour le cacher aux yeux des gens qui auraient pu nous observer depuis leurs fenêtres.

— Si tu essayes de jouer les héros, je tire. Et toi aussi, dit-il à notre cocher. Et d'ailleurs, je devrais te tuer de toute façon, Glass. Je n'ai pas besoin de toi.

Il arma le chien de son arme et la braqua sur Matt.

Je poussai Matt d'un grand coup d'épaule, en utilisant tout mon poids dans cet espace confiné, et je me plaçai devant lui.

— India, gronda-t-il.

— C'est de la folie ! dis-je à Payne. Nous sommes en plein

milieu de la journée. Il y aura des témoins. Êtes-vous vraiment prêt à risquer votre vie par vengeance ? Ne voyez-vous pas comme c'est insensé ?

— Pas par vengeance, non. C'était le cas au début, quand je suis arrivé en Angleterre. Mais plus je t'ai observé, Glass, plus j'ai réalisé que tu possédais un objet d'une valeur extraordinaire. Un objet que je peux vendre au plus offrant. Et on se battra pour me l'acheter à prix d'or, tu peux me croire. Et maintenant, donne-moi ta montre.

— Tout cela pour une simple montre ? fis-je, railleuse. Soit.

— Ne me prenez pas pour un imbécile, Miss Steele, dit Payne avec son inflexion traînante d'Américain. Vous savez de quelle montre je parle. Je veux sa montre magique. Celle qui le maintient en vie. Celle qui fera de moi un homme riche.

— Vous ne savez pas de quoi vous parlez. Seul Matt peut se servir de cette montre.

Je vis sa mâchoire se contracter et son regard passer de lui à moi. Ainsi donc, il ignorait ce détail. Cela jouait en notre faveur, mais je ne savais pas encore si cela permettrait de nous sauver.

— Elle a raison, haleta Matt avec difficulté. La magie de ma montre ne marche que sur moi. Ce qui ne te laisse plus que la vengeance. Je te suivrai sans résister si tu libères India.

— Non ! m'exclamai-je.

— Bien essayé, Glass, dit Payne. Mais je ne peux pas croire un mot de ce que vous me direz, l'un comme l'autre. Alors je vais demander à Miss Steele et au Dr Seaford de combiner leur magie dans ta montre et je verrai bien, pas vrai ?

— Ne la touche pas.

Matt passa son bras autour de ma taille, prêt à me repousser sur le côté.

— Ta montre ne marche pas très bien, Glass, je me trompe ? C'est pour ça que tu es là. Pour demander à ce magicien médecin de combiner sa magie avec celle de Miss Steele pour réparer ce machin. N'essayez pas de me faire croire le contraire, dit-il alors que j'ouvrais la bouche pour protester. Je sais que j'ai vu juste. J'ai posé les mêmes questions que vous aux mêmes personnes, et j'ai lu les articles de Mr Barratt jusque dans les moindres détails. Je sais ce que votre grand-père a tenté de faire il y a bien des années, Miss Steele, et je sais que le médecin qui vit ici est un magicien.

— Dans ce cas, j'imagine que vous savez aussi que mon grand-père a échoué, dis-je. Personne de vivant ne connaît l'incantation adéquate.

Ses lèvres minces s'étirèrent en un affreux rictus.

— Si c'était ce que vous pensez, vous ne seriez pas là.

Il désigna Matt d'un geste du menton et ajouta :

— Il est en train de mourir, Miss Steele. À voir sa tête, je parie qu'il sera mort avant la fin de la journée s'il ne peut pas se servir de sa montre.

— Tu me sous-estimes, Payne, dit Matt. Comme toujours.

La porte du numéro dix s'ouvrit et un homme nous regarda en clignant de ses yeux encore ensommeillés.

— Qu'est-ce que c'est que ce tapage ?

Il repoussa les cheveux très bruns qui lui tombaient sur le front en étouffant un bâillement.

— Ma logeuse est dans tous ses états. Elle dit avoir vu quelqu'un avec un pistolet.

— Venez ici, Dr Seaford, dit Payne sans se retourner, ou je tue Mr Glass.

Le médecin se figea et son regard se fit plus vif.

— Mais enfin, que se passe-t-il, ici ?

— Vous avez menacé sa pauvre mère pour savoir où il habitait et ce que nous lui voulions, n'est-ce pas ? crachai-je en direction de Payne.

— Elle refusait de me donner l'adresse de son fils, alors j'ai menacé l'intendante. Elle m'a dit tout ce que j'avais besoin de savoir. Approchez *lentement*, dit-il au Dr Seaford, qui était toujours derrière lui. Et personne ne sera blessé.

Le Dr Seaford avança d'un pas, puis il s'arrêta.

— Est-il vraiment armé ?

— Oui, répondis-je. Et il n'hésitera pas à tirer. Nous sommes vraiment désolés.

Il avait l'air sur le point de me demander pourquoi c'était moi qui étais désolée, mais, sous l'effet de l'ordre aboyé par Payne, il referma la bouche et vint se placer près de l'attelage.

— Vous deux, descendez et mettez-vous à côté de Seaford.

Matt et moi fîmes ce qu'il disait. Je risquai un regard furtif vers notre cocher et m'aperçus qu'il n'était même pas là. Dieu merci, il s'était enfui ! Avec un peu de chance, il irait chercher de l'aide.

— Quelqu'un va-t-il enfin me dire ce qui passe ? demanda le Dr Seaford.

— Je vous expliquerai bientôt, dit Payne. Mais d'abord, donne-moi ta montre, Glass.

Matt leva les mains comme pour se défendre.

— Viens la chercher.

Payne eut un sourire mauvais.

— Seaford, apportez-moi toutes les montres que vous trouverez sur Mr Glass. Si vous refusez, je lui tire dessus.

— Mais elle ne vous servira à rien, implorai-je. Elle ne marche que sur Matt. Laissez-la-lui, je vous en prie.

Payne se contenta de sourire de son air de fouine.

— Fouillez bien toutes les poches et toutes les coutures, Seaford. Il a certainement plusieurs montres.

— Tout cela pour le dévaliser ? s'étonna le Dr Seaford en secouant la tête.

— Faites-le, c'est tout !

Le Dr Seaford se tourna vers Matt et s'excusa. Il trouva la première montre de Matt, celle que nous avions récemment achetée chez les Mason, et la leva pour la montrer à Payne.

— Où a-t-elle été fabriquée ? demanda Payne.

Le Dr Seaford ouvrit le boîtier et lut l'inscription.

— Ici, à Londres.

— Alors ce n'est pas la bonne. Continuez à chercher.

Le Dr Seaford rendit sa montre à Matt, qui la remit dans sa poche. Le Dr Seaford ne mit pas longtemps à trouver la deuxième montre de Matt, cachée dans sa poche secrète.

Mon estomac se noua et mon sang se glaça dans mes veines.

— Où a-t-elle été fabriquée ? demanda Payne.

Une fois de plus, le Dr Seaford ouvrit le boîtier et lut l'inscription.

— À New York.

— Je crois que c'est la bonne. Lancez-la-moi.

— Non ! m'exclamai-je. Dr Seaford, cette montre maintient

Matt en vie. Si vous la lui donnez, il la détruira et Matt mourra d'une mort lente.

— Elle le maintient en vie ? répéta le Dr Seaford, stupéfait. Êtes-vous en train d'insinuer ce que je crois ?

— La magie, oui, lui dit Payne. Vous êtes magicien, elle est magicienne... et maintenant, cette montre est à moi. Lancez-la-moi ou je tire, et Glass mourra immédiatement. À vous de choisir. Une mort lente ou rapide ? Dans un cas, vous pouvez toujours espérer que Glass arrivera à me maîtriser et à récupérer sa montre. Dans l'autre... enfin, vous voyez.

Il arma le chien de son revolver.

— Ça ne fait rien, dit Matt au médecin. Donnez-lui la montre. C'est sans importance.

— Bien sûr que si, c'est important ! hurlai-je.

Le Dr Seaford inspira pour se calmer.

— Je ne comprends pas vraiment de quoi il retourne, dit-il en levant en l'air la montre de Matt. Mais ce que je sais, c'est qu'il tient une arme pointée sur Mr Glass qui est là. Je ne peux pas le laisser vous tuer pour une montre, Monsieur.

— Je comprends, dit Matt.

Le Dr Seaford lança la montre.

— Non ! m'écriai-je.

Matt me saisit le bras pour m'empêcher de m'élancer en avant. Mais il ne put pas m'empêcher de lancer ma propre montre. Elle fendit l'air, et j'espérais qu'elle s'enroulerait autour du poignet de Payne pour l'électrocuter comme elle l'avait fait plus d'une fois pour me sauver.

Mais elle le toucha à l'épaule et tomba sur le pavé, où elle resta inerte et silencieuse. Cela ne marchait que lorsque ma propre vie était en danger, et elle avait cessé de sonner depuis que l'arme de Payne n'était plus braquée sur moi.

Payne leva le pied, s'apprêtant à l'écraser.

— Non ! vociféra Matt. C'était un cadeau de ses parents.

— Tu sais bien que je ne suis pas du genre sentimental, Glass. Payne abattit le talon de sa botte sur ma montre et l'écrasa consciencieusement.

Le boîtier en métal vola en éclats et le verre qui se trouvait à l'intérieur se brisa. Ma montre émit un ultime tintement plaintif, puis ce fut le silence. Lorsque Payne souleva sa botte, il n'y avait plus dessous qu'un petit tas de composants si abîmés qu'il serait impossible de les réparer.

Les larmes me montèrent aux yeux. C'était mon père qui avait fabriqué cette montre, et je l'avais démontée des centaines de fois. Je connaissais ses mécanismes internes par cœur et j'étais capable de la remonter les yeux fermés. Elle m'avait sauvé la vie. Et à présent, elle était irrémédiablement détruite.

Matt me prit la main et la serra fort dans la sienne. Il cherchait à me réconforter, mais le tremblement qui l'agitait ne fit rien pour atténuer la douleur sourde que j'avais dans le cœur. Je croisai son regard et je vis ses yeux brillants d'émotion et de douleur. Il souffrait tant !

Le shérif eut un sourire satisfait. Puis il glissa la montre de Matt dans sa poche.

Je fermai les yeux. Dans l'obscurité, le moindre son était amplifié. Le claquement des sabots de l'un des chevaux qui s'avançait un peu, le ricanement mauvais de Payne, la respiration difficile de Matt. Je m'affaissai contre la voiture et des larmes brûlantes coulèrent sur mes joues.

— India, mon amour, susurra Matt, les lèvres presque collées à mon oreille.

Je pensais qu'il allait ajouter quelque chose mais, comme il ne disait rien, j'ouvris les yeux.

Payne avait le canon de son arme contre la tête de Matt.

— Pas un geste, Glass, dit-il. Miss Steele, Dr Seaford, venez avec moi. J'ai du travail pour vous deux.

— Moi ? s'étonna le Dr Seaford. Pourquoi moi ? De quel travail parlez-vous ?

— Un travail magique.

Les narines du Dr Seaford se dilatèrent et les muscles de sa mâchoire se contractèrent.

— J'ignore de quoi vous parlez.

— Mais si, vous le savez très bien. Nous n'avons pas le temps d'en discuter maintenant. Venez avec moi. Passez devant avec Miss Steele. Tout de suite, Miss Steele, insista-t-il. Vous savez ce qui se passera si vous refusez.

Je serrai les doigts autour de la main de Matt avant de la

lâcher. Je levai les yeux sur son visage, et je le regrettai aussitôt. J'y vis une véritable peur et de l'impuissance, ainsi qu'une douleur insoutenable, gravées dans le creux de ses joues et de ses yeux.

Je rejoignis Dr Seaford et nous nous mîmes en marche tous les deux, Payne sur nos talons, son arme toujours dissimulée sous sa veste. Je résistai à la tentation de me retourner pour regarder Matt. Je ne pouvais pas supporter la vue de sa détresse.

— Oh, et puis, après tout... murmura soudain Payne. J'ai envie de le *voir* mourir.

— Non ! hurlai-je en faisant volte-face.

Mais je ne pus l'atteindre à temps. Il appuya sur la détente et tira. Matt réagit, mais pas assez vite. L'impact de la balle tordit son corps dans un soubresaut et il s'écroula sur le sol.

Il cessa de bouger.

CHAPITRE 14

Le coup de feu devait être le signal qu'attendait le cocher de Payne. Sa voiture tourna l'angle et s'arrêta à côté de nous. Payne ouvrit la porte et me poussa à l'intérieur sans ménagements. Il força le Dr Seaford à monter en lui pointant son arme sur la tempe.

Du bruit emplissait ma tête. Des cris. C'était *moi* qui criais.

Payne me fit taire d'une gifle et je m'arrêtai, hébétée, la vision trouble.

— Au prochain son, je vous en colle une autre, gronda-t-il. Et ça vaut aussi pour vous, Seaford.

Les yeux fixés sur la vitre, je regardai défiler les maisons, les arbres, un pan de ciel gris. Puis Payne ferma les rideaux et la cabine fut plongée dans la pénombre.

Personne ne dit plus un mot. Le Dr Seaford devait avoir un millier de questions, mais il n'osait probablement pas les poser. J'aurais voulu pouvoir lui fournir au moins une explication, mais même ça, cela m'était impossible. Ce n'était pas la menace de Payne qui m'empêchait de parler, mais le trou béant dans ma poitrine. J'avais l'impression qu'il allait m'engloutir.

Je me recroquevillai dans le coin de la cabine et laissai monter mes larmes. Elles se mirent à couler sans bruit le long de mes joues, de mon menton, et jusque sur mes bras dont je m'étais entourée. J'avais si froid !

Matt était mort.

Si cette balle ne l'avait pas tué, il allait mourir quoi qu'il arrive, sans sa montre. C'était sans espoir. Je n'avais pas réussi à le sauver. Ma magie s'était révélée complètement inutile.

J'aurais dû lui dire que je l'aimais.

— Miss Steele ? fit le Dr Seaford avec douceur.

Voyant que Payne ne mettait pas à exécution sa menace de le frapper, il me demanda :

— Êtes-vous blessée ?

— Non, dis-je.

Il inspira, puis expira lentement.

— Pouvez-vous me dire ce que vous nous voulez ? demanda-t-il au shérif.

— Mais certainement, dit Payne. Nous avons un peu de temps avant d'atteindre notre destination. Vous, Monsieur, vous êtes un magicien médecin, et Miss Steele est une magicienne horlogère.

Pendant que le Dr Seaford l'écoutait sans rien dire, je me demandai s'il avait deviné de quoi il retournait. Il avait probablement lu les articles de journaux qui parlaient de la possibilité de combiner deux sortes de magie et de l'expérience qu'avaient tentée Chronos et un médecin pour prolonger la vie d'un homme à l'article de la mort. Savait-il que ce magicien médecin était aussi son propre père ? Je n'en savais rien, mais il avait dû comprendre que j'étais de la famille de ce Steele mentionné dans l'article.

— La montre de Mr Glass le maintenait en vie, en effet, poursuivit Payne.

— C'est impossible, dit le médecin.

— Non, ça n'a rien d'impossible. N'est-ce pas, Miss Steele ?

Je gardai le silence. Je refusais de l'aider, même de façon minime.

— Je crois que nous pouvons prendre son silence pour une confirmation, dit le shérif. Mr Glass aurait dû mourir de ses blessures en Amérique il y a cinq ans. Je n'étais pas là quand c'est arrivé, mais j'ai entendu dire qu'il avait perdu assez de sang pour remplir un seau. Deux hommes, un médecin américain et un horloger anglais, l'ont transporté dans un saloon. Peu après, il en est ressorti frais comme un gardon. Plusieurs témoins ont crié au miracle. Je ne crois pas aux miracles, mais je ne pouvais pas l'expliquer. Cinq ans plus tard, je le suis jusqu'ici. Je l'observe, je me renseigne… et je vois et j'entends des choses qui n'ont ni queue ni tête, mais qui m'amènent à croire en quelque chose. Mais pas aux miracles, non. À quelque chose d'autre. C'est alors que paraît dans la *Gazette Hebdomadaire* un article qui fait jaser tout Londres. De nouveaux éléments commencent à s'assembler pour résoudre l'énigme qu'est Matthew Glass. Puis voilà que paraît un second article, et là, c'est le déclic.

Il claqua des doigts.

— Tout s'éclaire.

— Voyons si j'ai bien compris, dit le Dr Seaford. Vous pensez que la montre qui est dans votre poche maintient Mr Glass en vie parce qu'elle contient de la magie.

— Pas n'importe quelle magie. Deux sortes de magie différentes. La magie médicale et la magie du temps.

Le Dr Seaford eut un bref rire moqueur.

— La magie du *temps* ?

— Dites-lui, Miss Steele, dit Payne. Dites-lui ce que vous pouvez faire.

Pour toute réponse, je lui lançai un regard noir.

— Elle est légèrement contrariée, dit Payne en haussant les épaules. Je vais donc vous expliquer, même si je pense que vous avez déjà deviné, Dr Seaford. Je vois bien que vous êtes un homme intelligent, que vous avez fait des études. Voyez-vous, non seulement la montre de Mr Glass contient de la magie médicale, mais cette magie médicale a également été prolongée par le magicien horloger.

— Il est donc immortel tant qu'il a accès à cette montre ? demanda le Dr Seaford.

— Non, dis-je. Il mourra de vieillesse un jour.

— Merci de cette précision, Miss Steele, dit le shérif Payne, j'ignorais ce détail. Il n'est donc pas immortel, mais la magie de sa montre l'empêche de succomber des suites de cette ancienne blessure, mais aussi des nouvelles, n'est-ce pas ?

Il se caressa le menton.

— Intéressant.

Le Dr Seaford se passa une main sur le visage en geignant. Pour la première fois, je le regardai vraiment. Il était plutôt séduisant, dans un genre un peu canaille. Étant donné qu'il venait de se réveiller, il n'était pas encore rasé, et il ne portait ni veste ni cravate. Ses cheveux étaient tout ébouriffés à force d'y passer les doigts, et il avait une expression maussade.

— On m'attend à l'hôpital dans une heure, protesta-t-il, un peu incrédule.

Cela devait être terriblement déconcertant de se retrouver dans cette situation. Je trouvais qu'il gardait un sang-froid remarquable. C'est d'ailleurs ce que je lui aurais dit si j'avais voulu lui témoigner mon soutien, mais je réalisai que je n'avais plus le cœur à rien. Je ne cherchais même pas un moyen de m'échapper.

Oh, Matt.

— Vous serez libre tout à l'heure, à condition de collaborer avec Miss Steele, dit Payne.

— De collaborer ? s'indigna le Dr Seaford. Je refuse de contribuer à prolonger la vie d'un être humain de la façon que vous avez décrite.

— Pas même pour vous enrichir ? Je suis un homme raisonnable. Je partagerai les bénéfices avec vous.

— Non !

— Très bien. Cela en fera plus pour moi.

— Vous ne pouvez pas me forcer à prononcer une incantation contre mon gré. Et d'ailleurs, je n'en connais aucune.

Le shérif Payne lui adressa un sourire doucereux.

— De toute façon, ça ne fonctionnera pas, poursuivit le Dr Seaford. L'article dans le journal disait que la dernière fois que cette expérience a été tentée, elle a raté, et le malade est mort.

— Erreur. La dernière fois que cette expérience a été tentée, c'était il y a cinq ans, sur Mr Glass. Ce jour-là, elle a réussi, ce qui veut dire qu'elle peut réussir encore. Je soupçonne Miss Steele, ici présente, de savoir pourquoi la première tentative a échoué alors que la deuxième a réussi. Je la soupçonne également de connaître les incantations nécessaires.

— C'est faux, marmonnai-je avec difficulté. Le médecin qui a opéré Matt est mort. L'incantation qu'il a utilisée a disparu avec lui.

— Pourquoi vous être mise à la recherche de notre ami, le Dr Seaford, alors ?

— J'espérais qu'il connaîtrait l'incantation, improvisai-je.

— Et ce n'est pas le cas, ajouta le Dr Seaford. Allons, Mr...

— Shérif Payne.

— Shérif ? Vous êtes un représentant de la loi ?

— Ne vous y trompez pas, dis-je au médecin. Il est corrompu et impitoyable. Il a déjà commis des meurtres, et il a essayé de nous tuer tous les deux, Matt et moi.

Le shérif Payne répondit avec un sourire narquois :

— Vous m'accusez, mais vous êtes vous-même la petite-fille d'un meurtrier.

— Mon grand-père voulait prolonger la vie de cet homme, rétorquai-je.

— Dr Seaford, saviez-vous que votre vrai père était le médecin qui s'était associé au grand-père de Miss Steele ? Vous avez donc tous les deux un meurtrier dans votre famille.

Le Dr Seaford n'eut pas l'air surpris.

— Laissez-nous partir, lui redemandai-je. Il n'y a plus aucun magicien médecin encore en vie qui connaisse l'incantation. Matt est mort...

Je m'étranglai avec un sanglot.

— Vous avez gagné. Vous êtes enfin vengé de lui. Laissez-nous partir.

— Vous mentez, Miss Steele, dit Payne, qui avait l'air de perdre patience. Vous connaissez l'incantation. Les deux incantations. Si vous voulez que je vous libère, vous ferez ce que je vous dis.

Le Dr Seaford resta assis à côté de moi sans rien dire pendant le reste du trajet. Je m'affaissai dans le coin de la cabine, les yeux fixés droit devant moi, m'efforçant de ne pas penser à Matt qui se vidait de son sang, étendu sur le pavé, tandis que sa montre était dans la poche de Payne. Cependant, il m'était impossible de ne pas penser à lui. Impossible de ne pas me laisser engloutir dans l'insondable abîme de désespoir que j'avais à présent à la place du cœur.

Nous atteignîmes enfin notre destination, une ruelle sombre et étroite bordée d'habitations anonymes qui n'étaient ni neuves ni en bon état. Des femmes traînaient dans l'encadrement des portes, leur visage fardé et leur corsage décolleté visant à attirer le chaland.

— N'essayez pas de faire une scène ou d'appeler à l'aide, ou quelqu'un se fera trouer la peau, dit Payne tout en nous forçant à descendre de voiture. Et de toute façon, je doute que qui que ce soit ici vous aide. Je me suis montré généreux, depuis que je suis arrivé dans cette ville infecte.

Il donna au cocher une bourse où tintaient des pièces et nous fit passer par la porte la plus proche.

C'était une maison mitoyenne qui semblait vide et qui sentait l'humidité et l'urine. Obéissant aux ordres de Payne, nous montâmes à l'étage et entrâmes dans un salon. De la lumière filtrait à travers les trous des rideaux, laissant voir un sofa couvert d'un tissu vert passé dont la garniture dépassait au niveau des coutures déchirées. Des pans de papier peint se décollaient et pendaient, pareils à des lambeaux de peau. Le papier avait sans doute dû être couleur sauge autrefois, mais à présent, il était délavé et tout taché. Dans le poêle était entassée une pile de cendres froides. Il n'y avait pas de seau à charbon, pas de pelle ni de tisonnier, ni rien qui puisse nous servir d'arme.

— Comptez-vous nous enfermer ici comme des animaux ? demanda le Dr Seaford en regardant autour de lui.

— Pour le moment.

— Pour combien de temps ?

— Jusqu'à ce que vous ayez combiné vos deux magies.

Il sortit de sa poche la montre magique de Matt.

— Là-dedans.

— Je vous l'ai dit, répétai-je, seul Matt peut utiliser cette montre.

J'avais parlé d'une voix rauque que je ne reconnaissais plus.

— C'est possible, mais je voudrais tout de même en avoir la preuve.

— Et si ça ne marche pas ?

— Alors vous essayerez sur cette montre-là, dit-il en m'en lançant une autre.

Elle était d'un style plus sobre que celle de Matt, sans inscription gravée sur le boîtier en argent. Le bord du cadran était un peu bosselé, mais elle était à l'heure.

— Et si ça ne guérit personne ? demanda le Dr Seaford. Que se passera-t-il ensuite ?

— Vous réessayerez, sans relâche, jusqu'à ce que ça fonctionne. C'est compris ?

Le visage du Dr Seaford se décomposa et son front se barra d'un pli soucieux.

— Vous êtes sérieux, alors ? Mais enfin, mon Dieu, c'est inhumain ! Vous ne pouvez pas nous garder prisonniers ici !

— Je pourvoirai à vos besoins élémentaires, dit Payne. Je ne suis pas un monstre. Je vais vous faire du thé. Personnellement, je préfère le bourbon, mais vous, les Anglais, vous aimez beaucoup le thé. Je suis sûr que vous essayerez de vous évader en mon absence, mais permettez-moi de vous faire remarquer que nous sommes à l'étage et qu'il y a des barreaux aux fenêtres. Je fermerai également la porte à clé. Pourquoi ne pas profiter de ce moment pour faire plus amplement connaissance ? Vous risquez de passer un certain temps ensemble ; ce sera plus facile pour vous deux si vous devenez amis.

— Vous êtes un misérable ! s'indigna le Dr Seaford.

Payne ricana.

— Un misérable ? C'est ça, votre problème, à vous, les Anglais : vous êtes trop polis.

Puis, sans me laisser le temps de réaliser ce qu'il allait faire, il se dirigea vers moi et m'arracha mon réticule des mains.

— On ne sait jamais, vous pourriez avoir un petit couteau caché là-dedans.

Il sortit de la pièce et referma la porte. Le cliquetis de la serrure résonna dans la pièce presque vide.

Je m'assis sur le sofa, les deux montres posées sur mes genoux ; je me sentais toute petite et vulnérable, sans ma montre pour me sauver. Et maintenant, Payne avait aussi mon réticule. S'il n'y avait dedans aucune arme, il contenait en revanche l'incantation de guérison, recopiée sur une feuille de papier. Elle ne me servait plus à rien, mais si Payne devinait de quoi il s'agissait, il obligerait peut-être le Dr Seaford à la prononcer.

Le Dr Seaford ouvrit les rideaux, ce qui fit tournoyer un nuage de poussière dans la pièce. Tout en toussant, il tira sur les barreaux fixés aux fenêtres, mais ils restèrent solidement en place. Il essaya de passer la main entre les barreaux pour cogner sur la vitre, mais sa main ne passait pas. Refusant de se décourager, il s'attaqua alors à la porte, mais elle était fermée à double tour.

Je le regardai fouiller la pièce à la recherche d'une arme à utiliser contre Payne mais, comme on pouvait s'y attendre, il ne trouva rien. Il n'y avait ni tisonnier, ni objets contondants, ni même un tapis avec lequel nous aurions pu faire trébucher Payne. Notre situation était sans espoir. J'aurais pu le dire au Dr Seaford, mais il fallait qu'il apprenne par lui-même que Payne n'était pas idiot.

N'ayant pas trouvé d'arme, il se plaça au centre de la pièce et se mit à s'époumoner :

— À l'aide ! Est-ce que quelqu'un m'entend ? Aidez-nous !

Puis il tendit l'oreille, avant de recommencer à appeler au secours.

— Personne ne viendra, soupirai-je. Le shérif Payne a dû s'en assurer.

— Allons, Miss Steele, ne renoncez pas avant d'avoir essayé.

— Ça ne sert à rien, Dr Seaford.

J'appuyai mes doigts sur mon front sous lequel couvait une douleur sourde, et je fermai les yeux de toutes mes forces. Une larme coula et tomba sur mon menton.

Je sentis un poids à côté de moi sur le sofa.

— Je vois bien que vous pleurez votre ami, dit-il d'un ton compatissant, et je vous présente mes condoléances, mais si nous voulons nous échapper, nous devons nous entraider.

Rouvrant les yeux, je vis son regard franc posé sur moi. Il avait des yeux d'un brun chaud, comme Matt, et il devait ressembler à son père, parce que je ne lui trouvais aucune ressemblance avec Lady Buckland.

— Vous êtes quelqu'un de bien, lui dis-je. Je suis désolée d'avoir conduit Payne jusqu'à vous. Je n'aurais pas dû, mais je ne savais pas quoi faire d'autre, et ma situation désespérée m'a rendue égoïste.

— Vous étiez prête à tout pour sauver votre ami Mr Glass.

J'opinai et serrai la montre de Matt sur mon cœur. La magie qu'elle renfermait palpitait faiblement. Cela me parut étrange qu'elle ait encore l'air animée d'une vie propre quand Matt, lui, était certainement mort.

— Mais vous l'avez dit vous-même : vous ne connaissez pas l'incantation de guérison, et le seul qui la connaissait est mort.

Il inclina la tête sur le côté.

— Si c'est vrai, pourquoi vous être mis à ma recherche ?

— Votre père, le Dr Millroy, l'avait notée dans son journal. Je l'ai apportée avec moi pour que vous puissiez la lire et m'aider à réparer la montre de Matt. Elle est dans mon réticule.

Le Dr Seaford se passa la main dans les cheveux.

— Et ce réticule est maintenant en sa possession. La tuile.

— Oui. La tuile.

Cela résumait parfaitement la situation.

J'enfouis mon visage entre mes mains et me mis à pleurer en silence. Le Dr Seaford posa doucement la main sur mon épaule, mais cela ne fit pas cesser mes larmes. Je ne pouvais plus les retenir. Elles débordaient de moi comme une rivière en crue que rien ne peut arrêter.

— Je vous offrirais bien un mouchoir, mais je n'en ai pas sur moi, dit-il. Je n'ai même pas eu le temps de m'habiller convenablement.

— Je suis désolée, lui dis-je sans cesser de pleurer. Je suis sincèrement désolée, Docteur.

— Appelez-moi Gabe. Quel est votre prénom, Miss Steele ?

— India.

J'inspirai lentement et parvins à tarir le flot de mes larmes.

— Quel prénom intéressant !

Je savais qu'il essayait de me changer les idées pour que nous puissions réfléchir ensemble à un moyen de nous sortir de là. Ou peut-être ne voulait-il pas être enfermé avec une femme qui ne faisait que pleurer.

— Il va bientôt revenir, dit-il. Il aura probablement trouvé l'incantation dans votre réticule.

— Mais il ne peut pas vous forcer à la prononcer.

— Si, India, il peut m'y obliger. S'il est aussi sans-cœur que vous le dites, il peut menacer de s'en prendre à mes parents.

Seigneur ! Il avait raison, Payne en était capable. Et pour m'obliger à prononcer mon incantation, il pouvait menacer de faire du mal à Willie, Miss Glass, Duc ou Cyclope. J'avais peut-être perdu Matt, mais je ne laisserais personne d'autre mourir si je pouvais l'empêcher.

— Il va donc falloir lui obéir, dit-il en indiquant la montre de Matt. Nous allons devoir prononcer nos incantations dessus.

— Nous pouvons toujours essayer, mais ça ne marchera pas. D'après le Dr Parsons, le magicien médecin qui a sauvé Matt, il faut que la montre appartienne à la personne que l'on guérit. On ne peut pas utiliser simplement l'une de ces montres pour sauver quelqu'un d'autre. Celle de Payne le sauvera, lui, mais personne d'autre.

Il souleva la montre de Payne en la tenant par la chaîne pour l'examiner.

— Si nous lui disons cela, il nous gardera prisonniers ici et amènera des clients qui le payeront pour que nous imprégnions leurs montres de magie.

— Pour toujours, fis-je, découragée.

Tirant sur la chaîne d'un coup sec, il attrapa la montre dans sa main.

— Alors donnons-lui ce qu'il *croit* qu'il veut. Nous lui dirons que cela fonctionnera sur n'importe quelle montre, et pour guérir n'importe qui.

— Et une fois qu'il aura découvert que ce n'est pas le cas ?

Il haussa les épaules.

— Je ne sais pas, mais nous aurons gagné un peu de temps.

Il me sourit d'un air un peu forcé.

— Pour une magicienne horlogère, le temps est un allié, n'est-ce pas ?

— Le temps n'est l'allié de personne. Et il n'est l'ennemi de personne non plus. Il existe, c'est tout. On ne peut pas l'arrêter ni le faire passer plus vite. Pas même moi.

Le cadenas tomba avec un fracas métallique et la porte s'ouvrit. Payne portait un plateau en équilibre sur une main et, de l'autre, il tenait son revolver. Sur le plateau, il y avait deux tasses ébréchées qui avaient dû être blanches autrefois mais qui, maintenant, étaient tachées d'une pellicule brunâtre, et une assiette de sandwichs. Il posa le plateau sur la petite table près du sofa et tira de sous l'assiette une feuille de papier. Je reconnus ma propre écriture.

Payne tendit la feuille à Gabe.

— C'est pour vous, je crois. J'en ai fait plusieurs copies, alors inutile d'essayer de la détruire.

Gabe tenta de la lire, mais il buta sur certains mots.

— Quelle est cette langue ?

— La langue de la magie, dis-je.

— C'est compliqué.

Il réessaya plusieurs fois jusqu'à prononcer l'incantation de façon fluide, sans erreur.

Payne hocha la tête, satisfait.

— Et maintenant, prenez tous les deux la montre dans votre main et prononcez vos incantations dessus.

Gabe prit la montre de Payne, mais Payne secoua la tête.

— Essayez sur celle de Glass. Elle contient déjà un peu de magie.

Je retirai mon gant et tins un côté de la montre tandis que Gabe touchait l'autre. Il lut son incantation et j'en récitai une qui était proche de la mienne, à quelques différences près. J'intervertis deux mots et en écorchai un autre.

Lorsque nous eûmes terminé, les deux hommes examinèrent la montre. Moi, j'examinai Payne.

Il fit entendre un claquement de langue réprobateur, comme pour gronder un enfant désobéissant.

— Recommencez. Et cette fois, Miss Steele, prononcez la bonne incantation.

— C'était la bonne.

— La montre n'a pas émis de lumière. La montre de Glass émettait toujours une lueur quand la magie fonctionnait. Je l'ai vu de mes propres yeux. Recommencez, et cette fois, si elle ne s'illumine pas, je me ferai un plaisir de descendre la cousine de Glass, cette insupportable petite peste.

J'ignorais de quelle cousine il parlait, mais je n'osai ni le lui demander, ni prendre le risque de faire encore des erreurs en prononçant mon incantation. J'ouvris le boîtier de la montre et nous la touchâmes une fois de plus. Cette fois, je prononçai correctement l'incantation qui prolonge la magie.

La montre émit une pâle lueur violette, bien plus faible que la première fois que j'avais vu Matt s'en servir.

Gabe atteignit la fin de son incantation et eut un hoquet de stupeur. Il regarda la montre, émerveillé.

— Elle est chaude.

Il n'avait probablement jamais senti d'autre magie que celle qui émanait de lui naturellement. Je parvins presque à sourire en repensant à ma réaction la première fois que j'avais senti la chaleur de la magie.

Payne s'empara de la montre, referma brusquement le boîtier et se leva.

— Merci. Je reviens dans une heure.

Gabe se leva d'un bond.

— Où allez-vous ?

— Ça ne vous regarde pas.

— Vous ne pouvez pas nous laisser ici ! Nous avons fait ce que vous nous avez demandé.

— Je ne pourrai en être certain que quand j'aurai testé cette montre sur un homme à l'article de la mort.

Gabe s'élança en avant, mais Payne leva son revolver et le lui pointa sur la poitrine. Gabe s'arrêta et leva les mains en l'air.

Payne sortit en verrouillant la porte derrière lui.

J'allai à la fenêtre et regardai au-dehors. Quelques instants plus tard, je vis Payne qui s'éloignait dans la rue.

— Il est parti, dis-je en appuyant mon front contre les barreaux.

Gabe recommença à appeler à l'aide. Il me demanda de m'écarter et essaya de tordre les barreaux tout en continuant à s'époumoner. Je me mis même à en faire autant, même si je savais que cela ne servirait à rien. Nous n'arriverions à rien. Nous resterions enfermés ici jusqu'à ce que Payne se décide à nous libérer, et je savais, grâce aux histoires que m'avait racontées Matt, qu'il ne nous laisserait pas partir comme ça. Nous lui étions trop utiles.

Gabe s'assit sur le dossier du sofa avec un grognement de frustration. J'avais énormément de peine pour lui. Je m'en voulais terriblement du rôle que j'avais joué dans sa capture. Il fallait vraiment que je l'aide à s'échapper pour me racheter.

— Au secours ! criai-je. Aidez-nous !

Il retrouva un peu de courage et m'imita. Ensemble, nous criâmes tant et si bien que nos voix s'enrouèrent et nos gorges se desséchèrent. Je bus même un peu de thé froid pour m'apaiser.

Personne ne vint à notre secours.

Nous nous assîmes tous deux sur le sofa en soulevant un nuage de poussière. Aucun de nous ne parla pendant plusieurs longues secondes.

— Mais tout de même, nous avons réussi, dit enfin Gabe d'une voix émerveillée. Nous avons combiné nos incantations dans cette montre. Nom de Dieu…

Il contemplait ses mains comme si c'étaient elles qui avaient accompli cette magie.

— Ne vous emballez pas trop, dis-je.

— Ça ne marche que sur le propriétaire de la montre, je sais.

— Et nous ne pouvons pas être certains que votre incantation a fonctionné tant que la personne à qui appartient cette montre n'essaye pas de s'en servir pour se soigner. Et comme cette montre appartient à Matt…

Je ravalai un sanglot étranglé.

— Mais elle s'est illuminée. Ma magie a bien fonctionné.

— C'est ma magie qui l'a fait s'illuminer. J'ai utilisé plusieurs fois cette incantation sur cette montre, et à chaque fois, elle s'illuminait. Cela dit, la lueur était de plus en plus faible depuis quelques jours. Aussi faible qu'elle l'était aujourd'hui. Ma magie n'était pas assez puissante pour la raviver.

— Alors vous pensez que mon incantation n'a pas marché ?

— Non.

Il étudia à nouveau la feuille.

— Ai-je fait une erreur dans la prononciation ?

— Probablement, mais j'ignore laquelle. Vous l'avez prononcée comme je l'aurais fait.

— Il faudra le dire à Payne quand il reviendra. Sinon…

Il déglutit péniblement.

Nous restâmes assis en silence, jusqu'à ce que je n'y tienne plus. Je ne cessais de penser à Matt, et mes larmes se remirent à couler.

— Il m'avait demandé de l'épouser.

J'ignorais pourquoi je racontais cela à Gabe. Ces mots m'avaient échappé avant que je réalise ce que je disais.

— Oh ?

— Et j'ai dit non.

— Oh.

Mes lèvres tremblèrent et je luttai pour ne pas verser un nouveau flot de larmes.

— J'aurais dû dire oui.

— Il n'est peut-être pas trop tard. Il se peut qu'il ait survécu.

— Vous l'avez vu, Gabe. Vous qui êtes un professionnel, estimez-vous qu'il lui restait longtemps à vivre ?

Il prit la montre de Payne et en ouvrit le boîtier. Il étudia le cadran tout en gardant son visage détourné.

— Le médecin américain qui a sauvé Mr Glass... était-il de la famille de... de mon père ?

C'était un soulagement de parler d'autre chose que de Matt. Je ne voulais pas rester seule avec mes propres pensées ; elles étaient bien trop lugubres.

— Ils étaient cousins.

— Avait-il des enfants ?

— Non. Vous êtes vraiment le seul magicien médecin que nous avons pu trouver. Mon grand-père a passé des années à en chercher un aux quatre coins du monde. Il tenait absolument à en trouver un, c'était son obsession.

Il poussa un lourd soupir.

— J'aurais bien aimé avoir des cousins.

— Moi aussi, je suis fille unique. Je n'ai ni cousins, ni oncles, ni tantes. Je n'ai plus que mon grand-père, à présent, et je ne sais pas où il est. Les amis de Matt sont comme ma famille.

Je ne les connaissais que depuis quelques mois, et pourtant c'était ainsi que je les considérais : comme une famille.

— Connaissez-vous les circonstances de ma naissance, India ?

— Oui.

— Pourriez-vous... pourriez-vous me les raconter ?

Je lui dis ce que je savais de son père, y compris le fait qu'il avait eu une maîtresse bien qu'il soit déjà marié. Je lui parlai de sa mère, lui racontant ma rencontre avec elle, et lui disant même que c'était en s'introduisant chez elle à son insu que Matt avait trouvé l'adresse du couvent. Ce délit n'avait plus d'importance, après tout.

Je parlai à Gabe du mystère qui entourait sa disparition lorsqu'il n'était encore qu'un bébé, et je lui racontai comment Sœur Bernadette l'avait sauvé. Je ne lui dis pas qu'elle avait accidentellement tué Mère Alfreda. J'avais promis de taire ce secret, et je comptais bien tenir ma promesse.

— C'est elle qui nous a dit où trouver le couple qui vous a recueilli, dis-je pour finir. Votre mère a l'air très gentille. Mrs Seaford, je veux dire.

Il lui sourit.

— Elle l'est. Ce sont de braves gens, et je n'ai pas toujours été un bon fils.

Son sourire se fit mélancolique.

— J'aurais dû leur dire combien je leur suis reconnaissant pour tout. Et que je les aime.

— Je suis sûre que ce n'est pas nécessaire. Les parents savent ces choses-là. Les parents adoptifs aussi, j'en suis sûre.

— C'était à cause de ma magie, vous comprenez. Pendant toute mon enfance, je me suis senti différent, comme si je n'étais pas à ma place chez eux, ou avec les profanes. Cela m'a poussé à dire et faire des choses que j'ai regrettées plus tard.

— Votre père adoptif était un magicien, n'est-ce pas ? Ne vous a-t-il pas aidé à comprendre votre magie ?

— Il a essayé, mais ce n'était pas la même chose. Sa magie concerne l'argent. Il a sa propre bijouterie, mais il n'emploie jamais la magie sur les créations qu'il vend ; il la réserve aux objets qu'il nous donne, à moi ou à Maman. Il m'a parlé de la magie, il m'a expliqué qu'elle était temporaire et qu'elle devait rester un secret, ou la guilde trouverait un moyen de l'exclure. Mes parents m'ont dit que j'avais le pouvoir de guérir les blessures superficielles rien qu'en les touchant, mais que sans incantation, je ne pouvais rien faire de plus.

Il contempla ses mains.

— À mesure que je grandissais, mon père m'a prévenu que j'éprouverai un besoin irrépressible de soigner les malades, et mes parents ne m'ont jamais dissuadé de devenir médecin. Ils n'ont jamais attendu de moi que je succède à mon père à la boutique, et je leur en suis éternellement reconnaissant.

— Il a compris que vous aviez besoin de soigner les gens.

Il hocha la tête.

— Merci de m'avoir écouté, India. Parlez-moi de votre magie. Avez-vous toujours su que vous aviez ce pouvoir ?

Nous passâmes une heure à parler. Je lui dis tout ce que je savais sur ma magie et lui racontai comment je l'avais découverte, ainsi que ma récente rencontre avec le grand-père que j'avais cru mort. Il fallut bien mentionner Matt, puisqu'il avait joué un rôle central dans la révélation de ma magie. Inévitablement, cela me conduisit à lui expliquer pourquoi Matt avait besoin de sa montre magique et comment il avait été abattu par son propre grand-père, ce qui me tira de nouvelles larmes. Je n'aurais pas cru en avoir encore, mais apparemment, le puits d'où je les tirais était sans fond.

Le bruit métallique de la clé dans la serrure fit non seulement cesser instantanément mes larmes, mais aussi battre mon cœur plus fort. Il n'était donc pas totalement brisé, en fin de compte.

En regardant le shérif Payne entrer dans la pièce, je pris conscience d'une chose : je ne voulais pas mourir ici. Je voulais être libre. Je voulais revoir Miss Glass, Willie, Cyclope et Duc. Je voulais revoir Catherine Mason et Chronos. Miss Glass avait besoin de moi, maintenant, plus que jamais, et je voulais être là pour elle.

Je me levai du sofa et lançai à Payne un regard noir.

— J'imagine que ça n'a pas fonctionné. Je vous avais bien dit que la montre ne marchait que sur Matt.

Payne me considéra de loin avec ses yeux brillants et cruels. Il avait son arme à la main, mais elle n'était pas pointée sur moi.

— Pourquoi ne marche-t-elle que sur lui ? demanda-t-il.

— Je n'en sais rien.

— Cessez de me mentir.

— Ce n'est pas un mensonge.

Gabe se leva et vint se placer à mes côtés.

— Puisqu'elle vous dit qu'elle ne sait pas. Et maintenant, laissez-nous partir. Nous ne pouvons pas faire ce que vous nous demandez.

Les narines de Payne se dilatèrent.

— Il y a un détail sur cette incantation que vous avez omis de me dire. Qu'est-ce donc, Miss Steele ? Que m'avez-vous caché ?

— C'est l'incantation que mon grand-père m'a apprise. Chaque mot était exactement le même, et vous avez vu vous-même l'incantation de Gabe sous forme écrite. Vous avez aussi vu la montre s'illuminer. Je ne sais pas comment faire pour que la montre fonctionne sur les autres. Je l'ignore, c'est la vérité.

— Votre grand-père a bien dû vous le dire. Autrement, quel est l'intérêt ?

Il jeta la montre et Gabe la rattrapa.

— Faut-il prononcer le nom de la personne ? s'impatienta Payne.

Gabe leva les mains pour tenter de calmer le shérif fou de rage.

— Ça suffit. Nous avons fait de notre mieux...

— Ne me dites pas que ça suffit ! C'est moi qui dis quand ça suffit !

Payne pointa son revolver sur Gabe.

— Non ! m'exclamai-je. Arrêtez ! Vous avez besoin de lui. De nous deux.

Payne ne tira pas, mais cela n'avait aucun rapport avec ma supplication. Un bruit de pas retentit dans l'escalier et, à l'instant précis où Payne réalisa qu'il avait oublié de verrouiller la porte, celle-ci s'ouvrit à la volée.

Plusieurs choses se produisirent en même temps.

Matt entra dans la pièce en chancelant, le visage blafard, les yeux hagards et exorbités.

Chronos entra juste derrière lui.

— India ! cria-t-il.

Je criai le nom de Matt, emportée par un tourbillon d'émotions. L'indicible soulagement céda rapidement la place à la terreur pure en voyant Payne braquer son arme sur Matt. Matt n'était pas en état de le plaquer au sol ni de s'avancer jusqu'à lui avant que Payne ne tire.

Mais Gabe l'était, lui. Il poussa Payne. Le coup partit.

Je tâchai de ne pas crier, mais je ne pus me retenir.

— Matt !

La détonation s'était répercutée à travers la pièce, me rendant momentanément sourde. L'odeur du métal et de la fumée m'emplit les narines.

Matt était étendu sur le sol et, pour la deuxième fois de la journée, je priai pour qu'il soit en vie. Je me précipitai auprès de lui, sans trop savoir comment je m'étais retrouvée à genoux. Quelqu'un s'accroupit à côté de moi et passa un bras autour de mes épaules. Lorsque je recouvrai l'ouïe, je réalisai que c'était Chronos, qui répétait mon nom inlassablement.

Mais toute mon attention était concentrée sur Matt. Il était vivant, mais tout juste. Son épaule était couverte de sang séché provenant de la blessure que Payne lui avait faite un peu plus tôt. Ses cheveux étaient collés sur sa nuque et sur son front en paquets humides, et son visage était aussi pâle et froid que la neige qui vient de tomber. Pourtant, il ne présentait aucune nouvelle blessure. La balle l'avait manqué, mais il s'était effondré d'épuisement pur et simple. Il me sourit faiblement et essaya de s'asseoir, sans succès.

— Ne bougez pas, lui dis-je aussitôt.

Ses lèvres articulèrent mon nom, mais aucun son n'en sortit. Sa respiration n'était plus qu'une succession de râles saccadés, chacun un peu plus faible et laborieux que le précédent. Ses paupières frémirent comme s'il n'arrivait plus à garder les yeux ouverts. Il était en train de mourir.

La montre.

— Gabe ! La montre de Matt !

Je me tournai vers lui, la main tendue.

Et mon cœur faillit cesser de battre. Payne braqua son revolver sur Gabe.

Matt fit un son qui était à mi-chemin entre un hoquet et un gargouillement. Je lui caressai le visage, la gorge, la poitrine, priant pour qu'il survive, pour qu'il tienne encore un peu, le temps que je trouve un moyen d'atteindre sa montre, qui pendait à présent au bout de sa chaîne, entre les doigts de Payne.

— C'est bien ça, que vous voulez ?

Ses lèvres se déformèrent en un rictus et une lueur de triomphe s'alluma dans ses yeux.

— Donnez-la-moi, dit Chronos en tendant la main vers lui. Il en a besoin.

— Ça oui, il en a besoin, n'est-ce pas ?

Payne laissa tomber la montre sur le sol.

— Non ! m'écriai-je.

Payne écrasa la montre magique sous sa botte, enfonçant son talon dans le métal, détruisant les mécanismes internes jusqu'à les rendre méconnaissables et, sans le moindre doute, inutilisables.

Et c'est ainsi que mon espoir fut, lui aussi, réduit en miettes.

CHAPITRE 15

Une autre détonation retentit et je levai les yeux, craignant pour Chronos et Gabe. Mais à ma grande surprise, c'était Willie, qui tenait un revolver fumant, le visage grimaçant de rage.

Le shérif Payne s'écroula sur le sol, la jambe ensanglantée, en traitant Willie de tous les noms. Cyclope lui arracha son arme des mains.

Il commençait à y avoir foule. Même l'inspecteur-chef Brockwell était là, en train de se présenter à Gabe. Cependant, Gabe s'excusa et s'approcha de moi. Il colla son oreille contre les lèvres de Matt et écouta.

Willie s'agenouilla, le visage couleur de cendre, les yeux exorbités.

— India ? souffla-t-elle. Est-ce qu'il est... ?

— Sa montre, dis-je sans pouvoir retenir mes larmes. Elle est cassée.

Chronos ramassa la montre et en rassembla les composants. Elle était irréparable, ses ressorts tordus et ses engrenages cabossés. Malgré tout, nous plaçâmes la main de Matt par-dessus. Il ne se passa rien. Elle n'émit aucune lumière.

Je prononçai l'incantation qui prolonge la magie, et elle ne brilla toujours pas.

— Ça ne marchera pas, dit Chronos en soupirant. Je suis désolé, India.

— Même si Gabe prononça aussi son incantation ? suggérai-je d'une petite voix.

— La montre est cassée. Pour que la magie fonctionne, il faut une montre en état de marche.

Willie se recroquevilla et sanglota dans ses mains. Duc la prit dans ses bras et la serra contre lui. Ses yeux étaient brillants de larmes.

Je m'effondrai sur le corps de Matt, laissant mes propres larmes couler sur sa poitrine. C'est ainsi que je l'entendis et le sentis rendre son dernier souffle.

C'est également ainsi que je remarquai sa montre. Pas sa montre magique, non ; celle qu'il avait achetée récemment dans la boutique des Mason. Payne la lui avait rendue devant chez Gabe en réalisant qu'elle n'était pas magique. Néanmoins, c'était toujours la montre de Matt. Elle lui appartenait, au même titre que la première, celle qu'il avait achetée en Amérique.

Nous avions une montre en état de marche, un magicien médecin et deux magiciens horlogers. Matt ne mourrait pas aujourd'hui.

Je tirai maladroitement sur la chaîne pour sortir la montre de la poche de son gilet. Chronos, qui avait compris ce que j'étais en train de faire, fit taire tous les autres.

— Gabe ! dis-je en ouvrant le boîtier. Prononcez l'incantation. Où est-elle ?

Cyclope trouva la feuille de papier et la tendit à Gabe. Mais Gabe secoua la tête.

— Je ne peux pas, dit-il. C'est mal. Il devrait être mort.

Je le giflai de toutes mes forces. Mais ce n'est pas ma gifle qui le fit changer d'avis. C'était le revolver que Willie lui braquait sur la tempe.

— Si vous ne le faites pas, je tuerai quelqu'un qui vous est cher.

Je ne l'avais jamais entendue parler d'une façon aussi implacable ni aussi déterminée.

Il n'en fallut pas plus à Gabe pour se laisser convaincre. Il prit le papier que lui tendait Cyclope et tint la main de Matt en suivant l'exemple de Chronos.

— India, tiens la montre, dit Chronos en plaçant la main inerte de Matt par-dessus la mienne, la montre calée entre nos deux paumes. Et maintenant, vous deux, prononcez votre incantation.

Le silence s'installa dans la pièce. Même Payne cessa de gémir.

Gabe lut son incantation et je récitai celle qui devait en prolonger l'effet.

Il ne se passa rien. La montre n'émit aucune lueur.

— Pourquoi ça ne marche pas ? vociféra Duc.

Chronos haussa les épaules.

— Je n'en sais rien. Je ne me souviens pas de la formule du médecin, seulement de la mienne. Réessayez, mais avec une intonation différente, peut-être.

— Comment cela, différente ? hurla Gabe. J'ai lu les mots tels qu'ils étaient écrits.

— Oui, confirmai-je après un bref coup d'œil sur le papier contenant la formule. Mais essayez d'une autre façon. N'importe laquelle !

— Ne vous loupez pas, fit Willie, menaçante.

Gabe déglutit et réessaya. La montre ne s'illuminait toujours pas. Il ne nous restait plus beaucoup de temps ! Plusieurs secondes s'étaient écoulées depuis le dernier souffle de Matt.

— Encore ! s'écria Willie. Il faut y arriver, ou il va mourir ! Sa voix montait dans les aigus et son accent était plus prononcé que jamais.

Son accent...

— Prononcez l'incantation avec un accent américain, dis-je à Gabe. Allez !

Cyclope se pencha au-dessus de l'épaule de Gabe et lut l'incantation, et Gabe l'imita mot pour mot, en copiant chaque inflexion de son accent américain. Je prononçai l'incantation pour prolonger la magie de Gabe. Nous terminâmes tous les deux au même moment.

La montre émit une onde de chaleur et je fus éblouie par un éclair aveuglant. Je serrai plus fort le boîtier, craignant de le faire tomber en sentant la chaleur qui émanait de la montre parcourir tout mon bras. Une lueur violette illumina les veines de Matt, disparaissant sous ses vêtements pour réapparaître au niveau de sa gorge et inonder son visage jusqu'aux racines de ses cheveux.

Sa poitrine se souleva. Il respirait !

J'éclatai en sanglots.

Derrière moi, quelqu'un eut un murmure d'émerveillement.

Gabe posa délicatement deux doigts dans le cou de Matt et se pencha pour examiner de plus près ses veines qui brillaient.

— Mon Dieu… Je n'ai jamais rien vu de pareil. Il est vivant.

Je refermai la main de Matt sur la montre pour la maintenir en place. Plus nous laisserions la magie opérer longtemps, mieux ce serait. Cyclope, Duc et Willie se précipitèrent autour de lui en dépit de Chronos qui leur ordonnait de reculer.

— Matt ? murmura Willie en essuyant grossièrement ses joues baignées de larmes. Matt ? Tu m'entends ?

La main qui tenait la mienne s'agita d'un soubresaut. Je serrai les lèvres pour réprimer un autre sanglot, mais il m'échappa malgré tout.

Matt entrouvrit les yeux et la lueur violette disparut peu à peu, jusqu'à ce que se veines retrouvent leur aspect normal.

— Ne pleurez pas, India, dit-il d'une voix douce. Je ne vais pas mourir aujourd'hui.

Ma lèvre inférieure se mit à trembler. Il me lâcha la main et, levant la sienne, la posa tendrement sur ma joue. Je lui souris. Il me sourit à son tour.

Je me jetai alors sur lui de tout mon long, le plaquant au sol. Il rit doucement au creux de mon oreille.

— Ça vaut presque la peine de mourir, pour vous voir réagir comme ça, dit-il.

— Ne plaisante pas avec ça, le gronda Willie. Et maintenant, pousse-toi, India. C'est mon tour.

Je m'écartai de lui à contrecœur et le laissai se redresser avec l'aide de Chronos. Le visage et les lèvres de Matt avaient repris des couleurs, mais son corps tremblait encore légèrement. Je le sentais dans nos doigts entrelacés.

Matt eut droit à une série d'accolades. Ils le prirent tous dans leurs bras, même Chronos. Puis c'est moi qui serrai Chronos contre moi. Ses bras se resserrèrent autour de moi et il m'embrassa sur la joue.

— Que faites-vous ici ? lui demandai-je.

— C'est une longue histoire. Je te la raconterai tout à l'heure.

Payne geignit de douleur quand Brockwell le releva. Sa jambe droite saignait toujours.

— La montre fonctionne sur lui parce qu'elle lui appartient, conclut Payne en hochant la tête. C'est donc ça que vous ne me disiez pas, Miss Steele.

Puis, me montrant sa blessure :

— Vous avez ma montre. Servez-vous-en pour me guérir.

— Non, lui répondirent en chœur plusieurs voix.

— J'espère que tu crèveras de tes blessures, cracha Willie. Et sinon, j'espère que tu seras pendu.

— C'est ce qui l'attend, dit Matt. Pour le meurtre de Bryce.

— Et pour avoir tenté de vous assassiner, vous et Miss Steele, ajouta Brockwell. Vous ne reverrez jamais votre chère Amérique, Shérif.

Payne répondit avec un rictus dédaigneux.

— Et ses crimes à lui, alors ? Glass vous a menti. Il vous a bernés, vous et tous les autres, ici comme chez nous, et il est coupable de vol et de quantité d'autres crimes. C'est lui qu'il faut arrêter.

Brockwell le poussa vers la porte.

— Il s'avère que Mr Glass m'a menti parce que je ne l'aurais pas cru s'il m'avait parlé de sa montre et... de magie.

— Et maintenant, vous le croyez ? demanda Chronos.

— Je crois ce que je peux observer de mes propres yeux. Et à la lumière de ce que je viens de voir... je dirais que je n'ai pas le choix. Allons, Payne, en avant.

Au moment où il sortait en poussant devant lui Payne, qui boitait, deux agents de police surgirent dans l'escalier, tous les deux essoufflés par leur effort.

— Que se passe-t-il, ici ? demanda l'un d'eux. On nous a signalé un coup de feu.

— Vous arrivez un peu tard, dit Brockwell en articulant avec soin chaque consonne. Aidez-moi à mettre cet individu derrière les barreaux. Et ne le laissez pas vous filer entre les mains.

Matt me prit ma main et la pressa dans la sienne.

— Tout va bien, India ?

Je hochai la tête et je le contemplai, les yeux et le cœur débordants d'émotion.

— Tout va mieux, maintenant. J'étais un peu perturbée, tout à l'heure.

— Un peu, c'est tout ?

— Je suis anglaise, alors je me maîtrise.

— Ah oui, votre flegme légendaire.

Avec le gras de son pouce, il suivit le contour de ma lèvre.

— C'est égoïste de ma part de vouloir que vous soyez dévastée par ma mort, murmura-t-il. Mais je me rends compte que je ne peux pas m'en empêcher.

Je lui souris.

— Vous avez bien le droit d'avoir un défaut, Matt.

Il attira ma main contre ses lèvres avec un léger rire.

Chronos se racla la gorge.

— Ça m'étonne de vous voir tolérer toutes ces niaiseries, Willie, dit-il.

— Matt était mort, rétorqua-t-elle. Il a bien le droit d'être un peu niais. Et nous aussi.

Et elle se rua sur Matt en lui jetant les bras autour du cou.

Il parvint à la rattraper et à l'aider à garder l'équilibre, prouvant par là qu'il avait retrouvé toute sa force. Elle pouvait être une sacrée petite tornade, lorsqu'elle était en proie à une grosse émotion.

— Je crois que le moment des réponses est venu, dis-je, prête à les écouter maintenant que la magie de la montre semblait avoir fonctionné. Matt l'avait déjà rangée dans sa poche secrète. Demain, il irait chez les Mason pour acheter une autre montre de rechange. J'espérais qu'il n'aurait jamais à s'en servir pour autre chose que pour consulter l'heure, mais cela me rassurait de savoir qu'en cas de besoin, il aurait aussi celle-là.

— Nous n'avons pas été officiellement présentés, dit Matt en se dégageant de l'étreinte de Willie pour tendre la main à Gabe.

Ils se présentèrent entre eux, puis je présentai Gabe aux autres.

— Merci de m'avoir sauvé la vie, lui dit Matt. Je sais que vous n'êtes pas à l'aise avec le rôle que vous avez joué dans cette opération, mais je tiens à vous assurer que je ne vous donnerai jamais de raison de le regretter.

Gabe acquiesça, mais il ne semblait guère convaincu.

— Et maintenant ? Je rentre chez moi comme si de rien n'était ?

— Si vous le souhaitez, lui dis-je. Si vous avez besoin de quoi que ce soit, vous pourrez nous trouver au numéro seize de la rue Park Street, à Mayfair. Vous y serez toujours le bienvenu.

— Toujours, confirma Matt.

Gabe posa sur Willie un regard méfiant.

Willie frotta le bout de sa botte contre le sol et mit ses mains derrière son dos.

— Je ne comptais pas vraiment tuer quelqu'un qui vous est cher.

— Je suis heureux de l'apprendre.

— Nous allons vous reconduire chez vous, dit Matt. Ma voiture nous attend.

En reconduisant Gabe à Pimlico, j'eus enfin les explications que j'attendais. Payne avait seulement blessé Matt à l'épaule, mais comme il avait un besoin vital de la magie d'un médecin, il était tout de même mal en point, d'après Chronos. Matt avait hélé un fiacre qui l'avait emmené jusque chez Chronos, et ensemble, ils s'étaient rendus chez Mr Gibbons pour me retrouver.

Je croisai les bras.

— Et comment Matt a-t-il su où vous trouver ? demandai-je à Chronos.

— Je lui ai laissé une lettre le jour de mon départ, dit-il. Dedans, je lui ai donné ma nouvelle adresse.

— Pourquoi ne pas me l'avoir donnée, à moi ?

— C'était mieux comme ça. Je savais qu'il ne viendrait qu'en cas d'urgence.

— Mieux pour qui ?

— Tu ne vas pas recommencer, India. Tu ne peux pas simplement te réjouir qu'il soit sauvé ? Et puis ça ne te plairait pas, que je reste. Je suis un vieux bonhomme grincheux. Il y en a même qui me traitent de vieux fou.

Puis, avec un sourire à l'intention de Gabe, il ajouta :

— Si je suis fou, c'est parce que j'ai passé toute une vie à vous chercher.

Gabe se recula légèrement en dévisageant Chronos, les yeux écarquillés.

— Je vous défends de vous approcher de lui à l'avenir, dis-je à Chronos. Est-ce bien compris ?

— Savez-vous où habitent mes parents ? demanda Gabe à Chronos.

— Non, répondit Chronos.

Gabe poussa un soupir de soulagement.

— Dans ce cas, je ne vous aiderai pas à ressusciter un mort.

Chronos leva un doigt.

— Vous ne pouvez pas ressusciter les morts ; vous pouvez seulement prolonger la vie des mourants. Tout à l'heure, dans cette pièce, Matt avait cessé de respirer, mais il devait rester encore en lui un souffle de vie suffisant pour le faire tenir jusqu'à ce que la magie fasse effet.

— Quelques secondes de plus, et il aurait été trop tard, confirma Gabe.

Je sentis un nœud au creux de mon estomac. Matt avait frôlé la mort. Il s'en était fallu de peu.

— Vous avez eu un éclair de génie en pensant à l'accent, India, dit Matt.

— Ma petite-fille est futée. Je suis fier d'elle.

Le compliment de Chronos me fit monter de nouvelles larmes aux yeux. Je détournai le regard, ne me sentant pas encore prête à admettre que c'était le genre de choses que j'avais espéré l'entendre dire depuis notre première rencontre.

— Alors, dites-moi, fit Gabe, qui est ce Mr Gibbons, et comment vous a-t-il aidé à nous trouver ? Et pourquoi fallait-il nécessairement que Mr Steele soit présent ?

— Gibbons est un magicien cartographe que nous connaissons, lui dit Matt. India a découvert qu'un magicien cartographe était capable de dessiner une carte qui révèle l'emplacement d'un objet magique si un autre magicien contribue à l'incantation avec sa magie. Et vous aviez ma montre magique sur vous, ajouta-t-il en se tournant vers moi. Elle était imprégnée non seulement de la magie originelle de Chronos, mais aussi de la vôtre. Je n'avais plus qu'à réunir les bons magiciens pour la localiser.

— J'ai prononcé mon incantation pendant que Gibbons prononçait la sienne et traçait la carte, dit Chronos. Il prétend que toi, India, tu n'as pas besoin d'incantation, qu'il te suffit de tenir le coin de la carte.

— Remarquable, murmura Gabe.

Matt me regardait sous ses paupières à demi baissées.

— Oui. Elle l'est.

— Le problème, c'est qu'elle n'arrêtait pas de bouger, reprit Chronos. La montre, je veux dire. Nous pensions avoir repéré où elle se trouvait et nous allions nous y rendre, quand elle a commencé à s'en éloigner lentement.

— Cela devait être le moment où Payne est parti, commentai-je. Il est allé chercher un malade pour voir si la montre pouvait le guérir.

— Il n'a pas cru India quand elle lui a dit qu'elle ne fonctionnait que sur vous, Glass, précisa Gabe.

Matt reprit le cours de son récit.

— Comme la montre avait l'air de refaire le même trajet en sens inverse, nous avons décidé de nous rendre à l'emplacement du début, là où elle se trouvait une heure plus tôt.

Chronos désigna Matt d'un geste du menton.

— Il n'a pas voulu attendre plus longtemps.

— S'il avait attendu, il serait peut-être mort, dit Gabe.

— Si j'avais attendu, c'est peut-être India qui serait morte, ajouta Matt, l'air grave.

— Et Willie et les autres, alors ? demandai-je.

En ce moment même, ils étaient à l'extérieur de la voiture, assis à côté du cocher et à l'arrière, sur le siège du valet de pied, parce que la cabine ne pouvait pas tous nous accueillir.

— Comment ont-ils su où nous trouver ?

— Dès que nous avons déterminé où se trouvait la montre, Miss Gibbons, la fille de Mr Gibbons, est allée les chercher. À ma demande, elle les a d'abord envoyés à Scotland Yard pour demander l'aide de Brockwell.

Gabe se passa la main dans les cheveux et partit d'un rire incrédule.

— J'en ai appris plus sur la magie aujourd'hui qu'au cours de toute ma vie.

— Vous êtes un magicien unique, lui dit Chronos. S'il en existe d'autres comme vous, je ne les ai pas encore trouvés, et pourtant, j'ai cherché, vous pouvez me croire.

Plus Chronos se montrait enthousiaste, plus Gabe paraissait choqué et inquiet.

— Je ne combinerai plus ma magie avec la magie du temps, Monsieur. Ne me demandez pas de le faire.

— Il ne le fera pas, le rassura Matt. S'il vous ennuie, faites-le-moi savoir.

Chronos leva les mains en l'air.

— À quoi bon avoir des pouvoirs magiques si on ne s'en sert pas ?

— Il peut s'en servir, objectai-je. Il est capable de guérir les affections bénignes, depuis toujours. Le problème, c'est le fait de combiner sa magie avec la vôtre ou avec la mienne.

— Ce n'est pas un problème, c'est un don.

Chronos s'affaissa dans son coin avec une mine renfrognée.

Heureusement, il ne dit rien de plus, et nous pûmes avoir une conversation agréable avec Gabe pendant le reste du trajet. Il examina la blessure à l'épaule de Matt et lui recommanda de la nettoyer simplement lorsqu'il serait rentré. La magie l'avait presque entièrement guérie. C'était vraiment un homme bon, et passionné par le travail qu'il faisait à l'hôpital pour enfants. Il avait hâte d'y retourner pour terminer sa garde de l'après-midi, bien qu'il commence à se faire tard.

— Je crois aussi que je devrais aller rendre visite à mes parents.

Il me fit un sourire un peu gêné.

— Je voudrais les remercier pour l'amour et la bienveillance qu'ils ont eus pour moi pendant toutes ces années. J'ai une dette envers eux.

— Je doute qu'ils voient cela comme une dette, répondis-je. Vous pourriez peut-être aussi envoyer à Sœur Bernadette une lettre pour lui donner de vos nouvelles. La nuit où elle vous a sauvé lui a coûté cher, d'une certaine façon, et elle mérite de savoir que cela en valait la peine.

Nous arrivâmes à l'adresse où il logeait et nous le remerciâmes encore. Il était en train de gravir les marches du perron, quand Willie l'appela.

— Attendez !

Elle descendit de la voiture et lui sauta au cou. Le pauvre homme chancela sous son poids. Elle lui glissa quelques mots à l'oreille et l'embrassa sur la joue.

— On dirait bien que Duc a un rival, dis-je en souriant.

— Chronos, un peu d'air frais vous ferait du bien, dit Matt. Vous ne voulez pas vous asseoir à l'extérieur de la voiture avec les autres ?

— Non, dit Chronos en croisant les bras sur sa poitrine. Je ne vais pas vous laisser seul avec India, pour que vous puissiez profiter d'elle. Pas tant que je n'aurai pas vu un document écrit attestant que vous vous engagez à prendre soin d'elle jusqu'à la fin de sa vie. Tu m'entends, India ? Fais-le-lui d'abord écrire noir sur blanc. Tu dois penser à ton avenir.

Matt eut l'air de vouloir protester, mais il abandonna. Il se contenta de me faire un sourire triste qui me rappela le mariage avec Patience que son oncle lui imposait. Je m'efforçai de ne pas y penser. Matt était vivant, et pour le moment, c'était tout ce qui comptait.

Bristow nous accueillit à la porte avec un sourire radieux.

— Je suis très heureux de vous voir en aussi bonne santé, Monsieur, dit-il à Matt. Vraiment très heureux. Au nom de tout le personnel de la maison, permettez-moi de vous souhaiter la bienvenue chez vous.

— Merci, Bristow. Je remercierai personnellement chacun d'entre vous quand j'aurai fait un brin de toilette.

Matt baissa les yeux sur ses vêtements maculés de sang.

— Si les taches ne partent pas, récupérez autant de tissu que possible et donnez-le à des œuvres de charité. Sinon, brûlez tout.

— Elles partiront, Monsieur. À nous deux, Mrs Bristow et moi n'avons encore jamais vu de tache qui puisse nous résister.

— Comment va ma tante ?

— Elle est au salon, Monsieur.

Puis, en se penchant un peu plus près, il ajouta :

— Elle n'était plus tout à fait elle-même depuis que Miss Gibbons est arrivée avec votre message et que les autres sont partis. Polly lui tient compagnie.

Matt et moi, nous montâmes au salon, suivis de Chronos, Willie, Duc et Cyclope. Ils ne semblaient pas vouloir partir de leur côté, peut-être parce qu'aucun d'eux n'était prêt à laisser Matt sans surveillance pour l'instant.

— Tante Letitia ? appela Matt d'une voix douce en s'asseyant près de sa tante sur le sofa.

— Merci, Polly, dis-je à sa femme de chambre. Nous allons lui tenir compagnie un petit moment.

— Tante Letitia, m'entendez-vous ?

— Bien sûr que je t'entends, dit sa tante en posant sur Matt un regard lointain. Où étais-tu passé, Harry ? Voilà des heures que je t'attends.

Elle fit entendre un claquement de langue désapprobateur.

— Regarde-toi, tu es tout sale. Monte te débarbouiller avant le dîner, ou Père se fâchera.

— J'y vais tout de suite.

— Je vous accompagne à votre chambre, Miss Glass, lui dis-je. Allons vous préparer pour le dîner. Ce soir, c'est un soir de fête.

— De fête ? répéta-t-elle en prenant la main de Matt. Et que fêtons-nous ?

— La vie.

Elle opina d'un air solennel.

— Alors venez, Veronica, dit-elle en m'appelant du nom de la femme de chambre qu'elle avait eue autrefois. Je veux porter des couleurs gaies. Je ne sais pas pourquoi je suis tout en noir, c'est sinistre. Cela fait bien assez longtemps que Maman est décédée, il est temps de porter autre chose que des habits de deuil.

— Et c'est moi qu'on traite de vieux fou, marmonna Chronos.

Je lui lançai un regard noir et suivis Matt et Miss Glass à l'étage. Il nous ouvrit la porte et la fit entrer, mais il m'arrêta en posant une main sur mon bras. Avec son pouce, il caressa mon coude. Son regard cherchait le mien, mais je n'étais pas sûre de ce qu'il espérait y trouver. Pour un homme qui venait de réchapper à la mort, il n'avait pas l'air si heureux que cela.

— India, dit-il, mais sans rien ajouter ensuite.

— Comment vous sentez-vous ? demandai-je. Avez-vous besoin de vous reposer, maintenant ?

— Il y a longtemps que je ne m'étais pas senti aussi bien. Très longtemps, même. Je n'ai pas besoin de repos.

— Ça a marché, alors. Ça a vraiment marché.

Il ne fallait pas que je me remette à pleurer. Il était *hors de question* que je me remette à pleurer. Je parvins à retenir mes larmes, mais j'avais les yeux humides.

Matt me caressa la joue avec le dos de sa main.

— Vous remercier, c'est loin d'être suffisant, mais c'est tout ce que je peux vous offrir pour le moment. Merci, India. Vous m'avez sauvé la vie. Une fois de plus.

— Vous m'avez sauvée, et vous avez sauvé Gabe aussi. Nous sommes quittes.

— Absolument pas.

Il esquissa un sourire, mais il ne dura qu'un instant.

— Il faut que nous parlions. Ce ne sera pas tout à fait la conversation que j'avais prévue – mon oncle a tout fait pour cela – mais votre grand-père a raison : nous devrions prévoir notre avenir.

Je sentis une boule se former dans ma gorge.

— Demain. Ce soir, je veux boire à votre santé.

Je voulais être heureuse, et quelque chose me disait que notre conversation ne finirait pas comme nous l'espérions, lui comme moi.

— India ! appela Miss Glass depuis sa chambre. India, venez m'aider à choisir une tenue.

Miss Glass n'avait pas besoin de mon aide pour choisir ce qu'elle allait porter, et dès qu'elle eut la certitude que Matt était parti, elle me congédia. Heureusement, elle ne me reprocha pas d'avoir parlé à voix basse avec son neveu. Je n'étais pas d'humeur à l'écouter me faire la morale.

En me dirigeant vers ma propre chambre, je passai devant celle de Matt. Bristow en sortit, les bras chargés de vêtements tout tachés de sang. J'entrevis brièvement Matt qui se tenait dans sa chambre, torse nu, plus viril que je ne l'avais encore jamais vu. À cette vue, je fus prise d'un violent frisson.

Bristow surprit mon regard et, même s'il ne souriait pas, l'étincelle dans ses yeux trahit ses pensées. Il était moins austère qu'il en avait l'air.

* * *

Au dîner, je portai l'une de mes plus belles robes, en soie claire de couleur crème avec des fleurs printanières jaunes brodées sur le corsage. Mrs Potter, la cuisinière, réussit à servir un véritable festin, par je ne sais quel miracle, étant donnée l'heure tardive à laquelle nous étions rentrés. J'eus la surprise de constater que Chronos n'était pas encore parti. Il restait certainement pour profiter du repas.

Matt aussi s'était mis sur son trente-et-un, avec un gilet à double rangée de boutons et une cravate blanche. Miss Glass avait mis sa plus belle tenue de deuil, mais tous les autres avaient gardé les mêmes vêtements que pendant la journée. Miss Glass en fit d'ailleurs le reproche à Willie.

— Et pourquoi vous ne dites pas aux hommes d'aller se changer ? protesta Willie. Pourquoi moi, et pas les autres ?

— Parce que vous êtes une dame, répliqua Miss Glass.

— Même pas.

— Ça, tu l'as dit, marmonna Duc.

Au lieu de se disputer avec lui, Willie lui sourit, et Duc lui rendit son sourire.

— Vous êtes la cousine de Matthew, dit Miss Glass. Par conséquent, lorsque vous êtes en sa compagnie, vous êtes bien une dame.

Willie répondit en attrapant une part de tourte au lapin, qu'elle se fourra dans la bouche. Dieu merci, elle n'essaya pas de parler la bouche pleine. Ses manières commençaient à s'améliorer.

Bristow finit de servir le vin, et Cyclope lui dit de s'en servir aussi un verre pour lui-même. Encouragé par un signe de tête de Matt, il s'exécuta et Cyclope leva son verre pour trinquer.

— À ta santé, Matt.

— Santé, répéta en chœur le reste de la tablée.

Bristow but à petites gorgées avant de s'apprêter à quitter la pièce.

— Ouvrez-en quelques bouteilles pour vous, lui dit Matt. Et prenez le reste de la soirée. Le rangement et la vaisselle attendront demain.

— Voilà une déclaration qui fait plaisir à entendre, dit Chronos. Est-ce que ça veut dire que vous buvez maintenant comme un homme digne de ce nom, Matt ?

— Un verre ou deux, pas plus, dit Matt. Ça n'a pas changé.

Chronos leva les yeux au ciel.

— Willie va boire avec moi, alors, pas vrai, Willie ?

— Essayez de tenir le rythme, dit-elle en vidant son verre.

Avant la fin du dîner, elle était ivre mais, en digne représentante de l'Ouest américain, elle refusa de jeter l'éponge et continua ensuite à boire dans le salon. Elle s'essaya même à jouer du piano, très mal, jusqu'au moment où Miss Glass vint pour la déloger. Elles se chamaillèrent jusqu'à ce que Duc leur suggère de jouer un quatre-mains. Cela fonctionna plutôt bien, même quand Willie décida de chanter pour s'accompagner. Les choses ne tournèrent à nouveau au vinaigre que lorsqu'elle se mit à modifier les paroles de *God Save the Queen*, les remplaçant par une version que je n'avais entendue que braillée par des ivrognes.

— Non mais dites donc ! se fâcha Chronos, mêlant ses protestations à celles de Miss Glass. Vous ne pouvez pas dire ça sur notre souveraine.

— C'est pas la mienne, de reine, rétorqua Willie. Et puis elle est vieille et elle a une tête de truie, regardez.

Elle trouva une pièce au fond de sa poche et la lui lança.

Il ne l'attrapa pas et elle roula dans un coin.

— Il va falloir faire preuve d'un peu plus de respect si vous voulez vivre en Angleterre.

Willie fit volte-face pour se tourner vers Matt.

— À propos...

Elle croisa les bras en tanguant un peu sur son siège.

— Maintenant que tu es guéri, quand est-ce qu'on rentre chez nous ?

— Je ne peux pas encore m'en aller, dit Matt.

— Mais pourquoi pas, nom de Dieu ?

— Surveillez votre langage, s'indigna Miss Glass. Et il ne peut pas s'en aller parce qu'il va s'installer ici définitivement, voilà pourquoi. N'est-ce pas, Matthew ?

Matt poussa un soupir.

— Je ne veux pas parler de ça ce soir.

— C'est vrai, fit Duc en foudroyant Willie du regard. Laisse-le un peu se détendre et s'amuser, pour une fois.

Elle se retourna vers le piano en marmonnant :

— D'accord.

— Tu as vraiment envie de t'en aller, Willie ? Déjà ? dit Cyclope. Tu es sûre d'avoir conclu toutes tes affaires personnelles à Londres ?

— Tiens, tiens… des affaires personnelles ? répéta Chronos avec un sourire narquois. Ça, ça m'intrigue.

— On vous a pas sonné, vous ! le rembarra Willie. Et toi, Cyclope, espèce de gigantesque faux-frère à un seul œil, tu as des affaires personnelles à conclure ici, toi aussi. Catherine Mason ne mérite pas que tu la plantes là sans même lui dire au revoir.

— Miss Mason ? Voyez-vous ça... ricana Chronos. Ça alors ! Quand son père saura ça, ça va lui faire un sacré choc.

— Il n'a aucun souci à se faire, gronda Cyclope. Je ne courtise pas sa fille.

Il vida le reste de son verre et le reposa brutalement sur l'accoudoir de son siège.

— Ça suffit, déclarai-je. Ce soir, nous sommes là pour nous réjouir. Miss Glass, jouez-nous donc quelque chose d'entraînant, s'il vous plaît.

— Une musique sur laquelle nous pourrons danser, ajouta Matt.

Willie se leva aussitôt du tabouret de piano avec un cri de joie. Elle aida les hommes à pousser les meubles pour que nous ayons la place de danser. Miss Glass se mit à jouer un morceau rythmé et joyeux qui ne nécessitait aucune promiscuité. Je la soupçonnai de l'avoir choisi exprès, pour empêcher un rapprochement entre Matt et moi, mais je ne lui en voulus pas. L'atmosphère devint plus joyeuse, et il n'y eut pas de nouvelles disputes. Nous passâmes toute la nuit à danser, à boire et à jouer au poker – sans miser d'argent – jusqu'au petit jour.

Je n'avais jamais vu Matt avoir l'air en aussi bonne santé ni aussi vif. Je l'avais toujours trouvé beau, mais pour la première fois depuis que je le connaissais, il faisait réellement ses vingt-neuf ans, et non pas dix ans de plus. Les rides qu'il avait d'habitude au coin des yeux et qui plissaient son front s'étaient atténuées, le gris de sa peau avait été remplacé par une teinte normale, et il avait presque constamment le sourire aux lèvres. Ses yeux pétillaient de bonne humeur la plupart du temps, bien que je l'aie surpris une ou deux fois à me regarder gravement.

Dans ces moments-là, je lui souriais, bien décidée à ne pas laisser la question de notre relation gâcher le bonheur que j'éprouvais en voyant qu'il avait recouvré la santé.

* * *

Le lendemain matin, j'insistai pour que la priorité absolue de Matt soit d'aller acheter une montre. Nous allâmes tout droit à la boutique des Mason sans entrer dans leur maison, à côté, mais de toute façon, Catherine était là, qui montrait à une dame leur collection de montres féminines. Elle sourit en me voyant.

— Avez-vous parlé à Mr Abercrombie récemment ? demanda Matt à Mr Mason, derrière son comptoir.

— Non, mais une assemblée de la guilde a été convoquée pour ce soir.

Mr Mason disposa une série de montres sur le comptoir non pas devant Matt, mais devant moi. Il avait semblé faire cela machinalement, trop concentré sur la conversation pour y penser.

Je choisis la même montre que la dernière fois, puisque c'était le meilleur modèle.

— Pour parler de l'article d'Oscar Barratt ? demandai-je.

— Et de tout ce qu'il implique.

Il me regardait droit dans les yeux, sans peur ni méfiance. Il ne m'avait encore jamais regardée comme ça. Du vivant de mon père, il me traitait comme une enfant, même quand j'avais commencé à gérer la maison et la boutique. Après la mort de mon père, la guilde avait commencé à se méfier de moi, et il m'avait traitée comme une créature susceptible d'attaquer à tout moment. J'avais plaisir à être désormais regardée comme une adulte, et qui plus est, comme une égale. C'était très agréable.

— Ton grand-père a-t-il vraiment essayé autrefois de prolonger la vie du père d'Eddie Hardacre ? me demanda-t-il.

— C'est à lui qu'il faudrait poser la question.

Il se pencha par-dessus le comptoir et baissa la voix.

— Et toi, as-tu le pouvoir de prolonger les effets de la magie d'un autre magicien ?

Je réalisai que, même avec toute la volonté du monde, j'étais incapable de lui mentir expressément.

— C'est une théorie que seul l'avenir pourra prouver ou réfuter.

— India, Matt, dit Catherine en nous rejoignant tandis que sa cliente sortait. Vous avez l'air en forme, tous les deux. Surtout vous, Matt.

Il lui sourit.

— Une bonne nuit de sommeil m'a fait du bien.

— Et comment va ta famille ? lui demandai-je avant qu'elle ou son père ne puisse nous poser d'autres questions.

— Très bien, dit Catherine. Et vos amis ?

— Ils s'ennuient un peu, dit Matt. Vous devriez leur rendre visite. Il y en a un, surtout, qui serait ravi de vous voir.

Catherine rougit mais, heureusement, son père, occupé à emballer notre nouvel achat, n'eut pas l'air de s'en apercevoir.

Je décidai qu'il était temps d'entraîner Matt hors de la boutique avant qu'il ne sème la zizanie. Il avait l'air d'humeur taquine. Je lui parlai des Mason et d'autres sujets anodins jusqu'à notre arrivée au couvent. Matt me répondit sans chercher à orienter la conversation dans une direction plus intime, et je lui en fus reconnaissante. Peut-être n'était-il pas prêt à le faire, lui non plus.

Alors que la voiture ralentissait, nous aperçûmes Gabriel Seaford, mais nous ne l'appelâmes pas. Il sortait du couvent d'un pas lent, la tête baissée.

— Je suis contente qu'il soit venu, dis-je. Sœur Bernadette

avait besoin de le voir. C'est la moindre des choses, qu'elle sache que ses actions ont abouti à une issue positive.

— Il a l'air pensif, remarqua Matt.

— Il lui est arrivé beaucoup de choses au cours des dernières vingt-quatre heures. Il lui faudra un certain temps pour digérer tout ce qu'il a appris, et en particulier l'importance de sa magie.

— Sans parler de ce qu'il a fait pour moi, ajouta-t-il à mi-voix. J'espère qu'il surmontera ses répugnances dans les cinq années à venir.

— Pourquoi ? m'étonnai-je.

— Il se peut que j'aie encore besoin de sa magie si ma montre ralentit comme la dernière fois. Avec un peu de chance, celle-ci devrait durer plus longtemps puisque votre magie est plus puissante que celle de votre grand-père.

Cinq ans ! Cela me parut soudain bien trop court. Je n'avais jamais voulu que ma magie soit puissante, jusqu'à maintenant.

Quelques minutes plus tard, Sœur Clare vint à notre rencontre dans le parloir en nous souriant d'un air hésitant et en regardant par-dessus son épaule.

— J'ai parlé avec Sœur Bernadette hier, après votre départ, murmura-t-elle. Elle m'a raconté ce qui est arrivé aux bébés, et comment Mère Alfreda...

Elle toucha la croix qu'elle portait autour du cou.

— Elle a répondu de ses péchés devant Dieu. C'est tout ce que l'on peut dire d'elle à présent.

Je ne lui demandai pas si elle croyait à la magie, et elle ne nous donna pas son opinion.

— Vous avez l'air d'aller bien, Mr Glass, ajouta-t-elle.

— Je me sens bien, dit-il. Il y a longtemps que je ne m'étais pas senti aussi bien. Pourrez-vous donner cette lettre à votre mère supérieure, je vous prie ? Vous pouvez la lire. C'est une promesse de don. Mon avocat vous contactera pour régler tous les détails.

Elle lut la lettre et eut un hoquet de surprise.

— Merci. Ce don nous aidera énormément.

— Je vous enverrai mes amis pour aider Sœur Bernadette à faire toutes les réparations qu'elle ne peut pas accomplir seule. À la maison, ils s'ennuient et je ne sais pas à quoi les occuper, alors elle me rendrait service en acceptant.

Elle lui fit un sourire radieux.

— Merci. Cette nouvelle lui fera plaisir. Elle travaille très dur et elle a mal au dos, ces temps-ci. Pourquoi ne la lui annoncez-vous pas vous-même ? Elle est dans la salle de réunion.

Nous savions où était la salle de réunion. C'était la pièce où la croix avait failli m'assommer en tombant du mur. Nous trouvâmes Sœur Bernadette debout devant la croix, qui avait retrouvé sa place sur le mur. Plongée dans sa contemplation, elle ne nous entendit pas entrer. Nous attendîmes qu'elle se signe et se retourne.

— Pardon de vous avoir interrompue, dit Matt. Nous voulions voir comment vous alliez.

Elle sourit et nous tendit les mains pour nous saluer.

— Je vais bien, et je constate que vous aussi, Mr Glass. Vous avez l'air en bien meilleure santé.

— J'ai vu hier un excellent médecin.

— Oui, il me l'a dit. Il était là il y a un instant. C'est vraiment devenu un jeune homme remarquable. Mr et Mrs Seaford doivent être très fiers.

— Et vous aussi, dis-je en lui prenant la main.

Elle acquiesça, les larmes aux yeux.

— Je vois que la croix a retrouvé sa place, dit Matt avec un signe de tête vers le crucifix. J'espère qu'elle y restera, cette fois.

— Moi aussi, dit-elle. J'ai renforcé les fixations. Gabe... je veux dire, le Dr Seaford, m'a aidée.

Je n'étais pas sûre que des fixations renforcées l'empêchent de tomber à nouveau si elle se servait de sa magie pour la faire bouger. Mais je n'avais pas besoin de le lui dire. Maintenant qu'elle connaissait la puissance de sa magie, elle serait plus prudente.

— Vous êtes issue d'une longue lignée de menuisiers, n'est-ce pas ? demandai-je.

— Des deux côtés de ma famille, oui.

Elle ramassa sa caisse à outils et nous raccompagna jusqu'à notre voiture.

Matt lui promit de lui envoyer Duc et Cyclope pour l'aider, et peut-être aussi Willie.

— Ils ont besoin de s'occuper, dit-il.

— Et vous, Mr Glass, qu'allez-vous faire maintenant ? demanda-t-elle.

— J'ai une affaire importante à régler.

— Ah, oui, les hommes d'affaires comme vous ont toujours beaucoup de travail.

— Il ne s'agit pas de travail, mais d'une affaire personnelle. Très personnelle, même.

Avec ce sous-entendu qui flottait entre nous, je m'attendais à ce que Matt aborde le sujet pendant le trajet du retour, mais il ne le fit pas. Au contraire, il demanda même au cocher de le déposer au bout d'Oxford Street et de me reconduire seule jusqu'à Park Street.

L'inspecteur-chef Brockwell s'était installé confortablement au salon, sous la supervision de Miss Glass. Il contemplait la tasse de thé qu'il avait dans une main et la part de gâteau dans l'assiette qu'il tenait de l'autre, comme s'il n'arrivait pas à décider par laquelle commencer. Dès qu'il me vit, il se leva et me salua en bégayant légèrement. Était-il nerveux ? À cause de moi ? Il craignait peut-être que j'utilise ma magie pour lui lancer une horloge en pleine tête.

— L'inspecteur était justement en train de me dire que ce sinistre individu qui se prétend shérif sera bientôt présenté devant un juge, annonça Miss Glass.

— Ce ne sera pas long, dit Brockwell en reprenant son élocution saccadée habituelle.

Maintenant que je savais qu'il bégayait, je me demandais si cette façon d'articuler exagérément était un moyen de se corriger.

— Avec autant de témoins au-dessus de tout soupçon, reprit-il, la défense n'aura aucune chance.

— Voilà qui fait plaisir à entendre, dis-je. Serait-il possible, dans le procès-verbal, de ne pas mentionner les éléments qui relèvent, disons... du surnaturel ?

— Je ne suis pas certain que ce soit judicieux. Laissez-moi vous expliquer, Miss Steele, ajouta-t-il en voyant que je commençais à protester. Étant donné que je pense que Payne mentionnera la magie comme mobile pour votre enlèvement dans le seul but de vous nuire, pourquoi ne pas aller dans son sens ? Vous pourrez alors insister sur le fait que la magie n'a pas fonctionné.

— Mais elle a fonctionné. Matt en est la preuve vivante.

— Il suffira de nier ce détail. Nous pouvons dire qu'il n'a jamais été malade, ou qu'il a eu une simple fièvre, dont il s'est remis grâce à du repos. Je suis sûr que le Dr Seaford acceptera de confirmer ce diagnostic. Ce que nous pouvons déclarer devant le juge, c'est que Payne a tenté de faire fonctionner la montre magique sur un malade, et que cela n'a pas marché. J'ai en ce moment même des agents qui cherchent à retrouver ce malheureux ou des témoins qui auraient vu Payne essayer de le guérir avec la montre. Si nous pouvons prouver que l'expérience a échoué, cela mettra un terme aux rumeurs et aux conjectures sur les guérisons magiques, une bonne fois pour toutes.

— J'imagine que c'est pour nous la seule solution, dis-je. Vous avez raison, Payne en parlera. Ça ne le fera pas acquitter, mais il s'en servira dans un ultime effort pour causer du tort à Matt.

— Je serai bien aise de le voir au bout d'une corde, dit Miss Glass en me regardant innocemment par-dessus le bord de sa tasse de thé.

— Naturellement, cela fera sensation, dit Brockwell. Mais en reconnaissant l'existence de la magie médicale, puis en réfutant son pouvoir, nous calmerons l'engouement qu'a provoqué la *Gazette Hebdomadaire*. Mon opinion est que cet engouement du public doit absolument être calmé, pour votre sécurité comme pour celle du Dr Seaford.

— Je suis d'accord, dis-je. Vous aurez notre soutien au tribunal.

Il reposa sa tasse de thé et examina son gâteau sous tous les angles avant d'en croquer le bout. Il le mangea avec un plaisir évident et ne dit plus rien avant de l'avoir terminé.

— J'ai failli oublier, avec toutes ces émotions, dit-il en n'ayant pas l'air le moins du monde ému. Eddie Hardacre, également connu sous le nom de Jack Sweet, a finalement décidé de plaider coupable. Vous n'aurez donc pas besoin de vous présenter au tribunal pour son procès.

Je poussai un soupir.

— Quel soulagement !

— Formidable, dit Miss Glass. Maintenant, il vous sera peut-être plus facile de reprendre possession de votre boutique, India.

— C'est la boutique de mon grand-père. Mais oui, je l'espère.

— Je dois m'en aller, dit Brockwell en se levant. Dites à Mr Glass que je regrette de ne pas l'avoir croisé.

Je le raccompagnai jusqu'à la porte d'entrée, où Bristow lui donna son parapluie.

— Je sais que les échanges n'ont pas toujours été plaisants entre vous et moi, dis-je à l'inspecteur, mais je tiens à ce que vous sachiez que j'apprécie votre honnêteté et votre détermination à découvrir la vérité.

Il parut soudain décontenancé.

— Vous pouvez me croire, Miss Steele, je vous ai toujours trouvée très plaisante. Ce n'est pas parce que nous avons des points de désaccord que cela fait de nous des ennemis. Je dois même dire que j'ai trouvé nos conversations stimulantes.

Il était donc moins mesquin que moi.

— Cela n'a pas dû être facile pour vous de porter le poids de votre secret tout en vous inquiétant pour la santé de Mr Glass, poursuivit-il. Il est bien votre employeur, n'est-ce pas ?

— C'est exact.

— Bien. Très bien.

Il remit son chapeau et s'inclina brièvement.

— J'espère que nous nous reverrons bientôt, Miss Steele.

Ce n'est qu'une fois qu'il fut parti que je me demandai si son drôle de petit sourire avait été plus que de la simple politesse.

— À votre avis, Bristow, pourquoi s'est-il réjoui que Mr Glass soit mon employeur ?

— Je ne me permettrais pas de faire des suppositions, Mademoiselle. Mais je ne manquerai pas d'informer Mr Glass que l'inspecteur a pris la peine de poser cette question.

* * *

Matt rentra un peu plus tard avec des cadeaux et une humeur maussade. Il nous offrit nos cadeaux chacun à notre tour puis, avant que nous n'ayons pu le remercier, s'éclipsa pour aller en distribuer aux domestiques.

— Matthew, mon cher petit, viens donc me voir, lui dit sa tante en le voyant revenir. Merci pour ces billets et ce collier. C'est vrai que j'adore l'opéra, et maintenant, j'aurai quelque chose à porter avec ma robe de soirée préférée. Tu viendras avec moi, n'est-ce pas ?

— Bien sûr, dit-il. C'est pour cela qu'il y a trois billets. India et moi, nous serons ravis de vous accompagner. Je me suis dit que les autres n'auraient pas très envie de venir.

— Tu me connais bien, dit Willie en admirant le nouvel étui à revolver en cuir qu'il lui avait offert.

J'estimais qu'il n'était guère prudent de l'encourager à porter son arme sur elle, mais je ne dis rien.

Il avait offert à Cyclope un nouveau chapeau et un guide de voyage sur le nord de la France, parce que « Depuis Londres, ce n'est pas bien loin ».

— Tu essayes de te débarrasser de moi ? demanda Cyclope.

— Non, mais je me suis dit que tu aurais peut-être envie de profiter de ce que tu es dans cette partie du monde pour voyager. Si j'avais voulu me débarrasser de toi, je t'aurais acheté deux allers simples en bateau.

Cyclope regarda Matt en plissant son œil unique.

— Deux ?

Matt se contenta de sourire.

Il avait aussi offert à Duc un assortiment de crayon et un carnet à croquis, puisqu'il aimait dessiner, lorsqu'ils étaient en Amérique. Matt avait même acheté un cadeau à Chronos, mais il était introuvable. D'après Bristow, il avait passé la nuit dans la chambre d'ami, puis il était parti en notre absence.

Mon cadeau était une montre de gousset en or avec un cadran d'affichage des phases de la lune et un chronomètre. Elle avait dû coûter une somme considérable.

— Je suis retourné chez Mason après vous avoir déposée, me dit Matt. D'après lui, c'est la plus belle pièce qu'il ait jamais faite.

Il haussa les sourcils.

— Êtes-vous du même avis ?

— Elle est magnifique, dis-je en examinant l'arrière de la montre. Et je suis sûre qu'elle est très précise et qu'elle ne contient que des composants d'excellente qualité. Mr Mason est un artisan hors pair.

— Tant mieux, parce que je n'avais pas envie de donner ma clientèle à Abercrombie, mais si vous m'aviez dit que ses montres étaient meilleures...

— Absolument pas. Il ne doit sa réputation qu'aux princes qui ont acheté des montres du temps où son père tenait la boutique. Si ces princes étaient allés chez Mr Mason, c'est chez lui qu'ils auraient acheté leurs montres.

Je passai le pouce sur la surface lisse du boîtier en or.

— Elle est bien trop belle pour s'en servir tous les jours.

— Mais je veux que vous vous en serviez tous les jours, me dit-il à mi-voix. Je veux que vous pensiez à moi chaque fois que vous la regarderez. Je sais bien qu'elle ne remplacera jamais celle que vos parents vous avaient offerte, mais j'espère qu'elle deviendra spéciale à vos yeux.

— Merci, Matt. J'en prendrai le plus grand soin.

Il me dévisageait avec son regard intense, comme s'il essayait de savoir quelque chose sans me poser directement la question. C'était à la fois déroutant et électrisant.

— Qu'y a-t-il ? demandai-je d'un ton hésitant, sans trop savoir si je voulais vraiment connaître la réponse.

— Quelque chose a changé, dit-il doucement. Je le vois dans vos yeux, à la façon dont vous me regardez, maintenant. Aurais-je des raisons d'espérer ?

Je serrai la montre au creux de ma main.

— Si vous me le demandez... je ne vous dirai pas non.

Son sourire ne fut d'abord qu'un léger frémissement au coin de ses lèvres, puis il s'élargit, mais un instant seulement, avant de disparaître. Il poussa un profond soupir.

— Ma situation ne me permet pas de vous le demander. Pas encore.

— Parce que vous êtes tenu d'épouser Patience ?

Il se passa la main sur la mâchoire, incapable de croiser mon regard à présent.

— Je trouverai une solution. Une solution qui ne lèsera pas Patience. J'ai besoin de temps, c'est tout.

— De quoi parlez-vous donc à voix basse, tous les deux ? s'enquit Miss Glass. Je veux le savoir.

— Du temps qu'il fait, ma Tante, dit Matt d'un ton faussement enjoué. Du temps qu'il fait, rien d'autre.

Ses lèvres s'étirèrent en une mince ligne. Elle ne le croyait pas, mais elle ne le contredit pas.

— Vous appelez ça un printemps, en Angleterre ? fit Duc avec un geste du menton en direction de la fenêtre. Voilà qu'il pleut encore.

Bristow entra avec le courrier. J'avais reçu une nouvelle invitation à dîner chez Lord Coyle.

— Cette fois-ci, vous êtes inclus aussi, Matt, dis-je en lui montrant la lettre.

Il posa son propre courrier pour la lire.

— Il a peut-être cru que si vous aviez refusé la dernière fois, c'était parce que vous ne vouliez pas y aller seule.

— Comptez-vous accepter ? demanda Cyclope.

Matt me rendit l'invitation sans faire la moindre suggestion, ni dans un sens ni dans l'autre. Il me laissait faire mon propre choix sans m'influencer. Je lui en étais reconnaissante, mais j'aurais toutefois aimé avoir son opinion. J'étais partagée entre mon désir de ne plus me mêler de magie et la fierté que me procuraient mes talents d'horlogère.

— Il veut sans doute que je lui fasse don d'une montre pour sa collection, rien de plus, supposai-je. Et peut-être me poser des questions sur ma magie. Je n'y répondrai pas nécessairement, bien sûr, ajoutai-je pour rassurer Matt, qui n'avait pas l'air totalement satisfait de ma réponse.

— Nous verrons ce qu'il veut, alors, dit-il.

Soudain, Willie froissa dans ses mains la lettre qu'elle venait de recevoir, et quitta la pièce à toutes jambes. Duc se leva pour la rattraper, mais se ravisa.

— Vous voulez bien y aller, India ? dit-il. Moi, elle ne me dira rien, mais elle vous parlera peut-être, à vous.

Je me hâtai de rejoindre Willie, que je trouvai couchée à plat ventre sur son lit, en train de sangloter dans son oreiller. Elle se calma un peu lorsque je m'assis à côté d'elle, mais elle ne réagit pas à ma présence avant plusieurs minutes. Je ne dis rien non plus, préférant la laisser pleurer tout son soûl.

Au bout d'un moment, elle finit par marmonner contre son oreiller :

— Qu'est-ce que tu veux ?

— Je voulais voir comment tu allais.

— Mal. Je suis foutrement malheureuse. Va-t'en.

— La lettre venait de ton amie infirmière ?

Elle renifla.

— Va-t'en, je t'ai dit.

— Je ne m'en irai pas, alors autant me répondre. L'oreille d'un ami allège le poids des soucis, comme on dit.

— Vous, les Anglais, vous avez des dictons idiots pour tout.

— Oh, vraiment ? Plus idiots que *ramer des gencives* ? J'ai entendu Cyclope dire ça à Matt, une fois, et je ne sais toujours pas ce que ça veut dire. Ou *se tenir à carreau*. Il y a aussi *chaud comme dans un bordel à deux sous la nuit*. Celui-là, j'ai compris ce qu'il voulait dire, mais ça ne demandait pas un gros effort d'imagination.

Elle se retourna vers moi et essuya son nez rouge et gonflé sur sa manche.

— Je lui ai envoyé une dernière lettre pour lui dire que je ne l'embêterais plus jamais, si c'était ce qu'elle voulait.

Elle ouvrit la main et me montra la boule de papier froissé.

— Elle m'a répondu que c'était ce qu'elle voulait.

— Oh, Willie. Je suis désolée.

Sa lèvre inférieure se mit à trembloter et je la pris dans mes bras. Elle se mit à pleurer contre mon épaule.

* * *

UNE FOIS les larmes de Willie taries, je la laissai pour me mettre à la recherche de Matt. Nous n'avions pas pu nous dire beaucoup de choses un peu plus tôt, avec tous les autres autour, et je voulais lui dire clairement ce que je ressentais. Et je voulais aussi être seule avec lui, tout simplement.

J'entendis sa voix qui venait du salon et je m'approchai pour voir avec qui il conversait à voix basse. Je m'arrêtai devant la porte en entendant Patience parler.

— N'essayez pas de le nier, dit-elle avec une véhémence que je ne lui avais jamais entendue lors de ses conversations avec nous. Je sais bien que c'est mon père qui vous impose ce mariage.

J'aurais dû partir, mais j'en fus incapable. J'avais très envie d'entendre leur conversation. J'aurais tout le temps de m'en vouloir plus tard d'avoir écouté à la porte. Pour l'instant, je m'approchai encore un peu.

— Je sais que vous êtes amoureux d'India, ajouta Patience.

— C'est vrai.

Mon cœur remonta jusque dans ma gorge.

— Et qu'elle est amoureuse de vous.

Matt mit un long moment à répondre.

— Souhaitez-vous être libre ?

— Je... je veux me marier.

Voulait-elle dire qu'elle se souciait peu de qui elle épouse-rait ? Que n'importe quel homme ferait l'affaire, et que, puis-qu'on lui proposait Matt, elle voulait bien de lui ? Je fus soudain prise d'un vertige et dus m'appuyer au mur près de la porte pour ne pas tomber.

— Je ne peux pas refuser de vous épouser, Matt, même si je sais que vous ne m'aimez pas, dit Patience. Mes parents ont fait le nécessaire pour cela. Si je ne consens pas à cette union, mes sœurs en pâtiront.

— Vous devriez y consentir, alors. Ne leur donnez pas de raison de se fâcher contre vous.

Elle poussa un profond soupir. De toute évidence, elle trou-vait cette conversation fort déroutante. J'aurais voulu entendre Matt lui dire la même chose qu'à moi : qu'il finirait bien par trouver une autre solution.

S'il ne le lui disait pas, c'était peut-être parce qu'il savait qu'il n'en trouverait aucune. À cette idée, mon estomac se noua.

— Je sais qu'il y aura des conséquences si vous refusez de conclure ce mariage, dit Patience, bien que je ne sois pas entière-ment sûre de la nature de ces conséquences.

Il y eut alors un long silence, et j'aurais voulu voir le visage de Matt pour essayer de comprendre ses pensées et ses émotions.

— Je vous en prie, dites quelque chose, ajouta-t-elle avec des larmes dans la voix. Je m'en veux terriblement. Ce n'est pas ce que je voulais, mais... mais pour mes propres raisons égoïstes, j'irai jusqu'au bout. Je veux être libre, vous comprenez, je veux me soustraire à mes parents et à mes sœurs. J'en ai assez qu'on se moque de moi, qu'on me dise combien je suis laide, combien je suis pathétique et insipide. Et... et je sais que vous serez bon avec moi, Matt, et j'ai décidé qu'il valait mieux épouser un homme bon qui ne m'aime pas plutôt que de rester jusqu'à la fin de mes jours une vieille fille sous la coupe de mes parents.

Là encore, il ne lui dit pas qu'il chercherait une autre solution. Il devait avoir de la peine pour elle. Dieu sait que j'en avais aussi. Elle n'avait nulle part où aller, aucune autonomie financière. Le mariage était sa seule porte de sortie. Moi, au moins, j'avais ma petite maison et le revenu que me rapportait sa location, et je serais bientôt propriétaire de la boutique de mon grand-père. Je pouvais subvenir à mes propres besoins. Patience, en dépit de la fortune et des privilèges de sa famille, ne pouvait que dépendre des autres.

J'aurais dû renoncer à Matt. J'aurais dû faire ce qui était juste et m'effacer pour leur permettre de se marier.

Mais c'était au-dessus de mes forces.

— Après tout, dit-elle d'un ton un peu plus optimiste, entre des gens comme nous, le mariage n'est pas une question d'amour, n'est-ce pas ? Vous et India pourriez peut-être convenir d'un arrangement. Ça ne me dérange pas. Tout le monde le fait.

J'en restai bouche bée. Ça ne la *dérangeait pas* ? Tout le monde le faisait ? Dans son milieu, peut-être, mais pas dans le mien ! Je me demandais parfois si nous vivions dans le même monde, avec les mêmes règles.

Un bruit de pas masculin se fit entendre sur le tapis, puis s'arrêta brusquement.

— Patience, permettez-moi de vous expliquer deux choses.

Je dus tendre l'oreille pour entendre Matt tant il parlait bas.

— Premièrement, je considère le mariage comme une institution sacrée. Quand je me marierai, je ne prendrai pas de maîtresse. Et deuxièmement, India n'acceptera jamais d'être la maîtresse d'un homme. Pas même la mienne.

Mon cœur se serra et des larmes brûlantes me montèrent aux yeux.

— Vous préférez donc renoncer entièrement à elle ? demanda Patience, incrédule. Et elle, que veut-elle ? Le lui avez-vous demandé ?

Je crus d'abord qu'il ne répondrait pas.

— Ses réponses ont souvent une part d'équivoque. Je n'ai cessé d'espérer, plus que toute autre chose, et d'essayer de deviner ses sentiments.

Puis, avec un grognement, il ajouta :

— N'importe quel homme pourra vous confirmer qu'il n'est pas facile de deviner ce qu'il y a dans le cœur d'une femme.

Mais je lui avais pourtant dit que s'il me demandait de l'épouser, je ne lui dirais pas non... *Oh.* Je commençais à comprendre ce qu'il voulait dire. Je lui avais dit clairement que j'étais disposée à l'épouser, pas que je l'aimais. Pour lui, ce n'était pas la même chose.

— Vous ne méritez pas cela, Patience, dit-il, pas plus qu'India et moi, nous ne le méritons.

— Et pourtant, il doit en être ainsi, dit-elle gravement. Je tâcherai d'être une bonne épouse. Avec le temps, vous en viendrez peut-être à me voir comme un prix de consolation acceptable.

— Bon Dieu, l'entendis-je marmonner avant de s'excuser pour son langage.

Patience se déplaça dans un bruissement de tissu.

— Merci de m'avoir reçue, Matt. La prochaine fois que nous nous verrons, ce sera peut-être devant l'autel.

Je reculai dans l'ombre d'une grande urne. Matt et Patience sortirent mais, au lieu de se diriger vers la porte d'entrée, ils montèrent l'escalier. J'en profitai pour me glisser derrière la porte dérobée dont se servaient les domestiques pour passer d'un étage à l'autre. Cependant, je restai là, ne sachant pas ce que je devais faire ensuite.

Quelques instants plus tard, j'entendis les deux voix de Lady Rycroft et de Miss Glass se joindre à celles de Matt et Patience.

Ainsi donc, les deux vieilles belles-sœurs étaient au courant de cette entrevue. Plus encore, elles l'avaient approuvée. Je me sentis totalement laissée pour compte et, d'une certaine manière, trahie par Miss Glass. Même si je connaissais son opinion sur ce point, j'étais tout de même blessée qu'elle ait choisi Patience plutôt que moi.

La porte d'entrée s'ouvrit et se referma, et j'entendis Miss Glass dire à Matt que c'était pour son bien.

— Non, c'est faux, lui répondit-il avec humeur.

C'était la première fois que je l'entendais élever la voix contre elle.

— N'abordez plus ce sujet avec moi, ma Tante. Je ne veux pas me fâcher avec vous.

Et sur ces mots, le bruit de ses pas remonta promptement les marches. Je passai par l'étroit escalier de service pour remonter à l'étage où se trouvait le bureau de Matt. Je frappai doucement à la porte et reçus pour toute réponse un bref *Entrez*.

— Je ne vous dérange pas ? lui demandai-je.

Il se laissa retomber contre le dossier de sa chaise et sourit.

— J'ai cru que c'était ma tante. Est-ce que Willie va mieux ?

Je hochai la tête et fermai la porte.

— J'ai un aveu à vous faire.

Il haussa un sourcil.

— Dois-je vous servir de confesseur, maintenant ?

Je fis le tour de sa table de travail et m'assis à côté de sa chaise. Il me surveillait à travers ses longs cils noirs, un sourire incertain sur les lèvres.

— J'ai écouté votre conversation avec Patience.

Son sourire disparut aussitôt.

— India... susurra-t-il de sa voix grave. Je suis désolé que vous ayez eu à entendre ça.

— Pourquoi ? Parce que j'ai désormais la certitude que votre oncle vous a forcé la main ? Parce que je sais aussi que Patience est disposée à vous épouser ? Ou parce que je sais que vous m'aimez ?

Il leva une main et me caressa la joue.

— Vous ne le saviez pas ? Je suis pourtant sûr de vous l'avoir dit.

— Il ne s'agit pas seulement de me dire que vous m'aimez, ou de m'offrir des cadeaux. Vous avez dit à Patience que vous ne pourriez jamais faire de moi votre maîtresse. La plupart des gens trouveraient sans doute cela étrange, mais pour moi, c'est la preuve que vous m'aimez et que vous me comprenez.

— Je vois, dit-il d'une voix chargée d'émotion. Et maintenant ?

Soudain enhardie, je m'assis sur ses genoux et pris son visage entre mes mains.

— Maintenant, je vais vous montrer que je vous aime, moi aussi.

— C'est vrai ? Que vous m'aimez, je veux dire ?

— Oui. Profondément.

Ses yeux se voilèrent légèrement.

— Et comment comptez-vous vous y prendre pour me le montrer ?

Je l'embrassai, à pleine bouche et sans retenue, et il réagit en plongeant ses doigts dans mes cheveux, faisant tomber mes épingles. Mon cœur prit son envol. Je me sentais si à l'étroit sous ma peau brûlante que j'eus l'impression qu'elle était sur le point d'éclater. Nous nous étions déjà embrassés auparavant, mais cette fois-ci, il n'y avait aucune hésitation, aucun tâtonnement, ni aucune facétie. Rien que du désir à l'état brut. Je ne m'étais jamais sentie aussi vivante. C'était à cela que la magie devrait ressembler, comme si mes veines s'illuminaient d'une lumière qui venait du plus profond de moi.

Ce baiser ne prit fin que lorsqu'il nous fallut tous deux reprendre notre souffle.

— Je vous appartiens, India, murmura-t-il tout contre mes lèvres, et j'ai bien l'intention de vous épouser.

Je me reculai pour mieux le regarder. Il avait le visage un peu rouge, les vêtements tout chiffonnés, et il était incroyablement beau. Mais il y avait un peu de tristesse dans ses yeux tandis qu'il me regardait avec une intensité qui me pénétrait jusqu'à la moelle.

— Allez-vous dire à Lord Rycroft que vous refusez ? lui demandai-je.

— Je ne peux pas.

— Parce que votre oncle va cloîtrer Patience et ses sœurs sur son domaine ? Craignez-vous qu'elle n'ait jamais la moindre chance de trouver à se marier ?

Il détourna le regard.

— Elle a besoin de fuir sa famille.

Ce n'était pas là sa seule raison d'accepter ce mariage. Ça ne *pouvait pas* être sa seule raison.

— C'est vrai que j'ai de la peine pour elle, dis-je. Mais il y a autre chose, n'est-ce pas ? Une chose que votre oncle menace de faire, qui vous inquiète plus que l'avenir de Patience ?

Il évitait toujours mon regard.

— Je ne peux pas vous en parler. Pas encore. Mais ce que je peux vous dire, c'est que je ne l'épouserai pas. Je *trouverai* un moyen de m'y soustraire.

Je poussai un soupir.

— Qu'allons-nous faire, alors ?

— Je ne sais pas encore.

Enfin, il me regarda. Il sourit.

— Un autre baiser m'aidera peut-être à trouver l'inspiration.

Naturellement, je n'eus pas le cœur de refuser.

L'histoire de Matt et India se poursuit dans:
Le Silence du Maître des Encres
Le sixième tome de la série *Glass and Steele* par C.J. Archer
Abonnez-vous à la lettre d'information de C.J. pour être informé des nouveaux livres traduits en français. Les abonnés bénéficient également d'un accès exclusif à une nouvelle GRATUITE de GLASS AND STEELE. S'abonner : WWW.CJARCHER.COM

OBTENEZ UNE HISTOIRE COURTE GRATUITE.

J'ai écrit une histoire courte pour la série Glass & Steele, qui précède LA FILLE DE L'HORLOGER. Elle s'intitule LE JEU DU TRAÎTRE et suit Matt et ses amis dans la ville de Broken Creek, au Far West. Elle contient des spoilers pour LA FILLE DE L'HORLOGER, il faut donc l'avoir lue avant. Mais le plus beau, c'est que l'histoire est GRATUITE, exclusivement pour les abonnés à ma newsletter. Inscrivez-vous dès maintenant sur mon site, si ce n'est pas déjà fait :

WWW.CJARCHER.COM

Si vous êtes déjà abonné, vous trouverez les instructions dans ma newsletter.

MESSAGE DE L'AUTEURE

J'espère que vous avez pris autant de plaisir à lire **Le Secret du Couvent** que j'en ai pris à l'écrire. En tant qu'écrivaine indépendante, j'ai absolument besoin de faire connaître mes livres pour assurer leur succès. Aussi, si ce livre vous a plu, n'hésitez pas à en parler à vos amis et à laisser un avis sur le site de la boutique où vous l'avez acheté.

DU MÊME AUTEUR

SÉRIE AVEC 2 LIVRES OU PLUS

The Glass Library

Cleopatra Fox Mysteries

After The Rift

Glass and Steele

The Ministry of Curiosities Series

The Emily Chambers Spirit Medium Trilogy

The 1st Freak House Trilogy

The 2nd Freak House Trilogy

The 3rd Freak House Trilogy

The Assassins Guild Series

Lord Hawkesbury's Players Series

Witch Born

TITRES UNIQUES PAS DANS UNE SÉRIE

The Warrior Priest

Courting His Countess

Surrender

Redemption

The Mercenary's Price

À PROPOS DE L'AUTEUR

C.J. Archer aime l'histoire et les livres depuis aussi long-temps qu'elle se souvienne et se sent chanceuse d'avoir trouvé un moyen de combiner les deux. Elle a passé sa petite enfance dans la beauté spectaculaire de l'arrière-pays du Queensland, en Australie, mais vit désormais dans la banlieue de Melbourne avec son mari, ses deux enfants et un chat noir et blanc espiègle nommé Coco.

Abonnez-vous à la newsletter de C.J. via son site Web pour être averti lorsqu'elle publie un nouveau livre : http://cjarcher.com Suivez-la sur les réseaux sociaux pour obtenir les dernières mises à jour:

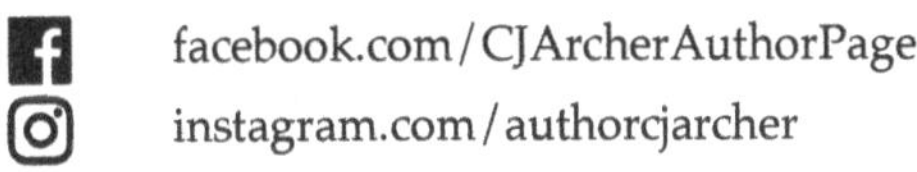

facebook.com/CJArcherAuthorPage

instagram.com/authorcjarcher